浅夏韵歌卷

琉璃墙上的木偶人

——回味青涩往事，解密成长密码

主编/刘　勇

中国财富出版社

图书在版编目（CIP）数据

琉璃墙上的木偶人/刘勇主编．—北京：中国财富出版社，2014.2
（角落里的青春·浅夏韵歌卷）
ISBN 978－7－5047－4993－2

Ⅰ．①琉…　Ⅱ．①刘…　Ⅲ．①短篇小说—小说集—中国—当代
Ⅳ．①I247.7

中国版本图书馆 CIP 数据核字（2013）第 281537 号

策划编辑	王秋萍	**责任印制**	方朋远
责任编辑	康书民　宋　宇	**责任校对**	梁　凡

出版发行	中国财富出版社		
社　　址	北京市丰台区南四环西路 188 号 5 区 20 楼	**邮政编码**	100070
电　　话	010－52227568（发行部）		010－52227588 转 307（总编室）
	010－68589540（读者服务部）		010－52227588 转 305（质检部）
网　　址	http：//www.cfpress.com.cn		
经　　销	新华书店		
印　　刷	北京兴星伟业印刷有限公司		
书　　号	ISBN 978－7－5047－4993－2/I·0097		
开　　本	710mm×1000mm　1/16	**版　　次**	2014 年 2 月第 1 版
印　　张	15	**印　　次**	2014 年 2 月第 1 次印刷
字　　数	277 千字	**定　　价**	29.80 元

目录

Contents

又抹扶桑

傀儡城池

唇红未散

弱水三瓢

泪饰红妆

又抹扶桑

马不停蹄爱上你

■ 夕里雪

1. 岳晋城，我不认识你

莫小北看着草稿纸上如同乱麻的一团，放弃地向后靠在椅背上，长长叹了一口气——物理这玩意儿，真不是人学的啊！随着一只踢在她椅子上的脚，后面传来一个气急败坏的声音："你又吃饱了撑的是不是，知道自己肥得像猪一样还乱拱！"声音不大，却刚好可以让四周的人都听见。坐在不远处的徐辉低低地笑了一声，幸灾乐祸地向小北看了一眼。

小北真的想把眼前的草稿纸捏成一团狠狠地扔到岳晋城脸上，可是转念一想：和这种人有什么好计较的？索性深呼吸，然后依旧全神贯注地和纸上的物理题较劲，消瘦的侧脸看不出一丝波澜，仿佛刚才的事情根本没有发生过。

可是岳晋城不依不饶，一双脚在她的椅子下晃来晃去："说你呢，耳朵聋啦！你看没看见我的解析图都被你毁了，你到底会不会道歉？"小北不动声色地将椅子向前挪动一点，然后继续做题。

岳晋城突然就哑了，他盯着那个挺直的脊背半天，恶狠狠地说："莫小北，你就是笨蛋，再怎么死研究也找不出那道物理题的答案！"

小北写字的手停了一下——你怎么知道我在做物理题？她自顾自摇摇头，继续刚才的演算。

岳晋城和莫小北是死对头，这在班里是无人不知无人不晓的事情。小北来自县城，分数擦着边进了这所市重点；岳晋城的中考成绩是全市前三名，而且他爸还是学校的副校长，班主任也让他几分，班里同学对他更是前呼后拥。所以从开学第一天，岳晋城就对坐在他前排的这个小"村姑"横竖看不顺眼。

记得开学第一天，莫小北站在自己的桌子旁边收拾新书，一身半旧的运动服不时引来周围同学的侧目，她一言不发，但是脊背却挺得很直。睡过了头的岳晋城风风火火地跑进来，一下子撞到她桌子，上面的书稀里哗啦掉了一地。岳晋城随口说了一句“对不起”就把书包甩到椅子上，一抬头，刚好看见一双直视他的眸子。

很久以后岳晋城还是清楚地记得莫小北的那个眼神，困惑和不满在她饱满晶亮的眼眸中一闪而过，但随即变成了完全的生疏。

从来没有人这样看过岳晋城。

但小北只是看了他几秒，便蹲下身子捡书。

岳晋城突然气不打一处来。他的声音居高临下地响在她的头顶：“喂，我说对不起了，你给点反应好不好?”周围开始有目光向这边聚集，一个女孩儿拼命压低的声音清楚地传入众人的耳朵：“好帅啊……”

但是莫小北没有理他，手中的动作甚至没有一丝停滞。

“喂，你到底懂不懂什么叫讲礼貌?”岳晋城感觉自己的怒火在升温。莫小北有条不紊地将书本在桌上码好之后才开口：“我认识你吗?”岳晋城顿时气结。他深吸一口气，“我是岳晋城。你现在起码应该对我说一句‘没关系’了吧?”

“岳校长的儿子……”另一个女声响起。

但是莫小北的话再次把岳晋城噎死：“岳晋城，我不认识你。”

岳晋城也不明白自己为什么当时那么大的火，伸手就把她刚刚摆好的书全都推到了地上。从那一刻起，所有人都知道莫小北是岳晋城的死对头，也是全班女生的死对头。

她可以在语文课上对老师提出的问题侃侃而谈引经据典，却永远都在下课后女生们围着岳晋城叽叽喳喳的时候一言不发；她可以在体育测试时跑出800米全班第一的成绩，却从未看过一次岳晋城参加的篮球联赛；她可以对着一道物理题绞尽脑汁，却从来不会回头对几乎每次都物理满分的岳晋城开口。

面对岳晋城变本加厉的恶言恶语，莫小北永远置若罔闻，仿佛他和她根本就不在一个世界。

2. 我只是，想让你和我说一句话

等到小北终于做出那一道题的时候，突然发现班里已经没有人了。操场上传来加油的呼喊和女生的尖叫，她突然想起，班里今天又有篮球赛。小北没有朋友，所以没有人叫上她。空荡荡的教室连她自己的呼吸声都清晰可闻，小北眯着眼睛看向窗外，灿烂的阳光跃动在那些年轻澎湃的笑容上，闪耀着璀璨的光芒。那是她无法触及的世界。

昨天打电话时妈妈的话犹在耳畔："小北，你爸爸的病又重了，你一定要争气，如果你不能出人头地的话，我们永远不会原谅你。"沉甸甸的话语一字一字地砸在她的心头，小北喘息不得，只能点头。

她的目光从窗外喧嚣的人群中收回，继续去看试卷上的题目。不知过了多久，一只脏兮兮的大手突然"啪"的一声拍在她桌子上："莫小北，你有没有一点集体意识？这是我们班在打篮球啊，就你一个人不去加油，你好意思么你?"

"晋城你和她计较什么啊?"美女许流苏嗤笑，"她去了还不把别人吓走了……"周围的人顿时哄笑。莫小北抿着嘴唇，依旧一言不发，甚至连脸都没有红一下，她只是从岳晋城的手里一点点抽出自己的试卷，然后用橡皮轻轻擦拭上面的污渍。

岳晋城冷哼一声："莫小北，后天是决赛，你不去试试看!"坐回自己的座位，再次挑衅似的把双脚伸到小北的椅子下面乱抖，小北挪了一下椅子，继续做题。

岳晋城直直地看着那个挺得笔直的纤细背影，突然充满了挫败感。从她第一眼看见他，他就有这种感觉。她的眼睛那么好看，可是写满了不满和陌生，他周身的光环她全都不屑一顾，他甚至主动开口和她说话，她居然连看他一眼都觉得多余。她说她不认识岳晋城，不认识这个全市有名的才子，她上课的时候可以出口成章，可是从来不肯和他说一句话。她物理几乎没有及格过，却永远不愿意问他一个问题。他百般激怒她，一次比一次过分，但是她居然从没回过一句嘴。

也许他在她眼里真的一文不值，她根本就懒得和他有交集。

岳晋城郁闷地伏在桌子上："可是莫小北，我只是想让你和我说一句话。"

3. 岳晋城，你就是一个垃圾

整整写满了三张纸才算出正确答案，莫小北长长地舒了一口气。她忽然想起岳晋城前天的威胁，不由自主地走到了窗口。不远处的球场他正在奋力突围，即使是人满为患的篮球场依旧是木秀于林，每一个精彩的动作都会引发女生们的尖叫。他根本不需要她的喝彩，莫小北想，他已经拥有了所有人羡慕嫉妒恨的目光，平庸如她，根本不可能在他的世界里掀起半分波澜。她

只适合这样远远地看着他，因为彼此终究不在同一个世界。

看了一会儿，小北伸了个懒腰，回身去学习。她不知道，为了在人群中寻找她的身影，岳晋城传丢了三个球，甚至被对手撞倒一次。即使是在赢了之后，他也始终臭着一张脸。

她不知道，她什么都不知道。

回到教室，岳晋城干的第一件事就是把莫小北桌上的试卷一把抓起来狠狠扔在地上，“莫小北，我绝对不会放过你！”

你有没有这样的感觉：你喜欢一个人，很想让她知道，于是你不停地折磨她，并在她的委屈和愤怒中获得病态的满足。但是岳晋城却得不到这种满足，虽说高手过招先出手者必败，可是小北根本就不还招，他招招落空，只能伤了自己。

小北淡淡地把试卷捡起来，冷眼看他：“岳晋城，你别太过分。”

“我过分？你有资格和我谈过分吗？你这个村姑！”话刚出口岳晋城就有点后悔了，他看着小北的唇紧紧抿着，握住试卷的手在轻轻地颤抖，他等着她发火，但小北最终也只是伸手弹去试卷上的灰尘，转身继续计算。

岳晋城的心里再一次空空荡荡。

第二天一早，他刚进教室，就看见一群人围着黑板叽叽喳喳，不时传出一两声讥笑。“看什么呢，这么有意思？”他闲极无聊地凑上去，许流苏指着黑板对他说：“你昨天刚说不放过莫小北，今天就有人帮你报仇了，快过来看看。”“莫小北……”每次想到她，他的嘴角就忍不住有笑意，不由地凑上去。可是刚刚看清，脸上的笑容就僵住了。黑板上贴着一张前天刚发下去的物理练习卷，大大的“34”分下面工工整整地写着三个字：“莫小北。”

周围的人依旧在笑，徐辉甚至佩服地拍了拍他的肩膀：“晋城，这招狠！”岳晋城推开他的手，二话不说就把试卷扯了下来。

刚回头，他的心就狠狠地沉了一下。

莫小北站在门口，穿着她那身亘古不变的运动服，冷冷地看着他。

“快看谁来了！”许流苏唯恐天下不乱。

岳晋城很想解释，很想说不是我，很想说小北你别生气，可是那一瞬间他什么都说不出来，手中的“34”红得刺眼。

莫小北走到他面前，从他手中抽出卷子，慢慢地、一点点地撕成碎片。他知道她生气了，她的自尊心被狠狠地刺伤，他屏息等待着她的反应。众人还没有反应过来，小北突然抬头把一把碎纸全都扔到了岳晋城脸上，这时所有人才看清楚，她哭了。

“岳晋城，你就是一个垃圾！”这句话几乎是从她的牙缝里挤出来，“你是全世界最恶心最不要脸的垃圾，你和你身边的这些垃圾最好统统去死！”说完，转身就跑了出去。

她跑得太快了，所以没有听到身后岳晋城暴怒的咆哮：“哪个混蛋干的，给我滚出来！”

4. 对不起，我喜欢你

岳晋城在篮球场找到莫小北的时候，她已经哭成了泪人。他从来没有见过她的眼泪，物理不及格她没哭，岳晋城对她恶语相加她没哭，全班同学孤立她也没哭。但是现在她哭了，头深深地埋在臂弯里，泣不成声。

岳晋城突然无比地心疼，他轻轻地碰碰她的脑袋：“莫小北，你别哭了……”小北听出他的声音，停止了抽泣，但是没有抬头，只是狠狠地说：“你，给，我，滚！”字字都是喷射的怒火。“不是我干的，我拿性命发誓。我还帮你把试卷从黑板上撕下来呢……”岳晋城像个受了委屈的孩子，仿佛当众被奚落的不是小北，而是他。

“滚！”莫小北回应他的依旧是这个字。

岳晋城的怒火“噌”的一下就冒起来了。从小到大谁敢对他大吼大叫？莫小北你不要太给脸不要脸好不好？话到了嘴边又被他咽了下去，他把手放在她的肩膀上，轻轻叹气：“莫小北，对不起……我喜欢你。”他手上的温度传到她的肩膀上，然后一路传到心里。

对不起，我喜欢你。

他感觉到小北的肩膀轻微地抖动了一下，但是依旧没有抬头。她保持着原来的姿势，对他表示无声的抗拒。岳晋城等待良久，最终失望地起身走开。

他的手离开她肩膀的瞬间，她突然感到一阵冰冷，但骄傲和自尊逼迫她挺直了脊梁，冷漠地凝视着那个渐远的背影。她忽然觉得，他看起来是真的伤心。

他走出两步，听见她喊他的名字，惊喜地回头，却只看见莫小北毫无表情的脸。

“岳晋城，对不起，我不喜欢你。”

说完这一句，她感觉自己的心，轻微地痛了一下。

5. 全世界只有我能欺负她

接下来的几天平静如水，岳晋城再也不找小北的麻烦，莫小北依旧活在自己的世界里，两人不再有任何的交集，令人窒息地彼此沉默着。转眼到了周末，小北依旧最后一个离开教室，因为她是住校生，所以被安排周末值日。确定教室门窗都锁好以后，小北正打算离开，眼前的光线突然暗了下来。

“莫小北。”她听得出，这是许流苏的声音。她没有回答，也没有抬头，只是侧身想从她身边走过。但是许流苏揪着她的胳膊用力一推，她的后背狠狠地撞在了墙壁上。这时小北才看清，许流苏的身后还站了三个女生。“莫小北，你真够有胆子的，你居然敢骂晋城，还敢说我们都是垃圾，你怎么这么不要脸，你这个村姑！”

“我说错了吗？”小北直视着她的脸，许流苏竟一时语塞。她恼羞成怒地一挥手，“啪”的一声，小北的脸上留下了明显的手指印，“你这个土得掉渣的村姑，你居然敢骂我，你不要脸……”许流苏尖声咒骂着，冷不防突然被小北揪住衣领用力一甩，脑袋撞在墙壁上，她疼得“啊”了一声。睁开眼，看到的是小北愤怒的双眼，“许流苏我告诉你，平时你讽刺我，我不和你计较，是因为我觉得你不配让我生气，你不要以为我好欺负，你们不要做得太过分。”

后面三个女生从没见过这样愤怒的莫小北，完全与平时那个默默忍耐的她判若两人，吓呆了几秒，立刻围上来和她扭打在一起。尽管小北尽力反击，但对方人多势众，还是败下阵来，手上脸上被尖利的指甲挠出不少血痕。

“你们在干什么！”一声怒喝在头顶爆响，所有的人都不由地停下了厮打的动作，保持一个诡异的姿势看着不知何时出现的岳晋城。许流苏最先反应过来，突然哭得梨花带雨：“晋城，莫小北她是个疯子，她欺负我……”一声拖长了调的哭泣还没收到尾音，岳晋城的动作却把她剩下的话全部堵在了嘴里。岳晋城小心地去扶莫小北，莫小北闪躲，他就强硬地抓着她的手把她扶起来，然后捡起被扔在一旁的书包，一边心疼地打量着她，一边把书包背在自己肩上。

“晋城……”许流苏不敢相信这一切。

岳晋城转头看她，眼底是让人胆寒的愤怒。他用把小北都吓了一跳的音量咆哮："你们凭什么欺负她！全世界只有我能欺负她！"

莫小北，全世界只有我能欺负你。

6. 岳晋城，我还是不喜欢你

并肩走在马路上，岳晋城细声细气地问："小北，你还疼吗？"莫小北啜着他买给她的奶昔，唇边的笑容隐藏在杯子后面，突然冷冷地扔过来一句，"岳晋城，你怎么会出现在教室？你们预谋好的吧？"

"你冤枉我！"岳晋城大吼一声，突然又软了下来，"不是这样的……"

"那是什么？"

"我想找你一起吃晚饭，但是我知道你在班级里根本就不想搭理我，我就想等你值日之后再找你……"他的声音越来越小，像是一个做错了事的孩子。见莫小北静静地看着他，岳晋城胆子大了一点儿，"小北，如果我愿意改我的脾气，我不再欺负你，你会不会喜欢我？"

莫小北沉默地看了他很久，久到岳晋城以为或许她已经在考虑接受他的时候，莫小北却依旧坚定地摇头："岳晋城，对不起，我还是不喜欢你。"

岳晋城眼中期待的光芒黯淡下去，他默默地从她身边走开。

"但是……"莫小北带着笑意的声音从他身后传来，"或许从现在开始，我会试着爱上你。"

也许我们都曾经如此，用尖利的锋芒努力刺伤彼此，也不过是因为渴望你被刺痛的同时意识到我的存在。也许我们都还不懂爱，所以伤痕累累，所以兜兜转转，但是即使走了那么久，我回头，还是可以看见就在身边不远剑拔弩张的你，于是我相信了，我转来转去，也不过是为了马不停蹄地爱上你。

喜乐小弟的N个关键词

■ 安宁

喜乐读高一，用他的话说，正是他人生的辉煌时候，所以我这做姐姐的，不必动不动就对他指手画脚，他的日子过得有滋有味着呢。我看他满头大汗一副疯魔的样子，便笑问：何以为证？他挠挠头瞥一眼我刚刚写好的论文，说：我语言不丰富，只能给你几个干巴巴的关键词，具体内容你自己回忆去吧。

1. 美女与帅哥

喜乐从小就喜欢美女，还是个需要人抱着的小人儿呢，就重色轻友，见到有美眉来逗引他，立刻就会抛了一起玩乐的众兄弟，全心全意地跟着美眉走。所以读书后，他称呼女老师，从来都是以美女代称，顶多在后面加上“姐姐、阿姨、老太”以示年龄区别。我多次告诫他要礼貌待师，他都置之不理，还说这样叫起来舒服，读书何必那么严肃呢，给自己找点乐子多好啊。记得有一次他陪我上街，正碰到教他语文的年轻女老师，隔着大老远呢，他就很张扬地边挥手边跳起来高喊：“美女姐姐，你好啊！”等到那女老师走到跟前来，早已飞起一脸小桃红。

所以等到他班里新换了一位据说魅力非凡的女英语老师之后，他三天两头地在我耳旁甜甜地叫“美女姐姐”，我既没有吃醋，也没有像爸妈那样听“美女”色变，以为他过于早熟，而是很有兴趣地听他讲起与这位美女姐姐的N次“亲密接触”。喜乐第一次见到美女姐姐的时候，幸福得几乎失了眠，他在第二天起了个大早，只为能在美女姐姐骑车经过校门口的时候，有机会与她打个招呼。他照例是很响亮地叫人家美女姐姐，不巧正被老板听到，当场就叫他下课后到办公室走一趟。他们年轻的女老师却是没有吃惊，相反还给他一个很温暖的微笑，拍拍他的肩说：“小帅哥，还不快去上晨读。”这一句话让喜乐自此坚定，自己在美女姐姐眼里真的是个小帅哥了。

成了帅哥的喜乐学起英语来比李阳还要疯狂，据老妈说连梦话都是英语呢。我问他别的男孩子也像你一样对英语如此着迷吗？他想也没想便说："那是当然，谁不希望成为美女姐姐眼里的小帅哥呢？"我听了故意打击他："那么多学生都喜欢她，你这个小帅哥的努力，她怎么能够记得住？"喜乐兀自发了一会儿呆，许久才一个人嘟囔道："管那么多干吗啊，关键是她在我眼里是永远的美女，而且不会忘记的啊！"

这一句话让我知道成绩平平长相平平又没有丝毫特长的喜乐，其实是并不怎么得老师宠爱的。他拼命想让老师记住自己对英语的一片狂热和痴情，但偏偏美女姐姐教了他一学期后，在路上碰见了，连他名字都想不起来了。我不知道喜乐在意不在意，我只是听老妈说，在美女姐姐调走后，他蒙着被子哭了一通，老妈掀起被子要看他出丑时，他却是把眼泪一抹，嘻嘻笑道："我们又要有新的美女姐姐啦，这次我肯定是她唯一的小帅哥！"

2. 兄弟与自尊

在读书上总不招老师喜欢的喜乐，倒是有一帮对他忠心耿耿的好兄弟。每到月末的时候，他便呼朋引伴地将一大堆兄弟请到家里来。他们也很懂礼节，从来不会空着手来，总是把从自家带的好东西分一半拿来。他们与喜乐从不会客气，每次都把喜乐的小书房折腾得需要老妈花上几天的时间才能整理干净。

他这一群兄弟里，有两个家庭条件很差，为了节省，平时不仅是鱼肉，连青菜都不舍得吃。喜乐知道后回家再吃好东西时就对自己有点愤恨，他给老妈下达了新的任务，让她每个周末多做出一份鱼和肉来，用保温盒盛好了，提到学校里去。我说赠人玫瑰手有余香，你小子心里一定觉得很美吧？没承想喜乐一扭脖子冲我嚷道："哪是赠啊，我才不会白白给他们呢，他们是从我这儿通过合法手段赢去的，是劳动的果实，你懂不懂？"我摇头表示不明白，他便细细解释给我听。原来喜乐的这两个兄弟最爱乒乓球，每到周末的时候他们便拉了喜乐去拼一场。其中的规矩是喜乐来定的，若是他输了，就请他们吃鱼肉，若是他赢了呢，他们两个必须轮流背着他绕操场一圈。喜乐的乒乓球技术其实是很棒的，但也经不住两个人与他对打，所以他几乎次次输。每次他把好饭提给他们的时候，总会做愤愤不平样，约定下周再战。他们总会边美滋滋地喝着鱼汤，边用勺子点他脑门笑道："我们哥俩这鱼汤还没喝够呢，你这家伙就想赢，美得你！"

喜乐不过是不承认而已，他的心里其实还是很美的。每次我看他拎着空了的保温盒回来，都一副心满意足样，再吃起好东西来，胃口就格外的好。我看了便笑他虚伪，想帮人家就直说呗，用得着费这么多心机吗？他听了不理我，自己生了一会子气才愤愤道：“你以为把东西往需要的人手里一扔，就算是尽了同情了吗？告诉你，你这叫人格侮辱！”喜乐冷不丁给我带这么顶大帽子，让我很是吃惊。我仔细看了一眼这个轮廓渐渐硬朗的小男生，想给他解释，其实很多时候，我们无法将自己的善良以完美的形式呈现，所以予人帮助的时候唯有将对方的自尊忽略掉；但想想还是不说的好，这个敏感的小喜乐，他不仅护卫着自己兄弟的尊严，他自己的那份爱心，若以同情心去论，他也会不乐意呢。

3. 爱恋而非恋爱

在男生群里这样疯，16 岁的喜乐还是慢慢学会了欣赏女孩儿的美。每一次换同桌，他都请求上天赐他一个林妹妹，这样上课瞌睡的时候，也好起到提神醒脑的作用。我问他难道女孩子就是用来欣赏的不成？他假装糊涂，反问我除了养眼还能做什么呢？我坏笑着敲敲他的胸脯道：“还能养心啊，难道你就没遇到过将你的心偷去的女孩子？”喜乐立即红了脸老实交代说：“迄今为止只有一个哦，而且，是爱恋，不是恋爱，喜乐绝对不如姐姐花心的。”

喜乐拒绝使用“恋爱”一词也是有足够的证据的。首先他从没有给那个坐在前排的女孩子写过情书，连话都很少说。其次那个被他偷偷起名为“可爱多”的女孩子，是他们老板的女儿，太岁头上动土，他还没有这贼胆呢。他只是在不愿学习的空当里，反反复复地从她身边走过去，要是碰巧能把她的书本撞掉了，那就是他一天里最兴奋的事了。有时候他还故意犯点儿小错误，以期有机会被老板揪到办公室里去，从而增加被老板提起的概率。大部分时间里，他是悄无声息地把她放在心里暗恋着的。他上课抢着回答问题，他体育课上装英雄不小心崴了脚，他在她旁边大声地与别人嬉笑，他疯跑过她身边时装做什么也没看见，他写了许多张纸条给她，但最后又都夹在了日记本里，不小心被老妈发现了，还因此招来一顿恶骂。这样的喜欢，在他心里疯长了一年，竟是连我这个搞心理学的姐姐都没有看出来。

我问他难道没有一点故事发生吗，这算什么爱恋啊？他一本正经地回道：“怎么能不算爱恋？文理分班的时候她还对我表白了呢。”我呵呵笑着问他可爱多说了什么话让他如此刻骨铭心？他拿出日记本来给我看，有一页上只有大大的几个字，写着：陈喜乐，我以后再也不用担心你走路撞掉我的书本了。我笑道："这么一句话就把你的小爱恋引向高潮了啊？人家只是表示对你这一古怪行为的不解罢了，你自作多情什么呀，还把这所谓的分手话记录下来，你这小恋爱谈得可真够纯洁的啊。"

我的这一番嘲讽自然又引来喜乐的不满和愤恨，他说："难道你谈的那就叫爱情了吗？你怎么就断定它一文不值呢？我为此写了一年的日记，还在球场踢坏了 3 双耐克运动鞋，又无端地被老板批了几十次，还被老妈用鸡毛掸子打，人家心里难过着呢。"

我没意料到这段在我眼里不值一提的小爱恋，原来是深深扎根到喜乐素常的日子里去的。我可以小看他种种可笑的努力，但它在喜乐心里划过的痕迹，任是谁，也是不能轻视掉的。

4. 结束词

我把喜乐给我的关键词补充丰富了拿给他看，他嘿嘿傻笑着看完了，自言自语道：看来我喜乐的生活真的是过得有声有色呢，虽然没有姐姐的辉煌，但这样的日子也不错哦。我笑他这么小就知足常乐没有一点奋发的精神，他习以为常地瞥我一眼，道："你的说教又来了，我说过啦，这是我自己的生活，它不论变成什么样子，我都会喜欢。否则，我和你一样过千篇一律的灿烂时光，几年后再长成你这副优秀模样，多没意思啊。"

这个眉眼里已经有了悠扬味道的小男生，他想努力表达出的最后一个词汇，当是"个性"吧？没有什么能比这个词汇，更让我怀念自己还有喜乐各自走过的年少时光。它在别人的眼里，或许是没有波澜的，但于我们自己，却是美好到足以让我们感恩并在以后的岁月里，用心珍藏。

毛毛虫，再也没有一个叫荧光的小男孩了

■ 草根情感

下一个春天里，再也没有一个叫荧光的小男孩。

夏绿想起荧光，突然觉得那真的是很久很久以前的事了。

她们都说，每个女孩子的心里总会有这样一个人，他其实无关爱情，因为爱上他的时候往往还不懂什么叫爱情，那只是一种对即将逝去的纯真的依赖，它记载了所有草长莺飞的小时光，还有那些最努力却无法靠近的遗憾，它让她历经无法逾越的成长，然后再一同湮没了那个回也回不去的盛夏光年。

荧光之于夏绿，也许就是这样一个人。

1. 谁动了我的童年

很多年前的夏天，这个城市开始动工修地铁。

那一年夏绿十岁，羊角辫扎得冲天高，一只冰棍儿吃得啧啧作响，腰上总是绑着一条碎花的围裙，在家里不爱穿鞋，总是光着脚丫跑来跑去，每天都会找妈妈要两块钱去街尾的铺子里买豆奶和红豆馅饼。

那段时间，街头巷尾茶余饭后的话题都少不了“地铁”这两个字，讨论得最多的就是有关搬迁的事情。

要让在这里住了十年的夏绿搬去新的地方住，夏爸爸夏妈妈费了好大的劲儿。

包括承诺了她一天五块钱零花钱，一条绣了白牡丹的真丝连衣裙，那是上次跟妈妈逛街看中的，因为价格太贵，任夏绿怎么哭闹，妈妈都拖着她走了。

这一次作为搬家的条件，夏绿赶紧要了来，十岁的夏绿就懂得了揆情度物。

对了，爸爸还答应搬家之后，给她养一只白色京巴狗，在这样的诱惑之下，夏绿总算是勉强同意了。

但是，夏绿并不是个守信用的好姑娘。

在搬家的那天，她反悔了，抱着椅子腿说什么也不肯撒手。

哭得宇宙霹雳无敌响，好像有谁要了她的命，夏爸爸无奈地哄她，夏绿，新家可漂亮了，爸爸保管你喜欢，不信咱们去看看。

她拼命摇头，继续牢牢抱住椅子腿，仿佛溺水的人抱住了一根浮木。

最后夏爸爸实在是没有办法，把夏绿粗鲁地扛上了肩头，任凭她拳打脚踢也没能挣脱束缚，那年的夏绿太小，小到没有力量去决定什么。

搬家势在必行，十岁的夏绿被夏爸爸扛着离开了住了十年的院子。

2. 初遇荧光

新家如夏爸爸所说的一般漂亮，电梯公寓，十七楼的高度足以俯览小半个城市。

明亮的落地窗户，每天清晨，阳光透过玻璃洒满整个房间，暖洋洋的让夏妈妈心花怒放。

可是对于夏绿来说，越是精致，越是怀念以前那个门口种满喇叭花的院子。

搬家之后，离夏绿的学校近了很多，她便获得了自己上学的权利。

她偷偷在心里想，等存够了钱，我就回去了。

夏绿很固执，很坚持，很执拗，很会强扯着过去不放手。

终于在一个星期后，她存够了三十块钱，足够她打的回去了。

她背着书包，里面塞满了干粮，她几乎想把整个冰箱塞进去。

最后她在关上铁门的时候还是留恋地看了一眼，并且掉了两滴眼泪，如果不是曾经的家太让人留恋，她也许会喜欢上这里也说不定。

她没有想到的是，那里早已面目全非。施工队把那里用栅栏圈了起来，机器的轰鸣声震耳欲聋，四面尘土飞扬，哪里还有从前的一丁点儿影子。夏绿失望了，伤心了，坐在马路旁边大声地哭了起来。

就是在那一天，她遇见了荧光。

那时候的荧光皮肤黑黝黝的，明明只比夏绿大上一岁半，看上去却像是成熟了好多。

十一岁的少年已经略微看得出些坚毅的轮廓了，可能因为在工地干活的缘故，比同龄的男生肩膀略宽上许多。

那天他刚刚吃完饭，准备出来透口气，就看到了坐在路边旁若无人号啕

大哭的夏绿，这个女孩子长得可爱极了，如同他很小的时候妈妈讲的童话故事里的白雪公主一般，更要命的是他刹那间就把自己当做了那个骑着白马款款而来的王子。

可是世界上哪有这么邋遢的王子？

他拍了拍身上的尘土，在夏绿旁边坐下，踟蹰着怎样开口跟她讲话。

谁知道她仿佛感觉到旁边有人，猛然抬起埋在膝间的脑袋，一双澄净的眸子对上他，立刻停止了抽泣，一愣之后，问他，你是谁？

这次轮到荧光愣住了。

因为他还没来得及想好怎样介绍自己。

正在他自觉尴尬的时候，夏绿"嗤"的一声笑了出来。

很久之后夏绿对荧光说起那天的情景依然会不自觉地笑出声来。

她抬起头，身边的这个小少年满脸的灰土，几乎只看得清两只灵动的眼睛透露出无比关切的神情，有些事，便在那一刻就已经注定了。

夏绿饿了，可毕竟是只有十岁的孩子，她不敢去更远的地方吃东西，于是问身边的小少年，喂，你带我去吃面好吗？我可以请你。

荧光想了想，点头说好。然后又让夏绿在原地等着，飞快地跑进了施工场地，没过多久换了身稍微干净一些的衣服出来，脸也仔细地洗过了，显露出清秀的面容。

他跑过来，不好意思地笑了笑，说走吧。

坐在街边的面摊，夏绿狼吞虎咽地吃掉了一大碗阳春面。

最后荧光那一碗也分了一大半给她，夏绿才心满意足地拍拍肚子说吃饱了。

只是在最后付钱的时候，夏绿又当了一回不守信用的坏姑娘，她突然发现，自己剩下的钱已经不够付这两碗面钱了。

当然，是荧光付了钱。

在十岁的夏绿看来，这就是莫大的恩惠了。

所以后来在知道原来荧光的爸爸就是那个施工队的工头，就是拆掉夏绿心心念念的大院子修地铁的人的时候，夏绿也没好意思翻脸，倒是荧光煞有介事地对她说了句对不起。

3. 毛毛虫会不会有春天

总之，就是这样夏绿和荧光认识了，并且慢慢要好起来。

夏绿知道了原来荧光很可怜，很小的时候妈妈就去世了，跟着爸爸各个城市东奔西走，没有念过什么书，却懂得很多夏绿不懂的事情。他爸爸在一次喝醉酒的时候摇头晃脑地对他说，儿子，念书没用，跟着爸学真本事，赚大钱，以后不愁没饭吃。荧光很听话，他点头说好，其实他没有告诉爸爸，他不想赚大钱，他想跟其他小朋友一样，背着书包去学校念书。

夏绿听得眼泪汪汪的，拍拍尚未发育的胸口，很有气魄地说，以后我就是你的老师了，我学会的都教给你。

荧光眼里星星点点的感动便涌了出来。

那时候的他们纯洁得就像初升的太阳，充满了勇气和希望。

不知道人的一辈子，究竟能有多少个人，与你相交相知整整十年，他了解你的每一个细节，跟你的成长密切相关，你会在每一次失望难过的时候对他哭诉，毫无保留全身心的信任。

这样的人，应当不算多吧。

后来他们越长越大，初中之后的夏绿头发被剪得短短的，依旧是没有发育的豆芽菜身材，活生生一个小男生形象，她有些沮丧地问荧光，你说我会不会永远都是这个样子啦？

荧光轻轻地拍她的脑袋，傻瓜，毛毛虫在变成蝴蝶前，它不过是条丑陋的小虫子，但是谁也阻止不了它变成美丽的蝴蝶呀。

夏绿不干了，一巴掌打到荧光的后背上，你才是毛毛虫！你才丑陋！

其实那时候的荧光已经相当好看了，个头拔节似的长高，皮肤却白了许多，五官轮廓也逐渐清晰深刻起来。

阳光下，少年的头发是一片灿烂的金黄色。

在工地百年难遇的休息时，荧光借了辆单车说是要带夏绿去踏青。

一辆除了铃铛不响，其余都响的单车被骑到夏绿家楼下，两栋高楼的罅隙之间有微风轻轻的流过。

荧光站在这座城市的中央微微有些失神，夏绿从背后偷偷冒出来，吓了他一大跳。

那是他们爱玩的小游戏，在对方发呆走神的时候，来个意外的“惊喜”，不过常常被吓的那个都是夏绿，所以这一次夏绿本着“有仇赶紧报仇”的原则，没有放过他。

荧光拍了拍胸口，做出被惊吓的表情，然后说，把我吓死了，看谁陪你出来玩。

荧光说得没错，那时候的夏绿除了荧光以外，真的没有什么朋友。十五六岁的女孩，莫名其妙地便生出了一些小骄傲，不轻易与人为伍的姿态让荧光有些无奈。

而荧光，则跟谁都合得来，经常跟工地里的工人们勾肩搭背谈笑风生，大到经理，小到守门老爷爷，没有一个不喜欢他。夏绿说，你那叫滥交！我从来没有见过你这么没有原则的人。

荧光只是笑笑并不反驳，可一有空当就会劝夏绿，你也应该多和同学交流一下，其实很多人没有你想象的难以接触。

夏绿摇头，撒娇似的往荧光身上蹭，不要，我有荧光就够了啦，其他的都不需要。夏绿没有发现荧光的脸红得像火烧云，她的动作自然得很。这是他们认识的第五年，那些依赖就像是岁月的年轮印刻在夏绿尚未发芽的心里。

4. 十六岁漫长夏

长大原来只是一瞬间的事情。

2006 年最炎热那几天，夏绿从红瓦白墙的教室走了出来，长长吁出一口气，十年寒窗就看这一考了，值得庆幸的是这关键的考试应该发挥得还算不错。

吹了两个小时的冷气终于重见阳光，夏妈妈便跟触电般从走廊的花坛上一跃而起凑了过来，考得怎么样？感觉怎么样啊？她焦急的神情在夏绿眼前被无数倍放大，顿时觉得有些头疼。

周围的温度有些灼人，夏绿摇摇头，你暂时别问了好吗？

夏妈妈失望地把夏绿的包接过来背在身上，然后又像是想起了什么似的说，夏绿，前几天我跟你爸爸商量了一下，你看你能不能和荧光稍微保持一点儿距离，他是个好孩子，只是你们现在都长大了，你也该懂得男女有别了，你这么成天跟他待在一起，总有些不合适的吧？

这类似的话，在近一年里反复出现过好多次了。

时光抽丝剥茧，那个叫荧光的男孩子毅然坚固矗立在夏绿的人生里。

夏绿记得高考前两个月，班里一个长得很像吴彦祖的男生给她递了一封粉色信，很轻浮地对她说，考虑一下，机会难得哦。

说实在的，夏绿是很讨厌这种仗着有几分姿色就觉得全世界女生都应该围着他转的男生的，浮夸、飞扬跋扈、一点儿都不踏实，所以那封信她没有看，当着他的面就丢进了教室后面的垃圾桶，那个男生应该是觉得没有面子了，双手因愤怒有些颤抖地伸到夏绿面前，做了一个肮脏的手势，然后说，你有种，给我等着。

她并没有当一回事，结果在下午放学就真的出事了。

他带了几个衣着流里流气的人在学校门口等着，夏绿哪见过这个阵仗，心里有点儿慌了。

她在校内的IC电话亭拨了工地的电话，听到那边熟悉的声音，她突然就哭了出来，荧光说，你别急，我马上就到。

挂完电话十分钟，荧光就赶了过来。满头大汗地出现在夏绿面前，她有些吃惊地问他，你是怎么进来的？

他不好意思地笑笑，我跟门卫说，我是你哥哥。

接下来他就真的冒充了一次夏绿的哥哥，把那几个无知少年教育得低眉顺眼服服帖帖的，那个"吴彦祖"还专门跑过来跟夏绿道歉，对不起哦，下次我再也不敢了！

没有意想之中的激烈打斗，荧光是有那样大事化小、小事化了的本事的。几分钟后，夏绿咬着刚买的奶油冰棒得意扬扬地说，没想到也会有人喜欢我噢！

荧光笑，毛毛虫变成蝴蝶之后，可能毛毛虫一时之间还意识不到自己已经有翅膀了吧。

彼时的夏绿已然长成了大姑娘，高挑的身段，颇为秀美的五官，有人喜欢早已不足为奇，是她自己懵懵懂懂，挫败到别人的自尊心也一无所知。荧光摇摇头，这么多年，他已经习惯了夏绿的后知后觉，却也猛然真的感受到了她的美好，那种毫不做作的纯真让他有些失了神，所以他又被夏绿突如其来的惊吓袭击了，他暗自叹了口气，这种游戏这么多年她从来没有玩腻过。

他说，下周地铁一号线就要通车了，到时候我们一起去坐好吗？

夏绿应声答应。长达六年时间修建的地铁，终于就快要开通了。

5. 柔软时光

夏妈妈对夏绿说，你别以为我很爱唠叨你，等你长大了就知道妈妈是为了你好。

夏绿没有说话，但是心里很不开心，长大？多大才算是长大？

大人总是喜欢以一副过来人的身份居高临下的指挥别人的生活，就算说不出个所以然，也那么固执地觉得自己就是对的。她不太明白为什么妈妈总是不喜欢她跟荧光一起玩，记得小时候妈妈很喜欢荧光的呀。

她说荧光从小没妈妈，跟着爸爸东奔西跑，挺可怜的，便经常让夏绿叫他来家里吃饭，给他炖汤补身体，盛了一碗又一碗的，撑得荧光就快要吐出来了，才算是放过他。

可是为什么一切都变了呢？

不知道从什么时候开始，她就不那么希望看到夏绿跟荧光在一起了。

那天是夏绿第一次坐地铁，她像一个小孩子似的跟在荧光身后，看着他买票，跟着他进站，地铁驶来的时候，风从四面八方拥挤过来，那种感觉奇妙极了。

夏绿问荧光，我们要去哪里？

荧光说，不知道哦，它开到哪里，我们就去哪里吧。

那是一次没有目的地的行程，沿途没有风景，地铁穿梭的轰鸣声让夏绿的心柔软起来，她轻轻把头靠在荧光的肩膀上，时间好似静止了一般，有关于美好这类的感觉涌上心头，荧光愣住了。

那应该是叫作喜欢吧。

在很小的时候遇见那个女生，她像是迷路的公主等待救赎。

从那天开始他们的生活就像是原本毫无交集的射线交会贯通，只是有时候仍然会担心，这两条射线交会过后，始终还是会沿着各自的轨道向不同的方向延伸而去。

如果真的是这样，这段像是没有出口的地铁永远都驶不到尽头，那该有多好呢。

她应该是睡着了，睫毛静谧又微微颤动着，他低下头，轻声说了一句，我喜欢你。

不论多少时间仓皇而去，那句我喜欢你，都深深地被埋进了狭隘的地铁口里。

夏绿没有告诉过荧光，其实那一天，她根本没有睡着。

高考前一周，荧光来找夏绿，为了地铁他和爸爸已经在这个城市待了整整六年了。如今它建好了，爸爸也决定带着他去别的城市接新的项目了。夏绿好像没有听明白似的让他再说一次，他说，我要走了。

夏绿从来都没有想过，他是迟早有一天会走的。

这座城市，不是荧光的家。

就像他去过的每一座城市一样，他始终都是会离开的。

她的心像是被盐水浸过一般涩涩地难受，想到以后再也没有荧光的生活，夏绿“哇”的一声哭了出来，然后止也止不住。荧光慌了手脚，搜遍了全身也没能找出一包纸巾。

夏绿说，你能不能不走？

荧光摇摇头，恐怕不能吧，这里的事情已经做完了，也没有留下来的理由了。

夏绿耍赖似的拽住荧光的胳膊，不行，反正你不准走。

两个人在艳阳高照的街头拉拉扯扯一番后，荧光败了。他说，我的大小姐，我又不是现在走，你先放手啦。

好了，最多答应你高考前我都不走，好了吧。

夏绿总算暂时松开了手，又突然回过神来，继续拽紧，那你就是说我高考过后你就要走了？

荧光突然安静下来，他那时候的表情，夏绿一辈子都会记得。

有些悲伤，有些欲言又止，有些顽抗，有些妥协。她没有忍住对他说，荧光，等我高考以后，我们私奔吧！

她又成功地吓到了荧光。

他问，你说什么？

我们私奔吧！她又重复了一次。

从十岁的夏绿就敢一个人打车跑了半个城市的情况来看，她是个勇敢的姑娘，但是“私奔”这种事情，并不是有勇敢就可以的。

荧光以为她在开玩笑，并没有当真。谁也不知道夏绿的心里正在筹划一场惊心动魄的出走。

然后一直到高考，他们都没有再见过面。

她努力地学习，仿佛是要给自己一个交代。直到高考成绩下来，她的分数远远超过了重点线。夏爸爸夏妈妈高兴坏了，就差没有杀鸡敬神，夏妈妈逢人便说，我家夏绿真是争气啊，考上了重点大学。

就连向来人情味最为单薄的电梯公寓，邻里之间都已经传了个遍，比放鞭炮还要响亮。

夏绿有些无奈，但是反常地没有怪夏妈妈。

他们当她是长大了，懂事了，其实她心里清楚，她这一走，也许再也见不到他们了。这样想起来心里还是会非常难过和舍不得的。

拿到通知书的第二天，夏绿去找荧光。

他已经收拾好了行李，大包小包的，扎眼极了。

夏绿说，荧光你是不是喜欢我？

荧光有些局促地站在那里，想了很半天，然后才回答，是的。

夏绿说，那我也喜欢你，为什么我们不能在一起。

这是夏绿第一次对别人说出“喜欢”，坦然得理所应当。

她不明白她和荧光怎么变成这样了，从前在一起的轻松愉快现在好像掺杂了很多莫名其妙的东西。她一点儿都不喜欢这样。

荧光也说不出个所以然。

夏绿又问，荧光，你想要跟我在一起吗？

这次他没有犹豫点了点头，两个人沉默了好一会儿。

是荧光先开口，你想好了吗？跟我一起走？

夏绿坚定地点头。

荧光说，那好，以后我会努力赚钱，我会养得起你，不会让你吃苦。

那是最初的承诺，后来有首歌里这么唱：太美的承诺因为太年轻。

夏绿在每一次听到那首歌的时候总会想起荧光英俊年轻的脸。

最终敲定是在那个傍晚乘地铁前往火车站。

那天在所有人都不知道的情况下，他们商量好离开，目的地，不详。

然而也是在那天，夏绿独自一个人拖着行李箱，在人来人往的地铁站里等了六个小时，荧光却始终都没有出现。

一列列地铁在夏绿面前停靠，又开走，她多希望荧光能像往常一样从背后冒出来，吓她一大跳，可是他一直一直都没有出现。夏绿等得有些着急，四处张望着，她想，荧光是不会失约的，他从来都没有骗过她。

直到六个钟头之后，她终于放弃了，她没有打电话，也没有去找他。

她的心被强烈的失望和被抛弃的失落充斥着，不断膨胀。

那天回家后，爸妈都没有发现她曾经出过门，而她则突然大病了一场。

高烧不退，糊里糊涂时，看到夏妈妈坐在床旁暗自落泪，夏绿心里难过极了，半夜从噩梦中惊醒，躲在厕所里尽情地哭了。

荧光大骗子，她都没有嫌弃他没有读过书只会修地铁了，他还把她一个人丢在约定好的地方，就算是他回来找她，她也绝对不会原谅他的！夏绿这样想。

可是，他再也没有回来找过她。暑假过去了，她就要去另一座城市的大学报到了。荧光成了她心底一个再也不愿意提起的回忆。

然后她才知道，这个世界有多大。

不是他们小时候玩耍的游乐场，二十步便是尽头。这里大得可怕，她时常在想，荧光现在应该在哪里呢？他过得好不好呢？不知道以后还会不会遇到，如果遇到了她要不要问他，那天晚上，为什么要失约呢？

那不是一种失去之后的悲伤，而是一种从未拥有的绝望。

可是时间，真的是最好的治愈剂。

夏绿慢慢地不会再想起那个曾经满脸尘土的小男孩，即使想起，也不再觉得心里纠缠得难过。大三的时候，她交了一个男朋友。认真又踏实，笑起来的样子从某个角度看来，很像荧光。

夏绿没有告诉过任何人，那个男生表白的时候，对她说，跟我在一起我会让你幸福的，我会努力赚钱，我会养得起你，不会让你吃苦。这句话曾几何时，也有另外一个人对她说过，他们有一样笃定的神情。

直到暑假回家，一天吃饭的时候，夏妈妈无意间说起以前的事。

其实自从那天晚上之后，夏绿家很有默契地再也没有说起过荧光。那天，夏妈妈做了一桌子的菜，夏绿突然发现她老了好多，鬓角已经开始出现点点白色。

她说，看到你现在这么幸福，妈妈也安心了。

其实这两年，我一直在想自己那么做到底是对还是错，还好夏绿你过得很好。

你也不要再怪荧光了，那天晚上是我赶在你出门前去找了他，我求他不要跟你走，你以为妈妈是傻瓜吗？其实我早就知道你的想法了。

夏绿，荧光也是为了你好。

你们终究是两个世界的人，那样的未来，不一定是你想要的，如果以后你发现那并不是你要的，时间怎么能再回头呢？后来你去上大学之后，我听说荧光和他爸爸没有离开这里，只是荧光一次意外中把腿摔断了，复原得不太理想，走路都有些影响。

夏绿像是没有听见，自顾自地说，妈，下次放假回来，我把男朋友带回来好吗？

夏妈妈开心地笑了，连声说好。

他们，才是一个世界的人。

6. 地铁开往下一场春暖花开

有生之年，狭路相逢，终不能幸免。

2009 年的春天，夏绿在地铁入口看见了跨越过十年的荧光。

就算四年没见，她也一眼认出了他，他穿着一件稍微有些破旧的工人服，走起路来看得出脚有些不方便。

地铁入口在修新的广告牌，尘土飞扬。

十年前，夏绿在这里遇见了荧光，十年之后，她又在这里重遇他。只是这时的夏绿已经大学毕业，在这座城市找了份体面的工作，有了个体贴懂事的男朋友，他放弃了自己的家乡甚至追随她来到这里，如果没有意外，夏天就准备结婚了，前途一片大好。

像是穿越了时光的甬道，她看见好多年前的荧光，在她身边偷偷地对她说了一句，我喜欢你。

也许在这一段无法倒退的时光中，荧光才是唯一自始至终都在妥协的人，他的毛毛虫蜕变成了蝴蝶，而他却不能阻碍她的飞翔。夏绿突然不知道应该怪他的不守信用，还是感激他赐予她一个崭新的未来。

也是真正长大后，她才懂得，安稳对于一个女生的重要性。

他认真地在工作，没有看见她。

而她也没有叫他，在转身的时候，她眼角的一滴泪水滑了下来，那是她在对往昔告别。

那列地铁开往下一个春暖花开。

只是那个春天里，再也没有一个叫荧光的小男孩。

李葡挞是个怪名字

■ 王紫玄

一

我叫李葡挞，呃，怪名字是吧，我一直挺讨厌这个名字的。我常常抱怨这名字有多怪异，可是妈妈任由我哭闹，就是不肯给我改名字。

其实这名字背后也没什么特别的故事，只是因为我家开了一个蛋糕店，所以我叫李葡挞，葡萄的葡，蛋挞的挞，所以我就有了一个像广告牌一样的名字。

在这个“甜美”名字下面是一个假淑女的我。我自认为我不算张狂，但足够叛逆。在学校安静到不能再安静，在家却活泼到不能再活泼。用一句流行的话来说就是“静若处子，动若脱兔”。

我的人生就像准备烘烤的蛋糕一样稳稳地贴在锡纸上，平凡无奇、波澜不惊。唯一值得自豪的是中考时撞大运一样考上了纯一中学。

纯一中学的确很优秀，但吸引我的却不是它的声望，而是纯一校园的白桦树，食堂的鱼香肉丝以及文学社的朴杉，这些才是纯一的珍宝，才是吸引无数嘴馋加花痴少女的法宝。

我——李葡挞，以紧贴分数线的成绩跌跌撞撞地进了纯一校园。在这里，我将掀开人生的新篇章，一切从零开始，我希望自己能有始有终地走完全程，自信地，灿烂地!

二

分班了，分班了，我被分到了 10 班，最普通的班，成了被尖子生称为弱智班的学生。

而纯一的校草朴杉则在高二(1)班，可想而知，差距是多么悬殊。

不过我还是很开心命运的安排，因为至少我现在和他在同一个教学楼，同一个食堂，甚至他周围的空气也会流动到我的身边，如此这般，于我就已经足够。

暗恋，因为想象而变得如此美好。如果不是她后来出现，或许这一切假想都不会被现实打破。

三

那天在上语文课时，来了一个插班生。她一走进班级，全班都沸腾了，她浑身都是星范：身穿黑色带亮片的衬衫，荧光紫的短裙还缀着黑色流苏，珠灰色漆皮高跟鞋，细小而尖锐的首饰闪着金属的光泽，总之，她给人的感觉就是一个字“闪”！

更灰色幽默的是，她走上讲台，微微蹙眉，说：“大家好，我叫刘闪。”那一刻，大家都惊叹她人如其名，而我则惊讶于她的美丽，她真的很美。

四

我连做梦都没想到刘闪会选择和我同桌！不知是惊还是喜。

但渐渐地，我发现刘闪真的是个很特别的女生。有男生给她写情书，她会很认真地挑错别字，然后下课时就跟那个男生称兄道弟了，似乎她的世界根本不需要爱情，一切都已经足够了。

她比我叛逆得多，这点毋庸置疑。她上课花 40 分钟睡觉，5 分钟化妆，她从来不做家庭作业，周末从来不补课，可她竟然在第一次月考考了年级第一。

即使尖子生都怀疑她作弊，她仍一副清者自清的态度不去理会。

但我相信，她没有作弊，直觉。

果然，第二次月考时，我再一次在排行榜上看到了她的名字，我没有看错，她确实闪耀在那里，高了第二名 37 分，稳坐第一。

这就是刘闪，破釜沉舟，完全不留余地。

渐渐地，我就听说教导主任在跟校长商议把刘闪调到一班，校长答应看刘闪下一次成绩再做定夺。我知道这个消息后就开始珍惜与她同桌的日子了，尽管她还是不理我。

五

而刘闪呢，她并没有任何变化，她仍过着自己的生活，仿佛一切都入不

了她的耳目。

可令我万万没想到的是，在第三次考试后，她却从第一名滑到最后一名，她的得分是零。

据监考老师说，第一考场有个学生拿到卷子写上名字后就开始睡觉，一道题也没有答。

只是刘闪，你为什么要这么做呢？

我没有过多的心思，心里这样想就直接问了出来。

她抬起懒洋洋的头看了我一眼后又埋下了头，用一种类似梦呓的声音说："你不会懂我的。"

我诧异于她的反应，她竟然会这样回答，似乎她是什么都懂的，而我则幼稚到不能再幼稚。我突然感到很生气，于是冲动的我开始不顾形象口不择言："刘闪，你认为自己很高傲很清高吗？你凭什么啊，你凭什么用重点生的头脑坐在弱智班里啊？你凭什么想答题就答，不想答题就交白卷啊？你以为地球少了你就不会再转动了吗？"

我不晓得自己的吼叫是否有闹铃的作用，总之她醒了，用粘着水晶指甲的手指着我说："你叫什么？"

"李葡挞。"

"从今天起，你是我的朋友了。"

"为什么？"

"从来没有人这样跟我说话，你是第一个，我喜欢你的勇气。"

六

尽管有些责怪，尽管我和她还不太熟，但是我仍然很开心能和刘闪做朋友，也许她一出现，我的生活就注定不平凡了吧，但我却愿意打破这种波澜不惊。

友谊真的是一种很奇妙的东西，它可以让两个在旁人看来似乎一辈子都不会有交集的人一起去食堂抢鱼香肉丝吃，一切真的很好玩。

刘闪，和你做朋友很轻松呢。

我没有其他朋友，她也没有。我们只有我们。

我们无话不谈，有时会聊起她那个古董老爸，有时会聊起纯一的白桦，但更多时候都是我在花痴地和她聊朴杉，其实关于朴杉的一切她都不感兴趣，她只不过喜欢看我兴高采烈的样子。

"刘闪，你说朴杉有一天会不会喜欢我呢？"

“当然啦，挞挞这么可爱，你喜欢朴杉是他幸运。”

“算了吧，你就会安慰我。他那么帅那么聪明，又和我不是同年级的，想让他认识我都很难。”

“给你出个主意。”

“哦?”

“十月一日的时候在校庆晚会上唱一首歌送给他好啦，不过要提前选好歌，才可能一鸣惊人哦!”

七

刘闪帮我排练了一首歌，在寝室“闭门思过”，那样练效果很好，但一到要彩排的时候，我怯怯地跟要抽我的心血一样。

而演出将近，无奈只有刘闪陪我一起唱，我才能说服自己勇敢一些。

“我好紧张，刘闪怎么办?”

“别怕，有我，知道吗，相信自己。”

帷幕渐渐拉开，刘闪缓缓说道：“这首歌，是一个叫李葡挞的女孩写的，她想告诉纯一的所有人要珍惜爱。”

夜幕降临，所有的灯光投射到我们身上，紫色的舞台缓缓旋转，听着熟悉的旋律，胆怯的我心里还是发憷，好在刘闪握住了我的手先唱起了主歌：

路伊莎光芒
绽放在红舞鞋的路上
Surprise 力量
它在哪扇门流淌
挥起银色翅膀
向着祭可指引的天堂
唱响未知梦境
有玲珑果的芳香

我尽量恢复平静，凝望朴杉的眼睛，唱起了副歌：

爱是什么形状
我试图用魔棒模仿

爱是什么味道
我打翻五味瓶找不到配方
是谁弥留宽恕的目光
普照我成长的漫长
是谁盗走黑夜的曙光
让我炼就坚强
等待天亮

一曲唱完，朴杉上台送花，我刚想说“这首歌是唱给你的”，却发现朴杉的目光穿过了我，走向了一旁的刘闪。

我亲爱的朴杉竟然勇敢地抢过刘闪的麦克风说：“刘闪，我喜欢你。”

那一刻，全场沸腾，而我呢，我的五味瓶才真正打翻了。

八

是否每个华丽的故事都会有凄美的结局呢？我不知道也不想知道。

对于朴杉公开的表白刘闪既没有拒绝也没有接受，相反地，她跑下台去追无法再控制情绪的我，而没有给朴杉答案。

但是流言总是比彗星快得多，纯一校园的学生会在一起议论，甚至高二的很多人开始喊她“嫂子”。

对于这一切，我无言。我可以装作若无其事，但事实就是事实，我和刘闪之间已经再也回不到过去了。

九

时间推移着，而我们之间也渐渐有了隔阂。

刘闪一直拒绝朴杉，说真的，看到朴杉心痛，我的心也会同样地疼。我倒宁愿自己只看见朴杉鼓起勇气追刘闪，而看不见他一次次被拒绝后的失望。毕竟，他快乐，我才会快乐。

“刘闪，别再折磨他了，接受他吧，我求你了。”

“挞挞，我不爱朴杉，真的不爱，我不可能和他在一起，我不可能既伤害你又欺骗他，我做不到。”

“刘闪，你来纯一的目的一是什么？你待在10班究竟是为什么？为了所有人都因为你困惑，因为你伤心吗？你到底想干什么？你除了伤害别人，貌似真的没什么别的事可做，既然如此，你还说怕伤害我，我告诉你，你已经把我伤透了，而我们之间的友谊早就被你残忍地一层层刮掉了。”

“挞挞，我……我真的什么都没做。”她哭了，第一次在我面前卸下她的强悍。

“刘闪，是时候做选择了，如果你不想让我恨你，不想让朴杉恨你，就接受他吧。”我摔门而去。原谅我，命运让我真的别无选择。

我之所以逼迫刘闪，只是因为我爱刘闪，我希望她幸福，而朴杉那么好，足以给任何一个女孩幸福。刘闪，抱歉，我对你说了太多伤人的话，但我唯一的目的只是为了不让你错过他。我亲爱的宝贝，刘闪，爱他去吧，李葡挞永远都会祝福你的，永远都会。

十

之后，刘闪选择了躲避，而我选择了静默，我以为刘闪需要时间，而我需要等待。

可是我却没想到我等来的却是刘闪的离开。

那是一个晚自习后的夜晚，我回到家，打开手机时发现里面有刘闪的四条短信。

“挞挞，我要走了，不过我不是去逃避，我是在前进，向着事业前进，我喜欢唱歌，可是我的古董老爸总是希望我女承父业管理公司，这就是我叛逆的原因，我只是不想让别人安排好我的生活而已。”

“至于朴杉，我真的不爱，谢谢你的成全，也谢谢他的错爱，可是在17岁这个年纪，爱情并不是全部。我们始终要走好自己的正轨，我就要上飞机了，我要去能实现我梦想的地方了。不必担心我，我是鸽子，飞得再远都会记得回家的。”

“我去你家了，你妈妈还送了一捧蛋挞给我，这一路我可有口福了。其实挞挞，你很幸福，因为我早在7岁的时候就没有一个把我当蛋挞一样呵护的妈妈了。你要珍惜，懂吗?”

“最后一条，飞机真的快起飞了，我为你唱了一首歌刻成光盘放在你桌子第三个抽屉里，很遗憾来不及唱给你听了，就当这是首离歌吧。亲爱的，我真的要走了，记得，记得喊我回来。爱你的刘闪。”

我把那张光盘放进了CD机，一边听一边就流泪了。

这首歌叫《未及的孤单》

冬夜渐暖
未及的孤单
灯火阑珊
连成一片
樱花溅落
随风消逝
只剩痕迹
点点……

刘闪，记得回来，你永远都不会孤单。我在心里说。

时间过得很快，转眼就是朴杉他们高三的毕业晚会了。

我也唱了一首歌——《未及的孤单》。

是否越长大越孤单
是否越失望越勇敢
沉默的淡然
未免胆怯了一点
隐藏的梦魇
因为脆弱搁浅
等一秒瞬间的片段
等繁华变简单
未及的孤单
前方的光纤
闪着泪渍的眷恋

歌唱完了，朴杉端着一杯酒走了过来：“歌唱得不错，你挺特别的，你叫什么名字？”

“不，我不特别，我和你一样，都一样爱着刘闪。”

他先是一愣，既而坚定地说：“嗯。”

这就是我们的故事，与爱情无关，但与爱密切相关。

故事很短，在纯一校园里就好像一阵风，但它所带来的温暖和感动却永远不变。

而刘闪这个名字则会在我和朴杉心里永远闪耀着，永远骄傲，张狂，美丽。

你是我左手边的梦

■ 苏倾禾

1. 如果，不是左撇子

某日，英语老师在课堂上分析阅读理解题目的时候，讲到了一篇关于左撇子的文章。她说："其实左撇子一般都比较聪明。"班上的同学突然都沉默了，片刻之后，同学们笑了，紧接着一个男生大声地说："老师，石小梦也不见得聪明啊!"言语间流露出满满的嘲讽。

于是，班上同学的笑声一阵高过一阵。安静地坐在角落里的女生，使劲地低着头，沉默不语。没有人知道她的眼里噙满了泪水。

低头的女生是石小梦，大声说话的男生是程安。程安不喜欢石小梦，因为石小梦总会在做笔记或者写作业的时候不小心碰掉他的笔。石小梦是个左撇子，而且是个不聪明的左撇子。

英语老师看了看低头不语的石小梦，然后对所有同学说："左撇子的人确实比一般人聪明，这并不一定体现在成绩上。石小梦同学很不错，你们不应该嘲笑她。"石小梦抬起头，感激地看着英语老师，然后又埋下头听老师讲解题目。

被数落的程安恶狠狠地瞪了一眼石小梦，然后悄悄拿出手机，在微博上更新了一条心情：我的同桌是个左撇子，不漂亮不聪明不温柔，还老是碰掉我的笔。我讨厌她。

后来，石小梦在同学转发的微博中看到了程安的心情，她的心里顿时生出大片的荒凉："程安，你真的这样讨厌我吗？如果，我不是左撇子呢?"

2. 如果，不再是同桌

事实上，石小梦并没程安想的那么不堪。石小梦虽然五官平平，但是身上流露出一股安静的气质。她成绩中等，但写得一手漂亮的毛笔字。只是她的性格内向，说话轻声细语，平日里几乎从不与人交流。

程安是个性格刚烈甚至有点偏执的少年，他执意地认为同桌用左手写字看起来非常别扭，再加上石小梦写字时总是碰到自己的右手，害他总是把笔甩掉，所以，程安很纯粹地不喜欢石小梦。英语课上发生的事情更让他觉得石小梦是个讨厌鬼。

程安曾找过老师好几次，要求调换座位。但是，每次老师都以“没有特殊理由不许换座位”拒绝了他的要求。程安只好作罢，他也只能暗地里无奈地骂几句坐在身旁的女生。

一个星期之后，在一次班会课上，班主任突然宣布调换座位。石小梦被安排到一个人靠墙坐的一排座位。程安知道后，眉飞色舞地看着石小梦一个人默默地搬走。他还兴高采烈地对身后的同学说：“左撇子终于走了，以后不用担心本子突然被划出一道口子，上课上到一半要弯腰捡笔了。哈哈。”

石小梦搬书的时候，碰巧听见了程安的这句话。她顿了顿，挺直着背靠在墙上，嘴角努力保持着上扬的弧度。她小声地对自己说：“石小梦，这都不算什么。他说的也是事实嘛。”只是，石小梦的心里压抑得无法形容，她的心如同秋日飘零的落叶。“程安，你为什么这么讨厌我？”

3. 石小梦，习惯是什么

程安并不知道，换位置的事情是石小梦主动提出来的，理由是影响同桌正常学习。班主任看着石小梦重重地叹了一口气，最终还是同意了。班上同学都不知道，班主任是她无话不谈的亲舅舅。石小梦之所以会坐到程安的身旁，也是因为她主动提出来的。在保证绝对不影响学习的前提下，舅舅才答应了石小梦的请求。只是，石小梦不曾想到，程安会如此讨厌自己。

自从石小梦不再是程安的同桌后，程安竟然觉得很不习惯。他总是在上课上到一半的时候，弯下身子去地上捡笔，然后后知后觉地想起自己的笔并没掉。自习课的时候，他会在写作业时习惯性地望向身边的人，然后轻声地说：“你坐过去一点儿。”在发现同桌不是石小梦时，程安的心中闪过一丝失望。程安的眼神总会不自觉地瞥向靠墙那排座位的方向，他常常看见石小梦挺着背，咬着笔认真地听课，或者是在发呆。

程安有时候会想：“我以前说的话会不会太重？石小梦会很介意吗？”只是这样的想法，只会停留一瞬间。程安觉得，自己并没有说错话：“石小梦明明就不怎么聪明，长得也不漂亮，性格还很奇怪。”

石小梦搬走时，程安明明兴奋得得意忘形，可是现在为什么总是忍不住会想起她，程安也弄不明白。“一定是习惯在作祟。”程安自顾自地说着。

程安觉得很无奈，在他无数次把自己的眼光投向石小梦时，他都想抽自己一个耳光。程安在经过石小梦座位时，变得呼吸急促。他不知道自己怎么了，只觉得自己像个疯子。

无奈之下，程安写了一张纸条给石小梦：“石小梦，你知不知道，你真是个无处不在的讨厌鬼。”

4. 程安，你不知道的事

离开程安，一个人坐在靠墙的位置，石小梦觉得心里好像缺了一大块。课间休息的时候，石小梦会偷偷地关注程安的一举一动：程安似乎安静了很多，不再和同学打打闹闹，他甚至会在上课的时候偷偷地看小说，还会在自习课上一个人埋头涂鸦。这一切，都是石小梦认为程安不可能会做的。

石小梦愣愣地看着程安：“原来，没有我做同桌，你可以变得如此安静。”石小梦的眼眶微润。

当石小梦在某个午后看见程安在篮球场上的身影时，她的心会猛然颤动一下；当她在某个自习的夜里看见程安埋头写作业，露出好看的侧脸时，石小梦会轻声地叹一口气。石小梦控制不住自己去关注程安的一举一动，程安就像是一颗小太阳，让她看见光和热。

当石小梦收到程安的纸条时，她满心欢喜地握着纸条。“或许，程安觉得有个左撇子的同桌是件不错的事情。”“或许，程安并没有那么讨厌自己。”“或许，程安是想跟我道歉。”

石小梦打开纸条后，一个人默默地抹了一把眼泪。她拿起手机，在微博上更新了一条心情：你不知道的事。

5. 隔着时光的青春

石小梦最后选择把那个态度恶劣的少年，当做青春里的一场梦。

在这个梦里，她总是习惯性地靠在墙上，用左手写下一段又一段缠绵的心事。石小梦有一本厚厚的笔记本，她在扉页上用荧光笔写下了两个娟秀的大字：程安。

一天，班上组织篮球比赛。

石小梦正在篮球场上默默地听着音乐，一个篮球突然朝她飞了过来，瞬间就砸在了她的脸上。石小梦立马捂着脸，蹲在了地上。这时，一个穿着篮球服的男生走过来，带着轻蔑的语气说："左撇子，你不是很聪明吗？怎么连个篮球都躲不过去？"

程安看到后，突然走上前，一把推开男生，发疯似的大骂："她是左撇子关你什么事！"石小梦抬起头默默地看着程安。程安面红耳赤的样子刻在了石小梦的心里，让她忘记了脸上的疼痛。

这件事情过后，石小梦和程安之间的关系似乎有了微妙的变化，但是两个人都说不清这变化究竟是什么。青春就像是一张隐秘的网，在不知不觉中就把少男少女的心思网住了。

6. 喧闹的 KTV，喜悦的两个人

进入职校第三个学期的时候，班上的同学大部分都开始准备外出实习了。实习前，班长决定举办一次聚会。

KTV 的大包厢里，同学们都放肆地玩着、闹着，眼前的场景仿佛奏响了毕业的前奏。昏暗的灯光下，石小梦安静地坐在包厢的角落里。她不习惯如此热闹的场景，也没有特别熟悉的同学可以亲近地交谈。

石小梦的眼神始终停留在程安的身上。她看着程安和同学争夺麦克风，看着他仰着脸灌下一杯又一杯的啤酒，看着他和其他女生说笑。石小梦努力地记住程安的每一个表情，她不确定毕业后自己是否还能和程安再次相见。石小梦又觉得自己的行为很幼稚。"程安对我的印象，只不过是个讨厌鬼罢了，我又何苦自寻烦恼。"

在石小梦陷入沉思时，班上有人大喊："我们一起来拍张全班合照吧。"石小梦回过神儿来，伸出手抹掉偷偷流下的眼泪，她努力扬起嘴角，想要摆出一张笑脸。

同学们都争先恐后地找合适的位置，摆着各种造型，石小梦站在角落的位置，动也不动。程安不知道何时来到石小梦的身边，突然低下头对她说："你知不知道你笑得很难看？"

石小梦愣了一下，脸瞬间就红了。她刚准备说什么，便听见帮忙照相的服务员说："站好了，准备拍照了。一、二、三，笑一个！"石小梦带着一脸的茫然看着相机，在一旁的程安笑出了声："石小梦，你可不可以再傻一点？其实，你也没那么讨厌。"说完这句话后，程安深深地吐了一口气，他感到一阵莫名的喜悦。

石小梦立刻摆出一个惊讶的姿势。程安的"其实，你也没那么讨厌"这句话，在她的脑海不停地翻滚。石小梦在嘈杂的 KTV 里，突然感到一丝无法言语的喜悦。

7. 左手边的梦

实习时，程安在夜深人静的时候会突然想起石小梦。

"一个习惯左手做事的女生，在陌生的环境里会不会受欺负呢?""她的性格软弱，被欺负了也不会吭声。""她会不会在新的环境，变得更孤单呢?"想到这儿，程安突然觉得揪心。某个夜晚，他打开石小梦的 QQ 空间，在她的空间里留言：某月某日，突然想起以前那些不愉快的画面，是我不好。

石小梦很长一段时间都没有上网，当她看见这条留言的时候，已经毕业 2 个月了。石小梦拿着手机，突然之间就泪流满面。"程安，当我发现你的留言的时候，我们已经错过了很多东西。"石小梦给程安发了一封长长的邮件，她说："程安，你知不知道，我曾那么努力地靠近你，用我的左手，碰到你的右手。虽然，你曾讨厌过我，可是，我依然感谢那一段时光。"

"青春年华里，你是我左手边的梦。"石小梦在心里刻下了这句话。

云是风的故事，她是他的故事

■ 语儿

一

阳光透过窗户，安静地照耀着。风吹过浓郁苍翠的梧桐树，惊起几只飞鸟，扑扇着翅膀，发出长长的鸣叫，飞远了。

正午的阳光照在画室门口，少年一转身似乎带动了他周围的空气，把阳光聚集到他身边，画出熠熠闪光的螺丝线。他的声音暖洋洋的，恍若螺丝线似的转动："大家好，我是新来的同学，欧景易。"

苏洛伊逆着光看他，有朦胧的美丽的阳光，然后随着大家鼓掌欢迎新来的同学象征性地拍了两下手，就很快低下头来勾勒那幅记忆深处的美好画面。

"你很像我曾经认识的一个朋友。"少年把画板放在桌子上，坐在苏洛伊旁边时眼里有道暗影划过。

苏洛伊不由得轻笑，这样老套的搭讪她已见怪不怪了，但还是忍不住问他："哪里像？"

少年微微垂下眼睑，浓密的睫毛在白皙的脸孔上拓下蝶翼一般的碎影，眼里的忧伤分明又浓重了。他说："眼睛。"

然后便沉默了。他的头一直低着，只看到细碎的刘海随意地蔓延飘落，阳光在上面轻盈地舞蹈。他的眼光专注在画板上，握笔的手没有停过。苏洛伊偏过头去，看见画纸上落满模样细碎的樱花，还有一个模糊的女孩的背影……

天边的夕阳西沉，染红了天空。画室里的人三三两两地走了，满满一教室突兀的空位就像一道无法言说的伤口。苏洛伊收拾好了画纸，接着便背着画夹准备离开。

"喂！你请我吃东西，我给你讲个故事，好不好？"那些明亮的光点落在少年灰色的瞳孔里，仿佛有雾气在他眼底盘旋、升腾、弥漫。

二

故事的男主人公是一个画画天分极高的少年，他与另一个被称作绘画天才名唤左奈的女生做了很久的同学，少年一直很欣赏这位女生，甚至可以说，他是喜欢这个女生的，但是那个女生，却对他，很是不屑。

“然后呢?”苏洛伊舀了一勺刨冰含在嘴里，问道。

后来这个女生因为家里父母的工作需要，离开了，她离开得很彻底，仿佛从来没有出现过，但男生坚信，那个叫左奈的女孩会回来的，他有耐心，等待她的出现。

……

那天以后，苏洛伊与欧景易就没有任何联系，她知道，其实，那天他说的故事里面的那个男主人公，就是他自己。

记得当时他说这个故事时，氤氲的眼底藏着雾气般的忧郁。

帅气逼人的少年一般是众多女生心目中的白马王子，更别说还是一个门门功课得优，绘画天分极高的少年。唯一的瑕疵是他的身世 ，他是一个私生子。但这并没有成为女生疯狂追逐他的障碍，相反，大家在得知他的身世后，对他更加刮目相看。

现在，欧景易的名字已被全校人所知晓。每天，苏洛伊听到的，都是有关于他的种种。

在那段懵懂的少年时期，那些貌似暧昧的小道消息总是传得很快。例如，欧景易与苏洛伊，几乎每个认识欧景易的人都知道，欧景易刚来学校时，曾让苏洛伊请他吃东西。

“火势”蔓延到了苏洛伊身上，她自动找上了欧景易。

第一次被一个恍若不食人间烟火的女生盯着，欧景易有些愕然。

他知道这是苏洛伊，天之骄女。他想当着大家的面跟她说一声对不起，但一接触到她那迷人的双眼，他就开不了口。

两人就这么对视着，在外人看来，这是一种深情地对望，很唯美暧昧。最终，还是苏洛伊率先把脸别过去，转身离开。

她不知道自己为什么会来找欧景易，甚至听别人说欧景易喜欢自己时心中会有些许窃喜。

三

依旧是上学，放学，画画，每天都一个人重复着这样单调的事情。并没有太大的校园，欧景易却再没有遇见苏洛伊。

再次遇见是一个月后。放学时学校门口总是会拥挤，欧景易不喜欢太喧闹的地方，所以总是在放学铃声拉响很久以后才会收拾书包走出教室。

日暮时分，校园里安静的只能听得到飞鸟扑翅呼啦啦飞起的声音，林荫道上的路灯早早地亮起来，和温柔的夕阳糅在一起。

一声抽泣声打破了这宁静，抬眼望去，刚好看见一个熟悉的身影蹲在地上，眼角闪烁着晶莹。心里一热，欧景易走上前去，拽住她的手，把她拉了起来。

苏洛伊痛苦地叫了一声："欧景易，你这是要害死我吗?"

低头看了苏洛伊的脚，发现她是脚崴到了。

一只手慢慢地抬起来，落在了苏洛伊头上，欧景易柔声道："别哭了，以后我会保护你的。"话刚说出口，他便有些发愣。

苏洛伊沉默了，她抬起头，眼里看不出任何情绪。末了，问一句："欧景易，你这是在向我告白吗?"

恢复正常，欧景易嘴边扬起一抹笑，说："算是吧。"

四

由于欧景易的画功极佳，学校为此为他举办了一场个人画展。

那天，欧景易莫名地让苏洛伊当了自己的女朋友，连他自己也觉得不可思议。只是一想到苏洛伊那双与左奈一样迷人的眼睛，他的心情就好了起来。

不知不觉他走到了自己喜欢的那幅画面前，那是一幅油画：春天的午后，阳光暖暖地斜射在女孩敞开的窗子上，红色的墙砖如天然古老的画框，曲曲折折的爬藤蜿蜒着绣在画框上。

"欧景易，我想，你画这幅画的时候心情肯定很忧郁。"苏洛伊将视线投在画面上，自顾自地说："原本该是温暖的一幅画，你用的却基本上全是冷色调，而且画上女生的表情也很忧伤。"

"你说得很对。"欧景易眼里全是笑意。

苏洛伊的眼里有一丝阳光射入，深沉幽暗的眼底，一瞬间飞快地惊起一泓亮蓝色的水花，即刻便沉静下去，如雨后天空的微蓝扑满整个瞳仁。

……

在比赛之前，苏洛伊以为欧景易是真的喜欢自己，可是，后来——

作为学校最有绘画天赋的两个人，学校决定派他们去参加比赛。在去比赛的路上，由于时间紧迫，司机开得很快，最后酿成一场悲剧。

车祸发生的时候，苏洛伊伏在欧景易身上，替他挡了一劫。可是，在即将昏迷的时刻，苏洛伊清楚地听见，欧景易喊的不是自己的名字，而是那个他等待的女生的名字，左奈。

苏洛伊以为欧景易是喜欢自己的，不是因为自己长得和左奈有点像。她一直以为，山是水的故事，云是风的故事，他是自己的故事，却不知道，她才是他的故事。

忧伤像透明的空气，呼吸里仿佛都有了眼泪的味道，心，在此刻停了下来……

犀牛的梦想清单

■ 陈小愚

犀牛是非常忠贞的动物，雄犀牛如果认定了雌犀牛，会为它战斗，赢得它的芳心，然后一生只守护它一个。

1. 犀牛专家张狒狒

如果你看《动物世界》或《人与自然》，总会看到真正的犀牛。它们总是泡在混浊的满是粪便的泥水里，臭气冲天，面露凶气，像满脸横肉的摔跤手，用一种沉闷粗重的眼光盯着你，连鳄鱼都惧怕它们。

而我被骗了，被自誉为“犀牛专家”的张子川骗了。他告诉我犀牛们很Cute，很傻，是蓝色的，还会飞。

然后，我梦到我骑着蓝色的犀牛，在水里驰骋，上天入地，呼风唤雨。

高中毕业后我在家帮忙照看小卖部，卖些饮料零食和油盐酱醋。我做这个梦的时候正趴在小卖部的柜台上，咧着嘴笑。醒来的时候就看到张子川站在面前，靠着柜台，一只手叉着腰，一只手托着下巴盯着我看。

他笑得很夸张，就像狒狒。

“你真脏。”张狒狒做了一个扁嘴的表情。

我用力擦去口水，没好气地问他又来干吗。

“来带你去看犀牛啊。”张狒狒笑。

我知道他在开玩笑，所以没有理他。

2. 像一只牛能好到哪里去

我有点儿后悔，后悔没和别人一样考大学，后悔没趁着年轻多学一点儿知识，至少花点时间多看《动物世界》，这样就不会被张子川稀里糊涂地骗了。

张子川是某名牌大学生物学系的研究生，他们要做一项研究，来广西云

南一带采集植物样本。本来有个小团队，但张子川途中突发急性阑尾炎做了个小手术，后来其他人跑到云南去了，他一个人留在了广西。

身体恢复以后，张子川也不急，觉得这个偏僻的小镇有点意思，就租了辆自行车满山骑，饿了停下来吃碗桂林米粉，逗逗路边光脚丫满地跑的小孩儿。天色暗下来，阳光斜斜坠入石林群中，美轮美奂，他有点晕乎乎的，然后骑车回去的路上差点把我给撞了，我躲闪不及，跌落在水田里。

我满身泥水从稻田里爬上来，张子川却哈哈大笑，他脱口就说："你看起来真像一只犀牛。"

没知识真可悲，因为我没见过犀牛，不知道犀牛长什么样，可是像一只牛能好到哪里去。

我非常生气，张子川知道错了，一路推着自行车跟在我身后说对不起，说他不是有意的，问我有没有受伤。一直跟到我家门口，直到我家院里的大狼狗扑出来，他才落荒而逃。

3. 听上去很美妙

几天后，张子川在我的小卖部前停下来买饮料，他一眼就认出了我。

"哈，犀牛女。"

张子川对那天把我弄到水稻田里的事很抱歉，但我已经不在意了。他想转移话题，问我怎么不去上学，因为我看起来还是该上学的年纪。

"要你管。"我答他。

后来张子川每天都来小卖部，他常常只是站在柜台外面想要和我聊天，有时候会请我喝汽水，企图让我开口和他说说话。当有一天他说到犀牛的时候，我忍不住，就问他犀牛到底长什么样。

张子川要了一张纸和铅笔，开始在上面涂涂画画，最后他把画好的图给我看，他的画实在不怎么样，上面是一只长着翅膀的Q版大象，只是这只大象没有鼻子，而且头上顶着两个短短的角。他说那就是犀牛，看起来还挺可爱，他说我像犀牛，因为生气的时候鼻子皱皱的。

张子川说犀牛是世界上非常忠贞的动物，雄犀牛如果认定了雌犀牛，会为它战斗，赢得它的芳心，然后一生只守护它一个。

听上去很美妙。

我对长翅膀的犀牛有好感，并想象犀牛在天上飞的样子，然后和张子川谈论动物和植物的话题，就这样熟起来了。

当我对张子川所说的某种植物或动物，或者某个外国城市的名字一脸迷茫时，张子川会耐心地给我解释，一边解释一边笑我："你这个村姑，到底知道什么？"张子川只是在开玩笑，我知道他不是嫌我没文化，而是可惜我的美好青春。

张子川有一张梦想清单，上面列着他在死前要做的事情，比如坐一次电梯克服幽闭症，30岁前去一趟非洲，如果在死前能发现新物种，那最好不过。

天气好的时候，我会放着小卖部不管，和张子川一起进山去采集植物样本。我坐在张子川的单车后座上，车子快得像飞机一样，追着落日而去。

我问张子川有没有载过别的女生，他笑着说："当然有。"我有点沮丧，他又说："我妹妹算不算？"

我看到张子川耍人得逞的笑容，脸红了一大片。

张子川又取笑我："你一定没谈过恋爱是不是？"

4. 好的总是意犹未尽

小镇上与我同龄的人不是外出上学工作就是结婚生子了，我没有什么朋友，遇上张子川也是件值得高兴的事，因为他从大城市来，见多识广，他的梦想清单也很打动人心。

我确定了张子川就是我迟来的初恋。

但张子川要走了，他要去云南与队友会合。我去送他，还给他弄了点特产，作为回礼，他从背包里掏出一个小玩意塞到我手上。

"这些年来我一直随身携带的犀牛模型，用石头刻的，送给你作纪念。"张子川说，"这些日子很开心，谢谢你。"

我握着那块石头刻成的犀牛，忍着不让自己哭出来。

要不要对张子川说我喜欢他呢？我决定还是不要说的好，他终究要走，我说了又有什么用，如果他当场拒绝我，那生不如死。

张子川说会给我写信，他也给了我电话和学校地址，让我写信给他。

九月过去了，十月过去了，整个秋天都过去了，我也没有收到张子川的信。我不想主动联系他，那样看起来很花痴。

那个犀牛角石头我随身携带着，在小卖部就放在柜台上，睡觉就放在枕头边，一刻不离开视线。

张子川在哪里呢？他在做什么？

好的总是意犹未尽。

5. 21 岁的大龄女青年

等到冬天结束的时候，我对张子川的信已经没有那么期待了，我每天都去小卖部看店，日出日落，第一次觉得人生如此无聊，缺少生气。我的内心有某种勃发起来的东西，一点一点刺激五脏六腑，刺激神经，让人失眠。

家里人开始给我张罗对象。我反应很激烈，我只有 21 岁，不想那么早嫁掉。可我妈说她 18 岁的时候已经生下我哥哥，21 岁在小镇里已经算个大龄女青年。

我知道家人要给我介绍的对象，是镇上小学校长的儿子，在小学教语文，人又高又瘦，有点驼背，架着眼镜，有点脱发的迹象，26 岁的人看起来像 46 岁。他也常来小卖部买饮料，每次只喝一种菊花茶，每次喝完会用手帕擦嘴，从来不笑。当别人告诉他，我就是他将来要娶的人，他似乎漠不关心，来小卖部也像以前一样，仿佛无论站在柜台里的女子是哪一个，都只是作为某种结果被他接受而已，依然喝菊花茶，依然用手帕擦嘴，依然驼着背走出去。

一个无聊的人，一具空壳。

我突然又非常想念张子川，想念他站在柜台外面喋喋不休，给我讲犀牛的故事，还有他的梦想清单。

6. 犀牛已死，我是飞象

我 24 岁了，我永远记得三年前离家出走那天，长途汽车里难闻的味道，挂在窗边的月亮，大得不真实，以及满世界只剩下的我的心跳声。

三年来，我在这座城市里活得很艰辛，每天簇拥在人群里随波逐流，像江上的一片叶子，随时一个轻微的浪花都可以让我万劫不复。除了勇气和决心，我一无所有。

还有你不知道的关于张子川的故事。张子川从云南回到北京后不久，就去了非洲，再也没有回来。张子川患有一种病，医生说他活不到 30 岁，可

他看起来像是要活到100岁的人，还说要发现新物种。

张子川的号码已经永远无法拨通，他的人我再也见不到，但我可以感受到他生活的力量。

我暗自下定决心，即使生活再艰辛，我也不要做一个无聊没梦想的人。

那只犀牛已经死了，我是飞象。

傀儡城池

跨过琉璃墙的木偶人

■ 半湘竹

一

晚风吹过五月的枝丫，满树的叶子沙沙作响，空气中弥漫着夏的味道。这样的片段总伴随着那两个伤感的字眼——“毕业”。

又是一次聚会，难得全班同学没有落下一个，这时已没有对门的隔阂，亦没有羞涩的暧昧。每个人心中都只藏着对大家的不舍，四年，即使是“敌人”，在这一刻也想要拥抱。拼过酒便 High 歌，毕业是个没有夜晚的季节。

林扬却独自找了一个僻静的地方蹲坐下来，虽然也喝了不少酒，但意识还在。抓着手中的手机，十几个未接电话加一条短信：“我们分手吧。”早该料到这样的字眼，但时间太快，来不及删除想念，便要学着去接受。

林扬大四，肖倩大三，不同学院，不同校区，虽然只有半个小时的车程，但各自忙碌的他们每一次见面都弥足珍贵。三年的恋爱说长不长，说短亦不短，没有什么刻骨铭心，只有离别后的隐隐思念，或许正是这思念，会将人的心掏空，却免疫了其他感觉。

回拨了肖倩的电话，林扬努力让自己平静下来。

“倩，明天一起吃晚饭吧。就当道个别。”

电话那头沉默许久：“这次不准再反悔了。”肖倩的声音显得那么平静。

“一定不会。”挂断电话，林扬还是忍不住落下眼泪。过去每次闹分手，肖倩都会哭得很伤心，讲许多话，讲她的委屈，讲他的不够好，但这次，知道没有挽回的余地，便不会再多说了。

仰起头，拭干泪水，起身之后，林扬挂着笑脸回到包厢中。耳边又想起了那熟悉的旋律，林扬接过同学递来的麦克风，一字一句，“如果没有你”，曾经在电话那头笑着唱完的旋律，现在怎么只剩下悲伤。“如果没有你，我在哪里，又有什么可惜……”，这个夜晚，注定无眠。望着窗外那颗一起许诺的星，肖倩也无法抑制自己离别的伤感思绪。

第二天傍晚，林扬刚到餐厅，便看见坐在窗边老位子上的肖倩，在那边无聊地翻着菜单。林扬赶紧过去坐了下来："这里的菜单还要看吗，直接点吧，今天我随你敲诈！"林扬只是想制造个轻快地气氛。

"真的？那……自己看吧。"肖倩偷笑着将菜单甩给了林扬。

没想到肖倩如此淡定地点了六道菜，两人肯定是吃不完的，可是，"爆炒猪肝，青椒炒鸡蛋……"这些不都是自己爱吃的菜么，林扬抬起头质问："你不吃这些，点了做什么？"

"土豆炖鸡，点了的。"肖倩习惯性地撇了撇嘴，指着菜谱上那黄黄的菜，"单已经买了，菜马上就来，今天最后一次，我有权利请你一回了吧。"

"你……"林扬心中百般滋味，是喜是悲？还是不舍……"你不可以这么绝的，让我以后怎么做男人？"

"我就没把你当过男人。"

"都最后一次了，还是这么狠毒……"刚抬起头的林扬却又被肖倩白了一眼，"有意见保留。"林扬又埋下了头。

两人的饭局并没有开头那么热情，更多的只是沉默，肖倩始终用筷子拨着碗中的饭粒，林扬也只在偶尔抬头时叮咛肖倩多吃些菜。

"吃饱了没？吃饱就散了吧。"肖倩放下手中的筷子，抬眼看着对座的林扬。

"没有，你还没吃饱，怎么散？"林扬往肖倩碗里夹了些土豆，"你爱吃的，多吃点。"

"现在不爱了。"肖倩甚至没向碗中看一眼，"林扬，就这样吧，三年谢谢有你的陪伴，你会有你的生活，我们，就到这里吧，当做回忆就够了。"

林扬埋头吃着菜，只因为不敢抬头看一眼肖倩，他怕他会忍不住，以前都是他命令肖倩不准哭的，现在自己怎么可以哭。放下筷子，林扬也只嗯了一声。他明白，他们都无法接受异地恋，即便是实习时的100公里，已让他们百般煎熬，毕业后，他一定会去远方，思念只会被埋在1000公里的深渊。他也明白，他给不了的幸福，无法再继续承诺。只是他不忍心作出了断，谁先开口，结果都是一样的。

饭后，最后一个拥抱，两人回到了各自的地方。

肖倩的手机亮了，是林扬的短信："我们都是浮萍草，随命运漂往各自的生活扎根，但我会记得我爱你，从未变过的，祝你幸福。"

肖倩本就是个爱哭鬼，忍了这么久，她终于还是哭了。爱，她也爱，只是不能在一起了，不舍只能化作泪水汹涌成河。见她哭得这么伤心，舍友们便也不做安慰了，她们也知道，分手了，哭出来会好很多，一个人才能静下来。

二

夏天越来越明显，肖倩的生活已没有了林扬，但改变的，似乎也只有这么多。林扬送的台灯依然陪伴她度过紧张的期末考，那副紫色的耳机依然传送着不一样的心情。没必要改变，生活的脚步从来不会停下。

两个人，两个世界。

林扬在六月初便回到家中，他不想浪费一丝时光，大学也让他明白，时间浪费不起。

一边寻找工作，一边充实自己，林扬试着让自己学得更多，懂得更多。林扬是个没有情商的人，若不是肖倩的指引，林扬还无法很好地处理人际关系。越是到社会上，才越发现这是个多么重要的东西。

“我们要的是工作经验。”“你的专业不适合我们的工作。”

林扬总是被一些莫名其妙的理由拒绝着。失败在所难免，我们没有任何反驳的机会。林扬只能每天奔波着，这几个月，肖倩的身影似乎在渐渐褪去。

但时间也许是错的。

“要是分手，我最多伤心一个月。”林扬还记得他说过的话，如今正是验证之时，可现实不会给他哪怕一天的时间去消沉。

转眼已是秋天，林扬找到了他的工作，新手上任，必定是忙碌的，薪酬总是没有想象的高，活儿却总比想象的多而重。他没有留在家乡，那个曾和肖倩一同看过麦田的地方，不会再属于他。在上海这样的大城市，孤独与思念只能留给寂寞的夜，只有在梦里，才能做回真正的自己。

又是一天的劳累，林扬回到了那个属于自己的小角落，十六平的空间只有一张小床，但已足够让林扬舒心躺下。望着布满灰色裂痕的石灰墙壁，林扬又被思绪带走。这一次不再是明天的工作，不再是上司的质疑，而是那段甜美回忆，一些简单遐想。

他们也曾在这样狭小的空间里一起望着天花板，一起想着美好的未来，那时空气里只有笑容绽开的甜蜜。

肖倩已经开学了吧，不知她能否习惯没有自己的生活，不知她是否也在想念……还去想她做什么，恢复单身的她，一定又有许多男生向她示好，或许她已经找到了她的幸福。反正，肖倩的世界已没有林扬。好了，睡吧……

林扬心酸地将头闷入了被窝，他不想哭，人生注定是孤独的旅程，若是懦弱，便没有前行。是肖倩教会了他忍耐。

刚睡下的林扬却又被电话叫醒。来到这里，他已经换了号码，是经理的电话。

“小林，这么晚打扰你真不好意思。”

“没事的经理，我还没睡。”

“那就好，明天市部派人来检查工作，我不在单位，就得麻烦你明天早点去单位把部门的资料文件整理一下，顺便把卫生搞一下，真是麻烦你了。”

“经理你放心，我一定好好做。”

“那，就这样了，你早点休息吧。”

“好的经理。”

林扬劳累却又兴奋地挂断电话。经理把事情交给自己来做，说明自己值得信赖，明天好好表现，又是一个机会。

十二点半，林扬才能入睡，六点半，他的身影又已在单位。

三

就是这样的生活，伴他漂过两个年头。

两年，林扬已做到了公司的销售部经理，虽然不是这个专业出来的，但他的努力让同事都对他赞许有加。每天接触着不同的人，林扬也在学着完善自己的性格。到了这样的位子上，他没有精力，也不想再找女朋友。

肖倩也已毕业一年了，与林扬不同，她在实习期便与公司签了合同，虽然初始工资也不高，但住在家中，也足够了。这样稳定的生活也许正是肖倩想要的。

肖倩或许更加感性一些，在她毕业之时，她甚至想找到林扬，想和他一起出去闯荡。但那个号码已成空号，那个头像再也没亮过，那个人再也没出现……她亦不想接受其他人住进自己的心中，亦在猜想林扬是否已找到了幸福。

还记得毕业最后一次聚会，在 KTV，她哽咽着唱了三遍《突然好想你》，在同学们没心没肺的笑声中，她将眼泪化在旋律里，烧成想念，烧成回忆。前一年，这一晚，他们的最后一面。

突然好想你，你会在哪里，过得快乐或委屈。两人都在自己的角落望着那一刻最亮的星星，说过的承诺还在那里吗？两年，两人默契地拒绝着身边的追求者，但心中明白，这并不是等待，只是装不下了。

又晃过三年，肖倩竟快成为一枚光荣的剩女了，家里人便只得给她安排各种相亲。对面坐着的都是找不到或同自己一样不想找对象的孤独男士。有时遇到同样在思念某人的，便一起去唱歌，诉说各自的想念。不想结婚，家人总是难以理解的。

而林扬，已是公司的区域经理，依然没有任何时间去顾及恋爱这种事。其他女生大概也不会喜欢上他这样的工作狂吧，他只好这样想。

这几日，林扬又恰好需要洽谈一份兼并合同，这让林扬甚至没有了睡觉的时间。

命运总是可笑地在重复着什么。林扬的公司要兼并的，正是肖倩所在的单位。

肖倩听说自己的公司要被兼并，自然更是苦恼。干久了的员工最怕被兼并，不同的管理方式又是一个适应过程，若是遇上严苛的新老板，说不定还会被辞退。

但残局无力回天，只有屈服才能免去一死。肖倩和同事们只得“联名上书”，恳求保留原有制度，原有习惯，不裁员。

“肖倩，你去把申请书交给林经理吧。”

“对啊，记得用美人计，人家经理还是单身呢。”同事们把联名申请书交给肖倩，还不忘对这个准剩女调侃几番。

“这么重的任务交给我，不好吧……”肖倩在单位也只是个小小的出纳，突然交给自己这么个任务，确实有些不敢接受。

同事却都在百般附和：“平时那么多钱在你手上都没问题，这一点儿小事交给你肯定妥当。”“去吧去吧，顺便钓个金龟婿回来。”大家也都笑了起来。

“那就我去吧……”既然大家都这么热情，肖倩也只好接下了申请书。

周六，肖倩飞往上海。

其实肖倩也有些牢骚，好不容易周六周日休息一下，还要自己亲自去洽谈留存问题，要是弄砸了，同事们还得责怪自己。

站在经理办公室前，肖倩自然是百般忐忑。里面的电话铃声接连响了五六次，自己还来打扰人家经理，总觉得有些不好意思。

没想到林扬正巧开门出来，一下撞到了肖倩。

两人相遇得那么突然，抬起头的肖倩刚想道歉便已愣愣地说不出话来，五年，为何在此处相遇？清醒过来的她已被林扬拉入办公室内，但她也意识到，眼前的人，或许已不再是那个林扬。

“林经理，这份申请希望您能采纳，如果没有别的事，我就先走了。”肖倩低下头，眼神乱窜。

“倩……”林扬亦是不敢相信，竟会再次遇到她，但他不会再放弃了，“倩，真的是你！”泪水竟在林扬眼中打转，“五年，你忘记我了？”

“记得又能怎样？你在过你的生活。”肖倩终于抬起头，模糊的双眼流露出藏不住的想念，“而我只能是一个人。”

“我在等你，我做的事有你的影子，说的话有你的味道，我已经不再属于我自己，”林扬紧紧抱住肖倩，“回来吧，倩，我可以给你幸福了……”

一切都像梦一般，从原点出发，又回到原点。爱其实只是一道琉璃墙，我们互相看到彼此，却害怕一碰即碎。我们像琉璃墙上的木偶一样凝望着彼此，不能相守，所以相望。而如今，我们总算跨过了这道墙。

不是每一个等待都会有结果，但是想念在漂泊，有些爱情需要等待。

在城市眺望田野的稻草人

■ 风为裳

“那个，林晓茵，你……能养熊猫?”黑黝黝的吴平眼睛瞪得铃铛大。林晓茵被新同桌问得傻掉了：“我没养熊猫啊!”

“哦，原来是吹牛，我就说嘛，你养熊猫可能，怎么可能还养狗熊呢?我们那疙瘩的山里才有狗熊呢!”

林晓茵突然明白了吴平说的是什么，她回头瞥了一眼兰宁宁，两个人同时爆发出惊涛骇浪般的笑。兰宁宁笑出了眼泪，林晓茵笑得腮帮子疼。吴平倒被她们笑得丈二和尚摸不着头脑，索性跟着嘿嘿笑。

末了，林晓茵托着腮帮子，说：“吴平，开心农场，开心农场你不知道啊?”

“不就是种地嘛，我们那就叫农场，只是种地可苦了，一点都不开心，你们城里人就是能整事儿……”

两个女生再次笑作一团。吴平有些生气了，鼓着腮帮子翻那本英语书。

林晓茵收住了笑，她说：“是网络上的游戏，种菜，养动物，还可以开餐厅，好玩着呢!”

吴平瞥了林晓茵一眼，嘴闭得紧紧的，不说话。

林晓茵也噘起了嘴，小气鬼，还会生气。连开心农场都不知道，还养熊猫，以为我是卧龙自然保护区的饲养员吗？这样一想，林晓茵不自觉地又笑了。

新学期，吴平成为林晓茵的同桌时，林晓茵没觉得有什么不同。要知道，校服是全世界最能抹平贫富差距的衣服。吴平除了黑一些，跟别的同学也没什么两样。可那只是表面。内里嘛，用兰宁宁的话说，简直就是来自外星。他不知道 KFC 是干什么的地儿，居然以为《植物大战僵尸》是鬼片。兰宁宁说：“哦，卖糕的，幸亏他还知道鬼片。”

某一天，走过校园外的一个修鞋摊子，兰宁宁趴在林晓茵的耳边说：“那修鞋的是你同桌的老爸!”

林晓茵惊讶得嘴巴半天没合上。那位满脸沟壑纵横的老伯伯应该五十多了吧？怎么可能是吴平的老爸？

兰宁宁对林晓茵怀疑她情报的可靠性很不爽：“当然没错啦，我能随便找一人说他是谁的老爸吗？”

林晓茵一想对哦，兰宁宁在八卦界那可是有地位的人啊。于是，林晓茵相信了那人是吴平的老爸。

只是，林晓茵留心看过，吴平每次走过那个摊子，眼都不斜一下，他不跟老爸打招呼？

兰宁宁说：“这有什么啊？肯定是不愿意让大家知道呗！”

也是，从乡下来的孩子，一般都有个硕大又脆弱的自尊心。

虽然林晓茵没有问过吴平关于他老爸的事儿，但那事儿始终横亘在她心里，像豌豆公主被子底下的那个豌豆一样，硌得人难受。林晓茵记得奶奶说过：子不嫌母丑。就算是他的老爸又老又丑，那也是他老爸啊？连养活自己供自己读书的老爸都羞于承认，林晓茵还真是有些看不起吴平了。

于是，林晓茵跟吴平维持着表面的客气。客气便是生疏，便是不能成为真正的朋友。

老师在班级念范文，那范文里很抒情地描写着稻田里的稻草人：“它们没心没肺地站在蓝天下，仿佛全部心思都只是快乐地守着稻田，没有一点忧伤！”老师说这句很有诗意。林晓茵红了脸，作文是她写的。

吴平小声嘟囔着：“谁说稻草人就没有忧伤了？净乱写！”

林晓茵的脸上落了一层寒霜，她火药味很浓地问：“有本事你写一个给我看啊！你懂什么是忧伤吗？”

吴平的脸腾地红了，再加上他的皮肤黑，整张脸像只熟透的西红柿。他说：“你不过是游山玩水去了，你哪知道农村的事？”

林晓茵倒很不服气了，他吴平都羞于认自己的老爸，并且从农村“逃”到城市来，他有什么权利这样说？林晓茵说：“是啊，就你懂，那你干吗不回到农村去，待在城里干吗？”吴平的脸上的红又加深了一层，他翻了翻眼睛，不理林晓茵了。林晓茵当他是理亏。

第四节课，班级里的男生跟邻班男生有场篮球友谊赛。吴平自然是观众，林晓茵觉得吴平就是篮球场上的一个稻草人。他直挺挺地坐着，嘴闭得很紧，大家喊好时，他只是很规矩地鼓掌。林晓茵示意兰宁宁看，兰宁宁嘴里嚼着泡泡糖颇不以为然地说：“乡下人，没见过世面！”不知为什么，那一瞬间，篮球场突然安静了，兰宁宁的话清晰地落入每个人的耳朵里，当然也包括吴平。

很多人的目光从篮球场上聚到吴平身上，吴平的脸再度呈现出熟透了的西红柿的状态。场上“咚”的一声，有人扣篮，大家的目光重新被比赛吸引过去。

林晓茵再看吴平时，那个座位是空的。她的眼皮跳了两下，跑出去。

吴平站在篮球场外的大槐树下。

林晓茵走过去，吴平的肩膀一高一低的。林晓茵的心里又落了一地的鄙夷：不至于这么脆弱吧？

吴平发现了身后的林晓茵，他转过身来，抹了一把眼泪说：“这个季节，我们那儿漫山遍野都是玉米、大豆、水稻，田野里都是粮食的香味！我一点都不喜欢城里，城里到处是汽车，到处是人，到处是正在施工的工地，还有需要装修的房子……”

“那你为什么要来城里？”林晓茵问。

那天，吴平带林晓茵去了他住的地方。那是这个城市最不堪的地方，到处写着大大的“拆”字。吴平的老妈躺在一张极窄的板床上，吴平给老妈倒了水拿了药，吴平妈妈很艰难地冲林晓茵笑了笑，她说：“是平平的同桌吧？多帮帮俺家平平，他从乡下来，啥都跟不上……”

林晓茵说：“阿姨，您放心，吴平挺好的！”林晓茵觉得吴平家里有一种很刺鼻的味道，是什么呢？有点熟悉，像是油漆味儿。林晓茵在一张破旧的书桌上看到一张全家福，背景是块玉米地，三个人都笑得阳光灿烂的。咦，那个男人不是修鞋的大伯啊？兰宁宁这人，什么破情报嘛！

林晓茵指着照片问：“那个是你老爸吗？”吴平点了点头。

吴平带着林晓茵从家里出来，他指远处拔地而起的高楼说：“我爸在那里给人刷油漆。城市里有刷不完的油漆，每天刷都刷不完！我妈原来跟我爸一起刷油漆，后来，她的身体就变成现在这样了，不能闻油漆味，一闻就想吐，恶心。但是……没办法，我爸只能靠这个养家……”

“那你们为什么要到城里来呢？我看照片里你们笑得那么阳光灿烂的……”

吴平半晌不语，夕阳的余晖落到他身上时，莫名的有一种忧伤。

“爸爸妈妈说希望我能接受更好的教育，我们就出来了……”

吴平那张黑黝黝的脸上写满了忧伤。尽管林晓茵不完全明白吴平的经历到底意味着什么，但她能感受到他的无助与忧伤。

她说：“没关系，一切都会好起来的！就像秋天总会过去，春天总会来临的！”

吴平瞅了瞅林晓茵，笑了。他说："我很想念老家的秋天，很想念那些站在稻田里沉默的稻草人，我跟老爸说，如果我妈的病好了，我们就回老家去，她现在要在这里看病！"

林晓茵的父母都在公司里上班，她从来没有为钱的事发过愁，也没为父母担心过，可是跟她同龄的吴平却承受了这么多，她的心里也难过起来。

林晓茵把自己看到的告诉了兰宁宁，兰宁宁为自己弄错了情报而懊恼。林晓茵白了她两眼："你有点正事好不好？现在咱们能做的就是给吴平的老妈捐些钱，帮她把病看好！"

"这事靠谱！"兰宁宁是个能人，没几天，募捐的事就有了眉目。林晓茵却又犹豫了："吴平会不会不接受咱们的好意啊？你知道，他们的自尊心都……很那个的！"

兰宁宁说："那就打枪的不要，悄悄地干活！"

一周后，吴平家收到了一个快递的包，包里是几千块钱。送快递的人戴着口罩，吴平妈说，真奇怪啊！

吴平跟林晓茵和兰宁宁说这事的时候，两个女生使劲忍住笑。那当然不是快递员，那是班主任老师嘛！

我会攀上你的墙

■ 陈诺

你的心有一道墙，但我发现一扇窗，偶尔透出一丝暖暖的微光；就算你有一道墙，我的爱会攀上窗台盛放，打开窗你会看到，悲伤融化。

——郭静《心墙》

一

“压，对，压下去。向芷萱好好学学！”舞蹈老师把我横着的腿压下，指了指又轻易劈了叉的郭芷萱。

郭芷萱，这个高棋中学八年二班的班长兼班花，这个在武灵市如神一般的人物，无所不胜的人物现在就在我的左上方。

“好了，芷萱，去吃饭吧，别累着了。”舞蹈老师向郭芷萱挥了挥手。

“嗯，好！”郭芷萱慢慢站起来，对舞蹈老师鞠了个躬，向门外走去。

舞蹈老师也随郭芷萱走了出去，留下我一个人对着镜子练习。跌倒，爬起来；再跌倒，再爬起来——我一定要超过她，一定！

二

又一次考试，在全校排名中，郭芷萱还是第一，我，还是第二。

我把希望压在运动会这个赌盘上，不擅奔跑的我报了郭芷萱擅长的800米长跑。这是一场只有两个人的比赛，郭芷萱还是第一。

我把书包扔在地上，甩上卧室的门，枕头、被子、拖鞋、衣服什么的满屋子都是被我砸的。

“琪琪，出来吃饭啦，别赌气了，出来吧！”身为高棋中学校长的妈妈在门外唤着我的名字。

“别吵！烦！”我大吼道。

妈妈似乎是被吓着了，愣了一会儿，又轻轻敲了敲我的房门：“琪琪，别闹了。我的女儿最棒了，出来吃饭吧……”

“你懂什么？校长，校长干毛用啊！……只知道工作……工作……”泪蒙眬了双眼，我用手捂住脸，轻轻啜泣道。

“琪琪……”

我不知道妈妈在门口站了多久，很久，非常久，还是……又一个电话打来，她又走了……

说我不想知道，那是假的。

三

“芷萱，这一次艺术节，你要去吗？”舞蹈老师拿着一摞报名表，问郭芷萱。

“我……”郭芷萱正犹豫着，那张娇美的小脸，颇有些江山美人之势。

“我要去！”我举起手。她不去，我去！

“刘琪琪？你……行吗？”舞蹈老师看了看我，问道。

“我为什么不行？”我问她。

“你没有演出经验，而且……”老师盯着我，又瞄了瞄郭芷萱。

“没事，我可以帮她！”这如同百灵鸟般动听的声音，一定是郭芷萱的。

“啊？芷萱？你要去啊！好好好，我马上报，一定能进的！”这态度，什么意思?!

于是，报名表上又多出了四个字：郭芷萱等。

郭芷萱朝我笑了笑，可在我看来，她的眼里充满了嘲讽的意味。

四

“芷萱芷萱，太棒了，我们下午还能看到你的演出，太荣幸了啊！”化妆间里，来看郭芷萱的人络绎不绝，挤满了整个化妆间。

“琪琪，你要好好当配角，别毁了芷萱的节目呐！”我的同桌，艾丽儿拍了拍我的肩，说道。

“不会的。”我抿了抿嘴唇，拉了拉身上的裙子，朝镜子里的自己笑了笑，郭芷萱，你就等着出丑吧！

“接下来，有请校舞蹈队郭芷萱等同学为我们带来芭蕾舞表演《天鹅湖》！欢迎！”

“芷萱!”

“芷萱!”

“芷萱!”

我们走上舞台，灯光逐渐暗了下来，只有两束白色的光照在我和郭芷萱身上，这段舞曲是经过改变的，是专为我们两人设计的“两个人的《天鹅湖》”，比原版更有震撼力。

音乐渐渐响起，我和郭芷萱慢慢起了舞步，台下欢呼声一片。

好戏，即将开始。

五

“啊——”不出我所料，郭芷萱果然在那个特定的地方滑倒了，鲜血从她的膝盖处源源不断地流出来，可我一点儿快感都没有——刘琪琪，这真的是你想要的吗?

“救护车！快！救护车!”保卫人员把昏迷的郭芷萱抱了出去，舞台上只留我一人，在月下游荡着。

六

“妈！你去哪儿?”一大早，妈妈的脚步声就吵醒了我——不，是我昨晚一直都没睡。

“去看芷萱啊！伤得很重呢!”妈妈说。

“我也要去!”我从被窝里爬起来，良心促使我一定要去看她，毕竟，无论如何，这场事故都是我引起的。

“你也要去?”妈妈瞪大了眼睛。

“嗯。”

“那你可要注意，千万别去说她什么啊……”

“知道了啦！会注意的!”

七

白色的病房，没有一点儿生机：床上的人儿，嘴角依旧绽放着笑颜——她什么时候都不会哭，无论发生了什么。

“校长，您先出去把，我有话要跟琪琪说。”郭芷萱跟我后面的妈妈说了声。

“这……”妈妈看了看我，无奈地走出了病房。

“其实……地上的油……是我洒的……”看了看周围没人，我把心中的话说出了口。

“我知道。”郭芷萱没有想象中的那么震惊，反而说了句：她知道？

她知道，她怎么会知道？

“你以为就你那点儿小把戏能瞒得过我？我早知道了，不想让别人踩到就趴了一下下。”郭芷萱笑了笑。

“你……”我的悔过之心让我无地自容。我在她的床前轻轻坐下，说道：“你为什么什么都那么好？让我嫉妒，我什么都比不过你……”

“呵呵，琪琪呀，知道我为什么要那么努力吗？你有爸爸，有妈妈，而我只是个刘校长帮助了数十年的孤儿而已；你那么健康，而我，却患有先天性恶疾，若不是刘校长坚持帮我治疗，我现在恐怕早已……我那么努力，为的只是长大后能出人头地来报答那些帮助过我的人，为的只是让抛弃我的父母知道我不是没用的！你比我幸福那么多，为什么……就不知足呢？我是多么羡慕你啊！”郭芷萱抬头看了看天花板，但当她看向我的时候，依旧满脸笑意。

这会心的笑，让我更感到内疚：原来一直在与她作比较，却忘了她比我艰苦那么多的成长环境。

“你……没事吧！我真的很抱歉……”我捂住脸，没法再面对对面的人。

“又不会怎么样！我好得很！”她看着我内疚的样子，拍了拍我的肩，补充道：“今年的元旦晚会，学校应该会再办一次，我们把双人《天鹅湖》跳完吧。”

“啊？可磁带已经被弄丢了呀！”芷萱那天出事后，全场人员都担心的要死……以至于磁带不见了。

“那简单，换首歌呗！边唱边跳更 High！”她兴奋的样子使我不忍心去拒绝她。

“那换哪首歌呢?”我问道。

“嗯……郭静的《心墙》。”她向我眨了眨眼，“再好不过。”

“对，再好不过。”我会意，点了点头。

八

“接下来，有请八年级(2)班的郭芷萱同学和刘琪琪同学为我们带来《心墙》!”

掌声雷动。

《心墙》的旋律，是动人的。某一时刻，我和郭芷萱同时停下舞蹈，拿起地上的话筒：

你的心有一道墙，但我发现一扇窗，
偶尔透出一丝暖暖的微光。
就算你有一道墙，我的爱会攀上窗台盛放，
打开窗你会看到，悲伤融化……

配角，不需要联系方式

■ 漫天飞雪

花和妍是在村上的幼儿园认识的，直到四年级，她们都一直维持着一种看似很友好的关系。其实花很羡慕妍，羡慕妍可以那么轻易地被老师和同学关注，羡慕妍可以轻松地获得每学期的“三好学生”，羡慕妍可以代表学校去参加一些镇上的活动，可自己就如自己的名字一样，淹没在人群里谁也找不出。

这样的羡慕给花增加了不少的负面影响，加上母亲总是拿她和同龄的孩子做比较，孩子的自卑心理异乎寻常的突出，做什么都没有自信，都害怕不够好，都觉得不及别人优秀。

本来村上的小孩就不多，同年级的更是少。女生之间的友谊不会像男生那样激烈而无厘头。女孩间的友情都是至少外表友善的，所以花和妍的关系一直还算好。

到了镇上升了初中后，两人又在一个班。因为认识的比较早，加上这个年龄的孩子都希望有人陪伴，毕竟父母不在身边，她们也就自然而然地经常在一起，吃饭，去厕所等。

那时候班上有个叫峰的男生，写一手漂亮的行楷，却也因此被语文老师数落过多次，说他现在应该规矩的写一笔一画的楷书，这样才能在考试中占有无形的优势，可他却总是一意孤行，只有其他科目的老师对他还算好，因为他们会经常叫他写班级作业本的名字。

峰还唱一口好听的当下的流行歌曲，在第一堂音乐课上，老师想测试一下每个人的水平。花是一个五音不全的典型，基本不会开口唱歌。峰却唱了一首任贤齐的《兄弟》，这歌名是后来才知道的，当时花只是觉得好听。

峰还有一双类似明星的眼睛，深邃得让人猜不透，这是花后来才感觉到的，感觉到的时候花其实已经无可救药地喜欢上了峰。

妍和峰五六年级的时候就在一个班，所以关系自然比花和峰好。花只知道六年级的时候峰是广播部的，每天做操的时候都能听到他和一个他同班的女生读一些好人好事之类的学校新闻。花当时推测峰成绩很不错，不然也不会被老师推荐。

花知道妍人缘好，性格好，人长得漂亮，成绩也比自己出色，那时候的花不懂得嫉妒吧，一直和妍做着好朋友。可是花清楚地知道自己和妍比，有太多不足的地方。

她们经常一起躲在被窝里打着手电筒写作业，抄歌词，甚至花的日记也会给妍看，哪怕写的是妍的坏话，妍也不会计较。她们知道彼此的友谊，知道彼此对自己的关爱。

那时候花很害羞，花对前面的旁边座位上的男生有好感。花想给他传纸条，但她太害羞了，连传个纸条都会脸红，甚至纸条写了又丢，丢了又写好几天。这个时候，妍就会站出来说：“花，你是在写字，还是在学仓颉造字啊！”然后，妍就帮花传纸条，妍一般都是趁吃饭的间隙把纸条放在男孩的课桌里。后来没多久，那男孩就转学了。花不知道是为了什么，花以为那男孩是被自己吓跑了，她到现在都记得那男孩离开时看着自己的幽怨的眼神。

初中了，学校对早恋管得很严。老师和教务处的严厉打击，早恋的火苗往往一出现就被扑灭。因此，晚自习后，花会陪着妍到操场等着峰的字条，然后晚上回去躲在被窝里看，但是峰的行楷实在太潦草了，很多字她们都不认识，只能靠着前后的字眼去猜测。

有一次大概妍和峰聊久了，以至于峰回宿舍的时候大门已经关了，他只好翻围墙进去，不巧被管理员发现了。第二天峰就被语文老师，也就是副校长严厉批评，还把峰的家长都叫来了。后来事情是如何平息的就不得而知了，只知道当时在学校引起了不小的骚动。

这份青春期的叛逆深深地影响了花，花从小都很听妈妈的话，妈妈说什么不能做她一定不会做，妈妈说什么要做好她就一定会认真去做。花从来不会想这些事是不是正确，甚至从来都不知道自己擅长什么，喜欢什么。

那个时候花还很懵懂，还很纯真，不懂爱情，以为友情会陪伴自己一生，以为友情会始终位居自己的排行榜首位，可是她竟然在妍和峰的不断接触里慢慢被峰吸引了。

她见不到他的时候会在人群中搜索他的身影，可是见到了又不敢正视，又不敢说话，生怕说错什么。她不敢靠近他，却又期待他的靠近，可是他一旦靠近了，花又会感觉到内心小鹿乱撞，自己的所有准备好的简单词语都被撞得魂飞魄散。

初三的时候，学校又重新组织了分班，结果这三个人被分到了三个班。

偶尔花和妍还有交流，但这样的交流已经没有在一个班时浓烈了。大概

正是那段时期，妍才知道原来花一直喜欢峰，妍就鼓励她不要害怕，喜欢就勇敢地去面对。

花也好像完全变了一个人似的，好像是把峰当成了自己的目标似的，她竟开始学起了唱歌，学一些电视剧的主题曲和片尾曲。因为不能随心所欲的暂停和停止，更没有无所不能的网络，所以花只能一遍遍地守着电视去听，这份耐心怕是她自己都没有发觉的吧。到了高中后竟有人开始说她唱歌好听，于她而言这无疑是一份惊心动魄的赞美。

花还开始研究起老师写的那不知道规不规范的行书，但她始终不是正规练过，终究达不到峰那么高的水平。花还学写峰写花的名字，照着作业本一遍遍的写，那份认真和专注怕是后来的自己都没有想到的吧。

花还学妍扎头发，妍的头发属于那种不经烫染也顺直的类型，妍喜欢扎一个低低的马尾，花也这么扎。很久后回首那时候的照片，花才发觉那年的自己是多么的幼稚，以为学着一个人的外形，就能让关注那个人的人也关注到自己。

花将很多时间都花在了得到峰的关注上，却没有起到哪怕一点效果。但是有一件事，却产生了出乎意料的好结果。为了能和峰上一所高中，整个初三花都在拼命学习，最后她居然真的以优异的成绩和峰考上了同一所重点高中，不过峰是发挥失常，本来他可以更好的。

可是妍考砸了，最终只得上了职高，在这点上花一直没有想通，当年那个比自己还要优秀的多的妍，怎么会发挥如此失常。妍没有复读，不知道为什么，也许她是对自己不够自信吧，又或许觉得这已经是很好的结局了吧。

进了高中花还是很没有自信，虽然这里没有妍的对比，虽然自己仍旧很努力，可高手如云。三年同校，花偷偷看了峰三年，偶尔看到也并不会打招呼，可那些初中就有的感觉却似乎更加不可控制，心跳的感觉一次比一次强烈。如果我是妍的话，我们会相处得很好吧，花如此轻视自己地想。

后来毕了业，大家也就各奔东西了。花上了普通的三年制大专，峰上了他梦寐以求的本科。花在峰的朋友那要到了他的号码，他们总是深夜聊天，说很多很多话，比他们之前三年说过的所有的话还多。花最后终于没有忍住，用邮件表了白，结果自然是被拒绝了。

有时候缺失也是一种美吧，虽然叫人不甘，虽然这种美让人情何以堪。

那段时间，花总被舍友说不正常，她自己完全没有感觉，觉得自己一切按部就班过得很好。不得不说，那件事对花以后的人生还是有至关重要的影响的，花不再如以前那般乐观，不再相信有至纯至美的爱情。

花毕业后找了份普通的工作，拿着微薄的薪水，简单地在某个人生地不熟的地方粗糙地过着一般上班族的生活。有时候无聊，花就在办公室上上网。有一次花被妍拉进了一个讨论组，组里就她、峰还有峰的一个朋友，听他们语音聊天的时候，花竟感觉自己是多余的，完全插不上话，好像他们之间有种气场是花进不去的。他们问她关于她的事时，她总说没什么可说的，几次下来他们也就不和她聊天了。

后来不知怎的，花和峰竟然聊了很多。有时候他是在上无聊的课，有时候他是夜里睡不着，有时候是她拉着他聊天。为了多聊会儿，她学会了熬夜做夜猫子。聊起妍结婚的时候，峰说他俩都要去，花却说不去。他说没有理由不去，说她是妍的好友。可是她没有告诉他，她和妍做好友有部分原因是为了他。

这些实则漫长，对她而言却无比短暂的时光，无疑是一种无边界的疼痛。聊的越多，割舍的时候越是疼痛。好景不长，不知道因为什么，他们又回到了最初的那份陌生。不说话，不交流，删除彼此的联系方式，这样幼稚的决裂有点小孩子气，可是都回不去了。

再后来，花和他基本没有交流了，过节也开始没有短信问候了，网上遇到，也不知从何处开口，或许开口全是过往，或是无味道的现在，说与不说又有什么区别呢，不疼不痒的内容何必浪费时间说起?

只是花还是会看看峰的空间的页面，看看有什么新鲜事，然后不做任何回应的关闭窗口，就像不曾看过一样。花看到他传了女友的照片，看到他和兄弟调侃说做连襟，她知道他过得很好，这也正是她所希望的。她以为她的心会疼痛，可是现在看看，原来自己已经没有任何感觉了。看，只是一种习惯，与爱情和疼痛没有任何关联。

妍和花也很少聊天了，更不再聊峰了，好像那个人从来不曾存在过一样。妍也结了婚，和一个花不认识的人，新郎当然不是峰。花还是在他们触及不到的角落里，卑微的和这个世界一起沉沦、挣扎着，以一种绝望的姿态防备着这个可怕的世界里那种可怕寂寞感的侵袭。

事实上，她总以为自己是别人的配角，其实是她自己总是在否定自己，总是在忽视自己可以爆发的能量。其实很多时候，配角和主角的差别，只是缺少一个和世界沟通的联系方式。

那年，时间是遗失物

■ 爱旅行的阳光

一

她也许还记得那年夏天，那个暑假补课。太阳是特别的炙热，让人觉得特别的不舒服。那时她靠在学校操场的那棵大树下，渴望借点夏日的凉风来抚慰某些躁动的心绪时——她遇见了他。

她觉得她和他的相遇或许真是冥冥之中的注定，从第一次与他在那棵大树下遇见，从第一次与他的眼神对上。她仿佛就感觉到了似曾有过的熟悉感，她问自己，这个男孩是不是很久之前就见过，在很久之前他是不是和她有过某些不为人知的故事？但也就是从那次相遇后，她和他就开始经常不经意的遇见，不管是在学校操场的大树下，或者在某个教室的走廊上，或者在去食堂的路上。每次遇见她都感觉心中某个部位在咚咚地跳，每次遇见后她都会忍不住低下头匆匆从他身边走过，但在与他擦肩后她又情不自禁地回头去看他离去的背影。等到他的背影消失，她又会在心里渴望，渴望下次遇见。也许他会停下来对她说点什么。

终于他在某一天突然停下来对她说：我要离开了。

那个夏天，那场暑假补课仿佛在他说出要离开后，原本漫长难熬的时间瞬间一下就过完了。而他却真的如他所说，离开了。

一年后，还是一个夏天，还是一个暑假补课，太阳还是那么炙热，也还是在学校操场的那棵大树下，我遇见了她们。一个叫丽和一个叫韦的女孩子。也是从那次遇见后，我便和她们逐渐熟悉，然后我们便经常一起翘课去学校操场那棵大树下坐着，即使什么话也不说就那么坐着。有时候我们也会索性翘掉晚自习去那棵大树下坐着。然而就在那个暑假补课快要过完的时候，我终于对她们中的一个女孩子——丽，说，如果我喜欢你，你会和我在一起吗？

我记得当时我对她说这话的时候，我能感觉得到我脸上的温度比那个太阳还要强烈，丽在沉默了几秒后，抬起头朝我腼腆地笑着点了点头。韦当时在靠着树抬着头微微的闭着眼睛，说，如果时间能够倒流多好。我只要倒流一年就好。韦见我们没答话便睁开眼很认真地对我们重复，我只要倒流一年就好。

我不明白韦为什么会突然对我们说这个。我也不明白这个倒流一年究竟对她有什么重要的意义。但她又对我和丽说，你试过看见某个曾经相似又熟悉的背影会突然难过的滋味吗？你试过听见某些关于某个人喜欢的歌会突然掉眼泪的感觉吗？你试过……她没有继续说下去。她起身朝我们笑了笑便一个人径自而去。不过从她笑的那个眼神里，我好像看见了些什么。那种深邃中好像夹杂着许多牵绊，或许是思念。但我们也许都不明白。不过，我们也许都知道真的有些什么东西在韦心里有着重要的意义……

二

后来，韦没有经常去那棵树下了。不过我和丽却经常去，偶尔韦也会在那个夏日的晚上同我和丽一起躺在操场的草地上看星星。有一天晚上，也就是要结束暑假补课的那一个晚上，韦第一次主动的拉着丽和我很神秘似的去了操场，我以为她有些什么很秘密的话和我们说，但是那一晚，韦什么都没有和我们说，而我们三个就那么静静地在操场的草地上躺了一整夜。我没有问她什么原因，因为我懂丽，丽没有问她原因，是因为丽懂她。

我以为那晚过了也就这么过了。但在新学期开学没多久，韦给我发来了短信，说，谢谢你和丽陪我度过那么难忘的一晚。我喜欢你们给我的那种安静，喜欢拥有你们这样的朋友。信息的末尾，晚自习后我会和丽在老地方等你，我想给你们讲个故事，希望“你能来”。韦特别给“你能来”这几个字加了双引号，然后末了的地方是她惯用的长长的省略号。

晚自习后，我跑着去了操场，等我到了的时候她们却早早地就坐在了草地上，丽见我来了递给了我一支冰激凌说，我们冰激凌干杯。我没有明白冰激凌干杯是什么意思，但是看着丽和韦眼中充满着的微笑，我还是拿着手里的冰激凌和她们的冰激凌碰了一下。我们三个就那么一直坐在那儿吃着冰激凌，吃完的时候，韦问我，你喜欢不喜欢吃冰激凌。我看了下丽，我其实想说，丽喜欢吃我就喜欢吃，但在说出口的那一瞬间却变成了，你们喜欢吃我当然也喜欢吃。韦听了我的回答立即笑了，丽在一旁也笑了。我知道她笑的原因也知道丽笑的原因，当然她也知道我其实是要说另外一句话的。我们都笑了因为我们其实都是知道的，但是我们都没有再继续这个话题。我们依旧躺在草地上，沉默了许久。韦终于开口说，我想起来了一个故事，想说给你们听。

她说，那好像是一个爱情故事但是或许又不是一个爱情故事。她说，在很久之前的一个夏天，那个暑假补课。太阳是特别的炙热，让人觉得特别的不舒服。有一个女孩就常常翘课然后一个人去学校操场，然后喜欢靠在学校操场的那棵大树下。那个年龄阶段的她心里有许多莫名其妙的想法和秘密，那时她其实是渴望得到些什么的。但是她不知道究竟是想要些什么，心里、脑袋里装的都是些虚无缥缈。即使她靠着树看着很远的地方。就算再远，也无法平复悸动的心，也无法给自己一个答案，也无法让自己停下来不去虚无缥缈的想。那时，她过得很不好。她非常渴望，她觉得她要比任何人都渴望得到些什么来平复自己的心，来给自己一个答案，来让自己停下来想。

说到这儿的时候，韦突然停了下来，深深地叹了口气，接着说，她也许还记得那年夏天，那个暑假补课。太阳是特别的炙热，让人觉得特别的不舒服。那时她靠在学校操场的那棵大树下，渴望借点夏日的凉风来抚慰某些躁动的心绪时——她遇见了他。

韦在说完这话的时候便没有继续说下去，而是沉默了。我听得出来，在说到“她遇见他”这几个词眼时，她的语气中夹杂了太多太多的伤感。我还想听，对我来说，这个故事有点淡淡的味道能够让我在这个炎热的夏末感觉到一些秋凉。但是丽没有追问她接下来怎样，我也没有要求她继续讲下去，我们都知道韦的。我们就还是那样静静地躺在那片草地上想着各自要想的人，要想的事。

也不知过了多久，韦突然又对我们说，你们还愿意听我讲那个故事吗？我和丽都嗯了一声。韦笑了笑说，我们都回宿舍吧。夏天快要过了，我们不能躺草地上睡一整晚了，在下个对的时间、对的地点，我会对我两个亲爱的朋友讲那个故事。

三

那天晚上，宿舍门关了，我没有惊扰宿管而是爬过墙回到宿舍的。躺在床上的时候我久久没有睡着。我在想，我们曾经是不是也有过那么一段时间，无法平复悸动的心，无法给自己一个答案，也无法让自己停下来虚无缥缈的想。也许我有过，丽也有过，韦呢？或许她也有过。

后来再次收到韦的信息是几周后，那时也是晚自习后，我是先跑着去商店买了三个冰激凌然后再去操场的。当我递给她们两个冰激凌的时候，她们都是先愣了一下然后又带着格外快乐的神情接过，我们又再一次“冰激凌干杯”。吃完冰激凌的时候，我说，以后我们三个再一起来这儿的时候就由我买冰激凌来吧，我喜欢我们在一起有冰激凌干杯。丽像个小孩子似的朝我笑着点了点头，然后把她剩下的冰激凌送到我的嘴角。韦在一旁笑的特别开心，说，丽之前说你一定会买冰激凌来的，你真的买来了。

我听了忍不住拉过丽的手，也笑了。

韦说，我喜欢冰激凌干杯，喜欢我们这样地在一起，更喜欢你们两能够永远在一起。

我喜欢我们三个这样永远在一起。丽笑着说然后拉过韦的手。

秋天已经来了。天冷了，我们三个没有再躺在草地上，而是并肩靠着操场那棵大树。

丽没有说话，我没有说话。我们都在等韦继续她的那个故事。终于在沉默了许久后，韦缓缓地说，她第一次遇见了他。在和他的眼睛不经意对上的那一刻，她仿佛就感觉到了似曾有过的熟悉感，她告诉自己，这个男孩是不是很久之前就见过，在很久之前他是不是和她有过某些不为人知的故事。她当时正在想着这些的时候，而他却站在她的面前好像犹豫着什么。终于他没有犹豫而是迅速地在她面前弯下腰，正在他伸出手想要干些什么的时候，她却尖叫了一声，你想干什么。她朝他嚷着。他的形象好像在那一刻一下就在她心中歪曲了，你……她还想说些什么但没有继续说下去。其实她是想说你不要碰我，别有非分之想，否则我叫人。但是她抬头看见他有点无措而又善意的眼神时她觉得是不是有点问题，这个男孩不是似曾相识吗？似曾相识的感觉不让人感觉像坏人啊?

他终于说话，你的鞋子上……他说到这儿的时候指了指她纯白纯白，白的特别让人感觉干净清爽的鞋。有——条——毛——毛——虫。他一个字一个字说得很轻，好像是怕吵到熟睡的婴儿一样，又或者是怕惊到那条毛毛虫。也许是怕吓到她呢。

她顺着他手指所指看见了那条毛毛虫，她并没有吓得惊叫，而是用挺委屈的眼神看着他说，我怕。

他笑了，笑得格外好看，他的笑让她觉得特别的干净，没有夹杂任何虚伪。她也笑了。他把她鞋上的毛毛虫捉下，然后把那条毛毛虫放在了离她很远很远的地方，然后又跑回到她的面前说，蝴蝶是由毛毛虫蜕蛹变来的。蝴蝶很漂亮所以毛毛虫并不可怕。

可是我还是怕。她对他说。

韦在说到这儿的时候突然咯咯地笑出了声。我能够感觉得到，不管是她还是丽在某一刻在某个对的地点在面对着某一个对的人的时候，那种心情一定是非常兴奋和开心的。也许丽也感觉到了吧。

韦咯咯笑了继续着说。

他看着她又笑了，笑得还是那么好看，还是那么干净。如果它再爬到你鞋上，我再帮你把它捉下来。他说。

嗯，嗯。她笑了。之前，对不起，我误会你了。她尴尬地说。

没事。他说着然后又指了指她的鞋子说，你的鞋子很白很漂亮。

她正想对他还说些什么的时候，他便又笑着朝她挥挥手说了声，再见。然后便迅速跑开了。

他当时是迅速地跑开了。韦特别重复了这一句话。他当时应该是有些害羞的，在面对着她的时候。可其实她也是有些害羞的，在面对着他的时候。

可是，他就那么的迅速跑开了。其实，她还想和他说些什么的。只要继续说下去，只要他们再继续说下去，也许总会说出些什么的。韦说，其实只要他不迅速跑开或者她勇敢点，或许总该有些什么会值得改变的。但是……

韦没有继续说下去。一切都安静了下来。我和丽或许都知道总有些美好的东西是值得继续慢慢去期待的。也许韦也明白才没有继续说下去。

那个晚上，我照常是没有惊扰宿管，而是爬围墙进宿舍的。那个晚上，我也是久久没有睡着，在想着许多的事情，包括想丽，包括想我和丽之间经过的许多开心或者不开心的事情。当然想得最多最深刻的还是我们的第一次相遇，也是在学校操场的那棵大树下，也是我和她第一眼对上，然后我也感觉到了似曾有过的熟悉感，虽然我们之间没有毛毛虫，没有关于毛毛虫蜕蛹会变成美丽的蝴蝶之类的。但是我们也就自那么一次对眼那么一次相遇，我没有迅速跑开而她也和我说了好多好多关于青春或者其他零零碎碎的事情。然后，我经常去操场那棵大树下，丽也去，丽的好朋友韦也去。我们都会去。一起坐在那儿，一句话也不说也可以。

而我也终于认识了同校却不同班的韦，也终于和丽在一起了。仅仅一个夏天的时间，仅仅一个暑假补课，仅仅是在操场是靠在大树下或者躺在草地上，但我们就这么在一起了。好像很久之前就认识然后真的认识，并深刻。

韦和我们说的那个故事还没有说完，然而冬天已经来了。这个冬天风刮得特别凶，风吹在我们身上的时候好像一根根针扎在身上，感觉特别难受。虽然冬天了，虽然刮这么让人难受的风，但在有时间的时候我还是会在晚自习后和丽一起去操场静静走几圈。我会在她冷的时候给她披上我的外衣，那样我竟会觉得针扎的不那么疼了、不那么难受了。或者我还会悄悄牵着她的手，我们就这样静静地围着操场一圈一圈地走着，我们也就这样静静地相爱着，静静地牵着手，静静地披上外衣，静静地用着这种方式静静地爱着对方。

而韦却好久没有去操场了。其实我和丽是想叫她一起去静静地走几圈的，但我和丽也都明白，韦总是想给我们更多单独的时间。我觉得都快不用语言交流就可以明白彼此的心思了。呵呵，或许，这就叫友谊的伟大。所以其实在我们心中都是不想错过或失去这份友谊的。我明白，丽明白，韦更明白。

四

冬天依然这样冷冷地过着，这种冷过久了或许会感觉到麻木。不知是身体被冻得麻木了还是潜意识真的被冻得麻木了。但都不重要了，能够和自己喜欢的人在一起还会觉得冬天难过吗?

韦终于在这个学期快要结束、寒假快要到来的时候给我发来了信息。说下晚自习后，老地方见。继续未完的故事。看完她的信息我特别的开心，特别的期待晚自习，因为我特别期待那个故事，或许我真的是想看到些什么美好的结局吧。

晚自习后，风刮得厉害，好像真要一针刺出我的血似的。我在跑去操场的时候还是特地先跑回了宿舍拿了两件厚厚的外套。然后，我还是在犹豫了一下之后跑去了商店，真的要感谢学校那个商店，它在此时这么冷的天仍然还有我要的冰激凌卖。我在顶着许多人莫名其妙或者乱七八糟的眼神下跑到了操场上，她们两个已经在树下等我了。

韦看见我手里拿着的外套和冰激凌笑了，说，你和丽好像真有灵犀。她说你还会买冰激凌来。看，韦直接抢过我手中的冰激凌递给丽。又说，这丫头对于你好像什么都能说中。当然这么冷的天我也找不到还会有第二个像你一样的人，去学校那个人群拥挤的大商店买冰激凌了。

因为我不会忘记我们“冰激凌的干杯”啊，我笑了说。然后又递给丽和韦一人一件外套。

你说，要是哪天突然没有了你，谁还会主动买冰激凌给我们吃。韦突然问，有谁还会在这个冬天给我们外套呢?

总会有的。我说，有些东西总会来的，或许是在不久之后，或者是不久的将来。

可其实我是很想有个人现在能一直买给我吃，很想的。很想能有个人，也就是那个人能一直买冰激凌给我吃。韦说，很想那个人能在冬天冷的时候给我披上厚厚的温暖。

会有的，丽说，那个人一定会有的。说着这些的时候，丽不禁抱住了韦。

可是我错过了那个夏天，韦苦笑着说，然后松开了丽。

冰激凌干杯吧，韦说，也许这是我们这个学期最后的一次了。

但不是生命的最后一次，丽说着，然后碰上了我和韦的冰激凌。天很冷，但我们三个还是静静地把这冰激凌吃完了。然后我们三个又并肩坐在地上靠着树，这次韦并没有首先沉默，而是在靠着树的那一刻就开始说了。

韦说也就是从那次相遇后，她和他就开始经常不经意的遇见，不管是在学校操场的大树下，或者在某个教室的走廊，或者在去食堂的路上。每次遇见他都感觉心中某个部位在咚咚地跳，每次遇见后她都会忍不住低下头匆匆从他身边走过，但在与他擦肩后她又情不自禁地回头去看他离去的背影。等到他的背影消失，她又会在心里渴望，渴望下次遇见。也许他会停下来对她说点什么。

可是，他们终究是什么都没说。然而她却在很多个晚上一个人偷偷地躲在操场哭，她不知道究竟是为什么而哭，但也就是在自从遇见他之后她就觉得有好多东西压抑着，所以想哭。但是那些东西是什么呢？也许她知道但是她却一直不敢勇敢地去面对。

其实后来很多时候她翘课去操场不再是为别的，只是为能再次遇见他，或者再遇见某条毛毛虫。韦说到这傻笑了起来，她记得他说过的如果它再爬到你鞋上，我再帮你把它捉下来。她记得，只是她常想，他还记不记得。就算他们不怎么熟悉但是她认为他是不应该骗一个女孩子的，答应的事情就一定要做到，否则她会讨厌这样的人。可是当毛毛虫爬到她的鞋上时，她等了好久都不见他的身影，他没有兑现帮她捉毛毛虫的承诺，她却怎么也对他讨厌不起来。相反她却想他，想他们又会再在某个地方不经意遇见，不管是在学校的操场的大树下，或者在某个教室的走廊，或者在去食堂的路上。每次遇见她都感觉心中某个部位在咚咚地跳，每次遇见后她都会忍不住低下头匆匆从他身边走过，但在与他擦肩后她又情不自禁地回头去看他离去的背影。等到他的背影消失，她又会在心里渴望，渴望下次遇见，也许他会停下来对她说点什么。

终于他在某一天突然停下来对她说：我要离开了。

五

那个夏天，那场暑假补课仿佛在他说出要离开后，原本漫长难熬的时间瞬间一下就过完了。而他却真的如他所说，离开了。

韦说到这的时候，又长长地叹了口气，然后把头不自觉地靠在了丽的肩上，而丽也在那一刻把她的头靠在了我的肩上。我们就那样静静地坐在了那里。

沉默了好久。韦终于又开口说，你知道吗？在你走后，满校园都有你的影子。教室，操场，树下，小路边。哪儿都是。

韦在说这话的时候，丽抓紧了我的手，她抓得挺紧，我能感觉得到她也抓紧了韦的手，而且抓得挺紧。

你们知道吗？韦继续用着挺安静的语调说，我会因为看见某个相似的背影，突然感到难过。我也会因为听到某个他喜欢的歌，突然地掉眼泪。

呵呵。韦说到这儿苦笑了一下，在沉默了片刻后，又说，知不知道，只有你才可以让我快乐。知不知道，只有你才可以让我坚强。知不知道，只有你才可以让我不哭……这么多，知不知道，你到底知不知道?

说完这话的时候，韦嘤嘤地哭了起来。丽轻轻放开抓紧我的手抱紧了韦。韦靠在丽的怀里像个小孩子似的哭着，而丽就那么静静地抱着韦。我把身上的外衣取下披在她们的身上。我们没有再说话了。

那个晚上，我照旧爬墙进入宿舍。躺在床上的时候，我在想，韦讲故事的时候哭了。或许韦讲的故事里的她曾经也讲过故事，也哭过。但是那个时候他在没，他知道吗？听韦讲的故事我会突然之间觉得我会喜欢每一个季节，不管那个季节是炎热或者寒冷。因为韦让我知道和丽在一起的每一天、每一个季节都是如此幸运而又幸福的事情。

那个晚上，其实在我爬墙回宿舍之后，韦并没有回宿舍，当然丽也没有。那个寒冷的天，不回宿舍的后果是得重感冒，当然韦得了感冒而且喉咙嘶哑的说不出话了。所以她请假回家了，提前开始她的寒假了。而丽所幸没有得重感冒，我知道丽不想那么快回去是还想留在学校陪我几天，所以她强忍着她的咳嗽。当然韦回去的事情也是韦托丽告诉我的。而且她还托丽带给了我一张纸条，上面写着：我不陪你了，所以先回去一步了。呵呵，当然还有你的笨蛋陪着你，这次，我没把你亲爱的笨蛋照顾她，明年来我向你赔罪。但你在学校可要好好地照顾她，不然明年见到时我也会找你算账的。祝你寒假愉快。明年见。

明年见。呵呵，看见韦的纸条，我才真的确认韦回去了，而这个寒假也真的快来了。这个冬天在寒假之后也将过去。而那晚所发生的一切以及那个夏天有关于她和他的故事也将过去。值得庆幸的是，我们都还在一起。

六

寒假过后，再到学校的时候已经是我们在这所学校的最后一学期了。因为要冲刺学业，所以开学之后，我除了和丽偶尔去操场散下心，也并没有以前见的面多了。当然对于韦，见面的机会就更少了。我以为韦对我和丽讲的那个故事就这么结束了，我也没有再去想韦所讲的那个故事了，除了寒假偶尔想起韦的时候也会想起她讲的那个故事。因为经常看电视里和小说里男主角或者女主角突然离开一般都是离开的那个人得了什么不治之症，即将要离开人世，为了不想伤害对方而忍痛离去。所以我有想过，韦所讲的那个故事里的男主角是不是也爱女主角，或许男主角真是得了什么不治之症，不想让女主角知道而离开的。但这只是我所想的而已，想过后我便没有再继续想下去。

然而在某一天，我再一次收到了韦的短信。她说，下晚自习后，我和丽会在老地方等你。这次她没有说要告诉我什么故事了，但是看见她的信息我还是会自然而然的想起故事这个词眼。其实我还是蛮想再听见类似的故事的。当然下晚自习后我还是在跑去商店买了冰激凌再去的操场。这次，是我们三个在新年后第一次聚在操场。所以我觉得特别开心，在看见她们后。

冰激凌干杯。我们三个举着冰激凌开心地说着。吃完冰激凌后。我们三个又坐在地上并肩靠着树，依旧沉默了一会儿。韦终于开心地说，知道吗，其实我一直想亲口对你们两个人说，谢谢你们两个一直陪着我，陪着我走过了那一段非常难熬的日子。

韦说这话的时候，特意偏过头来微笑着望了望我和丽，然后继续说，在认识你们之前，我心中一直有个故事缠着，我曾试着去解开，可无论我怎么细心都无法解开。现在，我终于用时间慢慢地将这个故事理清楚，我终于可以将这个故事的结解开。

韦停顿了一下又接着说，其实故事里的那个女孩，曾经就因为听了男孩的那句夸她鞋子很白很漂亮，就硬是找了好久才又买到一双纯白纯白，白的特别让人感觉干净清爽的一模一样的鞋。整个暑假甚至在男孩走后，那个女孩都一直轮流穿着那两双鞋子，而且每次洗，她都会很用心的洗，非要把那鞋洗的白白的，美美的。其实，她多想他回来再看见她穿的那双鞋，能再夸她鞋白、漂亮、夸她白、漂亮也好。她一直都希望的。

你们知道吗？韦很认真地看着我和丽说，其实她和他之后的每次相遇都不是不经意的，而是她经常站在窗口时刻注意着有没有他的身影。然后才出现了那么多次和他的相遇，但是每次她练习了好多次的台词，在遇见他而低下头的那一刻都忘得一干二净，然后，她只有与他迅速擦肩而过。然后回头然后又渴望下次相遇，然后又偷偷地站在某个地方寻找他的身影，寻找下次不经意的相遇。

那个时候她好傻。韦笑着看着我和丽问，你说那个时候的她是不是好傻?

其实，她真的想对他说些什么的，可是她不够勇敢，只是一直在等，在等他勇敢一点说出些也许是她想要听的话，可是最后他突然对她说，他要离开了。他竟然会对只和他聊过一次，却好多次遇见过但又形似陌生的女生说他要离开了。这意味着什么？韦再一次问我和丽。我们仍旧没有答话。我知道其实她的心里比我们更清楚，因为她是讲故事的人，而我和丽只是听故事的人。

在他说要走的那次，他给她留了一个号码，韦说，之后，他彻底要离开的那天他给她发了信息。他说，我想再见你一面，你能不能来？我在操场那棵大树下等你。

那个时候她好开心。韦突然又笑了起来说，她特意请假回宿舍梳了个可爱的辫子。然后对着镜子练习了好多个微笑，当然还有好多话，好多要对男孩说的话，好多她要留下男孩别离开的话。可是……

可是之后，韦没有再说下去了，只是淡然地说了句，都结束了。故事结束了，故事真的结束了。韦笑了，冲我和丽笑得开心。不过我们都知道，故事是理清了结束了。可是有些东西不是说忘记就能够真的忘记。那种笑，我看到的更多的是忧伤，淡淡的。

七

临近升学的那场考试终于如约而至。我们在这个学校几年的学习生活也算要到此画上一个句号。考试彻底结束的那一天，我们都没有回去。那天晚上，我们三个再一次聚在了学校操场的那棵大树下。我也再一次买了冰激凌。只是那一晚，我们三个没有再说冰激凌干杯。因为我们各自心里都有心事，各自都明白也许明天就要各奔东西了，也许就不能再聚在一起，聚在这棵树下，一起吃着冰激凌，一起说着冰激凌干杯。一起这样静静地待着，就这样静静地待着，哪怕不说一句话也好。可那也是幸福的。

那天晚上，我们三个没有回宿舍，也是那个晚上，韦把丽的手塞到我的手里，用非常认真的口吻对我说，你一定要和丽好好走下去，一定要好好珍惜。一定不要让自己后悔一辈子，不要像……那个她。

我知道其实韦在说那个她时应该是想说某个具体的人。但是，那些不都是过去了吗，不重要了，不是吗？重要的是要明白自己想要的是什么，然后去努力追求，然后珍惜好现在所拥有的。不是吗？

在朝韦很认真地点了点头后，我便紧紧握住了丽的手。我想这只手是真的需要我用一辈子的力量去握紧的。因为这只手也有个故事，因为这一切也来之不易。

第二天，在我们要各自离开学校回家去的时候，韦又发了信息给我，说，老地方见，我和丽等你。记得买四支冰激凌来。我看了信息后，没有想她需要我买四支而不是三支这其中的奥妙，而只是跑着去商店买了后便又跑着去了操场。

见到丽和韦的时候，我见到韦的手里拿着一个盒子。我当时纳闷她那个木盒子是干什么的，后来才知道，那个盒子是用来装那四支冰激凌的，当然里面还有一封韦的信。而那个木盒子就连同装在她里面的四支冰激凌还有一封信一起被埋在了那棵树下。

临行分别的时候，韦对我说，如果可以，你能不能帮我写一个故事，关于我讲的那个关于她和他的故事。

我点了点头答应了。

她便又笑着对我说，那个故事你能不能在两年后再写。两年后，你要抽时间再回到这个学校的时候，你再来这打开那个木盒子，或许那封信对你写这个故事会有帮助的。或许，那里面的冰激凌还在。

也许冰激凌埋在地里到时候发芽了也不一定。丽笑着说。我用手牵过她的手说，一定的。那个时候，冰激凌一定还在，而且发芽了会生长出更多。

嗯，那个时候，你们也一定还要在一起。韦看着我和丽说，你们一定要答应我。

我们答应她了。两年后，我们都上大学了，虽然都不在同一个学校，甚至不在同一个城市，但我和丽依然还在一起。两年后的某一天，我也真的去了学校，去那棵大树下挖出了那个木盒子。谢天谢地，学校还在，操场还在，大树还在，木盒子还在，里面的信也还在，只是冰激凌不见了。它应该是发芽了啊。或许冰激凌早就发芽穿出了地面，去勇敢努力地寻找它所想要的一切去了吧。我想一定是的。

八

那个夏日，太阳特别的炙热，让人觉得特别的不舒服。我那时就靠在学校操场的那棵大树下，在渴望借点夏日的凉风来抚慰某些躁动的心绪时——打开了那封好像尘封了好久或许有几千年久或者是更久的信。

好久不见了吧。自那一年夏天开始，到现在我还是没弄清楚你突然离开的原因。或许这原本就不重要了吧。在那个夏天，我仿佛就明白了许许多多。打电话给你你不接的那一刹那，我突然感觉很绝望，也就是在那时候明白的，有些事有些人说不见就会不见了的，从来都由不得自己。错过时，再做什么都是徒劳。补课的那个暑假，我几乎每天都会站在教室的窗前，为了等待，等待你的再次出现，期待着你能重返校园。后来，我终于知道，无论我多么的相信，你终究是不会回来了。期待变成彻底的失望。想想当初，是如此的幼稚，怎么也无法明白，自己为何会对你如此的在乎。只是一个聊过一次天的朋友，更何况只是一次而已。

如今，又是一年，长大了一岁又多了许多烦恼。时间和现实总是逼着自己成长，逼着自己面对。不管我是否愿意，一切都是如此这样的变化着。这个冬天我遗失了很多东西，飘飞的雪花带走了我从前的天真幼稚，带走了我那单纯的快乐和幸福。在孤单的时候，我不知道找谁来让自己的心真正的平复下来。越来越多的顾虑换来的是成熟是理智。在大人们的世界里，我几乎分不清到底做什么才是对的，又或者，本无对错。十八岁，我的天空是蓝色的，可我的记忆却仿佛是苍白的。我曾用笔写下过许多东西，却唯独记不下我的十八岁。我揉揉双眼，忍着痛慢慢前行。

好多好多话，你这个笨蛋是永远都听不见的，我也只有让这些感动、责备留在心底深处。长大后的世界是现实的，也是残酷的。这也意味着我们自己也将变得复杂起来。很可笑吧。我们希望简单地生活着，却往往如此复杂地前行。

这个冬天，经历了不少的事情。爬过雪山，踏过小草地，走过乡间美丽的羊肠小道，不知这些你是否也经历过。

但是，很多东西或许就都不重要了吧。现在我们唯一要做的就是勇敢地去生活，努力地去追求自己想要的一切。好好珍惜当下的幸福。

现在，我醒来，发现了原来这只是一场梦，而我依然还是像一个陌生人一样穿插在别人的故事之中。我还是那么安静的生活着。在你走后，我看见了清晨的阳光溢满了我整个世界。我会好好的，在你彻底离开之后。

祝你，幸福！

我答应韦要帮她写的故事，在几年后的此时，终于快要画上了句号。但我知道，其实我们的生活还一直在继续，而在我们心中的故事也还一直在继续，也会一直继续下去。

到此时，在我累了想要闭上眼休息的这一刻，我还想对你们说，或许有人不懂我们为什么会那么安静的一直坐在那棵树下，躺在那片草地上，即使一句话都不说也好，我们就是那么一直坐着，但那其实就是那个时候的我们的懵懂和执着，以及对某些东西的追求向往。

或许，会有人不明白。但是，总有一天都会长大，都会明白。有些东西是不许错过，一旦错过，就要用巨大的成长来做牺牲。

而我们的成长就像蝴蝶蜕蛹，很痛但很美丽……

你听，夏天说什么

■ 苏她

一

蒋少楠总感觉这几天有人跟着他。

不，确切地说，他总是在回家的路上发现一个跟自己保持十米距离的女生。

他在商店停下买报纸，她就停在十米外的马路对面玩手机，他跟熟人打招呼，她就在十米外的草坪上打电话。“喂？喂！你说什么？我听不清楚……”

蒋少楠真是有种“敌动我也动，敌不动我不动”的感觉，难道是他拒绝过的女生回来报复了？

二

唐婉婉在一个星期前跟莫天结下了梁子。

其实这真不关她的事。谁让莫天这个只有脸蛋没有内涵的在课堂上呼声如雷，让强装温柔的英文老师青筋暴怒。

“莫天同学，请你翻译下文中的第一句话。”

唐婉婉作为党友迅速地在桌子底下掐了下莫天的大腿，然后看着莫天狼嚎了一声站了起来。

莫天看了看唐婉婉，又看了看英文课本，揉了揉迷糊的睡眼，仔细看跟他八辈子有仇的英文单词。

嗯，英文老师还不算狠，这些单词唐婉婉都教过他。Who is this man?

莫天仰起脸帅气地笑笑，在众目睽睽下语声悠扬：“这是谁的男人？”

静默一秒过后，全班一阵爆笑，没有哪个人不是带着笑看莫天的，就连唐婉婉，都在尽力掩饰着抽搐的嘴角。

三

莫天这几天很不高兴！非常非常的不高兴！

自从“这是你的男人”这些外号出现在莫天身上后，莫天就感觉全班都在歧视他。想他英姿飒爽风度翩翩，怎能受这般屈辱？

“哥们，你拉着个脸谁欠你钱了？”

蒋少楠搂着莫天的肩膀，却被莫天一把甩开了。“全世界都欠我钱！我要毁灭地球！”

蒋少楠好笑地看着莫天，不知道怎么拯救地球。“哎，你不会失恋了吧？这有什么呀，你看前面那女的长得就不错。”

莫天蹙着眉顺着蒋少楠指的方向一瞥，人潮杂乱的校园里，莫天谁都没注意，就是看到人群里笑得比狗尾巴花还灿烂的唐婉婉了。一个恶毒的想法瞬间在他心里燃烧而起。

“你看上她了是吧？没关系，我帮你搞定。”

说着，不管蒋少楠的反应，独身跑开了。蒋少楠有些傻眼，不是给他介绍妹子吗？怎么变成帮自己追了？

四

唐婉婉还在想着在公车上遇到的帅哥时，莫天如天兵天将般降在自己面前，怒目瞪着自己。

唐婉婉吞了吞口水，还没找到台词，就看到莫天左手一甩，拿出了iPhone 4S。

“知道他是谁不？”

手指在苹果上划了几下，一个堪比明星的美少年出现在唐婉婉的眼中。唐婉婉瞬间激动地摇了摇头。

“知道他喜欢你不？”

唐婉婉更激动的如拨浪鼓般左右甩头，齐耳短发都甩的脸颊生疼。

“那现在知道了该表个态是不？”

唐婉婉依然摇头，眼睛里已经没有焦点了。

“唐婉婉，你没傻吧？”

摇头中……现在的唐婉婉什么都听不见了，她只知道一件事，那就是，那个公交车上的帅哥，喜欢她！

掐掐脸，这是不是在做梦？

五

蒋少楠在被跟踪的第数不清的某一天里，刚好下起了瓢泼大雨。整个乌云笼罩在城市的上空，好像要把弱小的人们吞没。

公车里充满了潮湿与燥热，下了车后，蒋少楠打着伞，却总是想回头。

这么大的雨，总该不会再跟着自己了吧？

好奇终究使他飞速的回头，在隐约倾斜的雨中，唐婉婉感觉自己赤裸地暴露在蒋少楠的眼里。

她瞬间慌张了起来，转身想要逃走，可是红色平底鞋磨破了她的脚后跟，让她再努力走起来还是一瘸一拐。

蒋少楠终于忍不住了，大步流星地走到唐婉婉面前，拉住了唐婉婉忍痛的脚步。

“为什么要跟着我？”

唐婉婉仰头，明显地愣了一下。

“嗯？不是你说喜欢我的吗？我只是想告诉你，我也喜欢……你呀。”

“……”

在这条街的拐角处，高大浓郁的梧桐树下，莫天冷漠地看着雨中含情对视的两个人。冷风灌进衣服里，他突然感觉，这个夏天，那么冷。

手中的伞一扔，他转动自行车，朝着另一个方向，如箭一般冲进了雨里。

六

蒋少楠这几天一直跟莫天提唐婉婉，做什么都会找唐婉婉一块儿，双重二人世界瞬间变成了单项三人世界。

甚至有时候，蒋少楠和唐婉婉走在前面，莫天就一个人掉队在后面。从背影看，他们实在不怎么般配，可是从举止上看，他们又确实像一对恋人。

莫天有些纠结的研究着，心里各种作怪不停地折磨着他，他感觉要疯掉了。

“唐婉婉，我必须告诉你一件严重的事情。”

莫天面色非常严肃地端坐在唐婉婉的旁边，唐婉婉抬头看了一眼莫天的表情，好笑的没出声，接着写作文。

“蒋少楠不是喜欢你，那天他说喜欢那个女生，我看错了，以为他指的人是你。”

唐婉婉停顿了一下，接着写作文。“哦，那又怎么样？”

“他很多女朋友的，你不要陷太深！”

夺过唐婉婉的笔，唐婉婉看莫天的眼睛里，有股莫名的恼怒。

“莫天，你在生气什么？”

莫天深呼一口气，放下笔，转身轻笑着问自己：我在生气什么？

七

“明天去麦杜吧？叫上唐婉婉？”

坐在篮球场的石凳上，夜色微凉。各种虫鸣和蛙叫埋伏在四周，黑幕中又布满了天兵天将般的星星，莫天突然觉得，无路可走了。

又或者说，他真的不知道该怎么办。

他给唐婉婉发了条短信，问她：爱情和友情，哪一个更重要？

在静谧的夜里，唐婉婉的短信随着悦耳的铃声纷至沓来——友情。

“为什么？”几乎是条件反射，蒋少楠很快的发出了短信，可是唐婉婉后来的短信，却让他再次愣住。

——因为友情永远比爱情走得长久。

八

那天晚上，蒋少楠整整想了一个晚上，辗转反侧难以入眠。

爱情这种东西，太过复杂，一旦和友情纠缠到一起，处理不好，就会两样全失。看到翌日的曙光慢慢升起，蒋少楠，忽然做了一个决定。

相约在麦杜的门口，莫天爽约了，看着早早就来了的唐婉婉，穿着一条牛仔蓝的裙子，有些日系的小清新范。

“咦，莫天怎么没有来？这小子是不是又赖床没起来？”

看着唐婉婉如花绚烂的笑脸，蒋少楠的话实在不知道该怎么开口。

“唐婉婉，我想，我是喜欢……”在唐婉婉睁大眼睛的注视下，蒋少楠闭着眼睛说出了莫天的名字。

唐婉婉愣了一下，原本是想笑的，“扑哧”一声，笑容随之展开之后，又成了哭颜。

“唐……唐婉婉你别哭啊，你哭什么呀?”

蒋少楠慌张地擦去唐婉婉的眼泪，心里瞬间慌了神，早知道就不说这么蹩脚的理由了。

唐婉婉摇了摇头，怪不得莫天那么生气自己和蒋少楠走得这么近，怪不得他说搞错了，怪不得蒋少楠不喜欢自己……

到底是个多么可笑的理由，可是怎么听得这么难过?

九

那年夏天，唐婉婉和蒋少楠、莫天一起去电影院看了《那些年，我们一起追过的女孩》。

那个时候，他们已经报好了志愿，三个人，分别在地图上的不同位置。

唐婉婉穿着白色的棉布裙子，裙摆在夏日的风里微微飞扬。她回头看蒋少楠和莫天各怀心事，不由得苦笑一声。

只可惜她不是一个腐女，她也不想去破坏自己喜欢的人和自己很好的朋友。

她轻轻闭上眼，傍晚的风很凉，能吹走烦闷不安的躁动。

“蒋少楠，莫天，你们有没有听到，夏天说什么?”

蒋少楠和莫天面面相觑，脸上分别露出了无奈的表情，他们都有自己的青春和烦心事，但是此时此刻，他们都听到了一种声音。

“我们听到了。”

“这个夏天，我们就要说再见，以后我们还会是无可代替的朋友，你们说对不对?”

蒋少楠不由得一笑，和莫天相应点头。

他们终究太年轻，莫天选错了爱的方式，他以为唐婉婉是喜欢自己的，当自己要给她介绍男朋友的时候，她应该拒绝才对，但是他错了，他也不该用这种方式。

蒋少楠是喜欢唐婉婉的，但是面对友情和爱情的抉择，他认为唐婉婉说得很对，友情永远比爱情走的长久，唐婉婉真的很重要，他不想以恋人的方式把她弄丢。但是他也很自私，不想看到最好的朋友和最喜欢的人在一起。

夏天说什么？

在即将消失的夏末，他们都听到了夏天说喜欢。

可是夏天终究没有说出口。

听你唱洋葱，她却落了泪

■ 你眼里的笑意

1. 我站在照片的左边，快乐离我越来越远

夏晓沫第一次见到周洋是在前往日照的火车上。

车窗外倾盆大雨，雨滴撒在车窗上模糊了夏晓沫的视线，邻座的中年男人用一口纯正的四川话讲着电话，一些无聊的话题让夏晓沫感觉更加无聊。这是盛夏，高考拿分的第二天，夏晓沫独自一人乘上前往日照的火车，她把那片深蓝当做是送给自己的礼物，那是在梦里出现过无数次的大海，她猜夕阳的余晖打在无边的海上，一定很美。

夏晓沫将耳机塞进耳朵，尽量把音乐开到最大声，环顾四周，乘客们都叽叽喳喳地和同桌交谈，唯一引起她注意的是角落里安静的男生。一头利落的短发，干净的白色衬衣，简单的蓝色牛仔裤，黑色书包，黑色耳机线，还有手中的画笔和桌上的笔记本。男生望着窗外，不停挥动着画笔，夏晓沫猜他是在画车窗上的雨帘。她喜欢安静和干净的男生，只有这样的男生，才能让她觉得他是和别人不一样的。

整个旅程，夏晓沫都跟在安静男生的身后，和他住同一间客栈，隔壁屋；看他走在软软的沙滩上，像个孩子用脚轻轻挑起细沙；在远处看他坐在礁石上画夕阳中的大海，余晖打在无边的海上，还有他的背影，那画面真的很美。夜里，她看他在房间的阳台上一个人抽烟，听海浪拍打沙滩的声音。夏晓沫不知道他的名字，不知道他的年龄，不知道他是哪里人，她就这样跟着他，去他去过的每一个地方，吃他吃过的每一样小吃，她没有和他讲过话，他可能从来没有看见过她。

那个夏天，夏晓沫遇见了一个让她觉得温暖的男生，也见到了那片梦中的大海。

2. 我想你是爱我的，我猜你也舍不得

秋天，夏晓沫正式成为一所名牌大学的大一新生，播音主持专业。

夏晓沫在主持方面特别有天赋，再加上她自己的努力，很快成为了大一新生中的名人。她成为学校广播站的播音员，成为各种活动的特约主持人，也经常在外面接一些路演活动，丰富多彩的大学生活让她忘记了那个美好的夏季，她也渐渐模糊了那个在车上看雨，在海边作画，在阳台上抽烟的男生。

转眼，新年来临，学校照例要组织庆元旦的活动，夏晓沫成为当之无愧的主持人人选。一席白色的长裙，高高束起的头发，红色的高跟鞋，刚一出场，夏晓沫就赢得了全场同学的欢呼声。节目一个接一个的进行，场内的热烈气氛让所有人忘记了这是一个冷得一塌糊涂的隆冬。

"大家欢呼了那么久，热烈了那么久，下面让我们安静下来，听听美术系的周洋同学给我们带来的歌曲《空白格》。"夏晓沫报幕完毕，走下台正巧遇上抱着吉他上台的周洋，她突然愣住了，这个周洋，正是那个在火车上遇到的男生。与周洋擦肩而过的那一刻，夏晓沫的心突然狠狠地跳动了一下。她走到后台，静静地看着台上的周洋。

依旧是利落的短发，干净的白衬衣，蓝色的为牛仔裤，白色的板鞋。周洋的声音很安静，就像他的人一样。看着台上静静唱歌的周洋，夏晓沫想起夏天时候的那些画面，不知道为什么湿了眼眶。

新年到来前的最后一天，夏晓沫知道了他叫周洋，也知道了，他除了会画画，还会弹好听的吉他，唱安静的歌。

3. 我的心情是坚固，我的决定是糊涂

元旦晚会结束之后，夏晓沫从美术系的同学那里找到了周洋的详细资料。周洋也是大一的新生，高考时他以文化分和专业分均第一名的成绩考上这所学校，除了专业知识过硬之外，他还会吉他、钢琴多种乐器，摄影也是一流好手，因为才华横溢，颇得老师和同学的喜爱。他没有女朋友，不知道为什么，无论什么样的女生递情书给他他都会拒绝，无论什么样的女生用尽什么样的方法想要靠近他，都无法打动他的心。他是典型的双鱼座，神经又敏感。

夏晓沫除了要到以上信息外，当然也知道了周洋的电话号码。

转眼，大一的第一学期结束了，学校放了夏晓沫大学以来的第一个寒假。在回家之前，她做了一个重要的决定——回家之后的第一件事情，就是打电话给周洋。她当然不会告诉周洋她是谁。

“喂，你好。请问赵帆在吗？”夏晓沫拨通了周洋的电话。

“不好意思，你打错了？”电话那头传来一口标准的普通话。

“打错了？我找赵帆，赵薇的赵，风帆的帆。你确定你听明白了吗？”夏晓沫在电话这头坏坏地笑了。

“嗯，你打错了，这里没有你要找的人。”周洋说。

“不好意思，可能真的是我打错了吧，对不起呀，再见！”夏晓沫挂了电话，躺在床上笑了。

这是夏晓沫给周洋打的第一个骚扰电话，她终于听到了周洋的声音，和想象中的一样，没有让她失望。

过了一会儿，夏晓沫给周洋发短信。

“不好意思啊，刚才电话真的是我打错了，打扰到你啦。”

“小事情，没关系的。”周洋很快回了短信。

“你的电话和我要找的朋友的电话好像的，如果我没有猜错，你应该也是C大的学生吧！”

“嗯，是的。”

“很是有缘呐！我也是C大的，说不定我们还见过面呢！”

“嗯，也许吧！”周洋的话总是很简单。

从那天开始，在夏晓沫的阴谋下，她成功地说服了周洋和她成了朋友，而且周洋也破天荒地答应了她，以后允许她给他发短信、打电话。

4. 忘掉了的人只是泡沫，用双手轻轻一触就破

一整个寒假，夏晓沫除了接路演的活动之外，大多数的时间都在和周洋发短信，偶尔也打电话给周洋，听周洋唱歌给她听。他们的聊天从初识的附和到慢慢熟络起来之后的谈天说地，她给周洋讲笑话，周洋给她讲以前路途中的故事。她才知道，周洋走了很多地方，看了很多风景，而上次去日照的那一站，只不过是他众多路途当中的一站而已。

从交谈中，夏晓沫觉得，周洋也不是像别人说的那样油盐不进，他好像也是很开朗的男生，有很多自己的想法，只是平常不愿意表达出来。

"周洋，明天就要开学了，你说新学期我们会见面吗?"夏晓沫问。

"我们还是不要见面好了。"周洋的回答让夏晓沫有点儿失落。

"为什么?"夏晓沫问。

"我们这样挺好的，见面了，也许现在这样的关系就不能维持了。"

"为什么见面就不能维持我们的关系了啊?"夏晓沫不解地问。

"你不要问为什么了，时间不早了，早些睡觉吧。"这是周洋第一次不正面回答夏晓沫的问题，那晚，夏晓沫失眠了。

大一下学期，夏晓沫依然忙着社团活动、社会活动，依然参加各类主持活动，生活都在她的规划中按部就班地进行。她也会每天发短信给周洋，如果实在没有时间，她也会每晚发一个"晚安"给周洋，让周洋知道她一直都在。

周洋依旧在忙着自己的事情，每天坚持画画，周末外出写生，然后拍很多的照片用 QQ 传给夏晓沫。夏晓沫依旧没有告诉周洋自己喜欢他，他们各自忙碌，却一直惺惺相惜。

"周洋，下个月学校会组织五四青年节的晚会，你会去唱歌吗?"夏晓沫发短信给周洋。

"最近很忙，可能不会去的。"

"周洋，我很想听你站在舞台上唱歌，你可以为了我去唱一首吗?"夏晓沫向周洋提出要求，"你可以不用知道我是谁，但是你知道，我一定会在舞台下，看你听你唱歌，好吗?"

"我也不知道到时候有没有时间，到时候再说吧!"

晚会依旧是夏晓沫做主持人，她拿到节目单的那一刻就迫不及待地去寻找周洋的名字，可是看完了所有的节目，她都没有找到周洋的名字。她失望了。可她知道，她只是一味地喜欢周洋，可周洋也许连她是谁都不知道，又怎么会为她而唱歌呢?

晚会快接近尾声的时候，工作人员告诉主持人说新加了一个节目，要男主持人上去报幕，是一个独唱节目。报幕声音完毕，音乐响起，一个熟悉又陌生的声音传进夏晓沫的耳朵。那个站在舞台上穿白色衬衣的男生，拿着话筒静静地说："接下来这首歌，唱给一个素未谋面的女生，我知道你就在舞台下面，我知道你一定听得到。"台下不知道情况的同学们都欢呼起来。

那天晚上，周洋唱了《词不达意》，唱得夏晓沫泪流满面。她知道，这首歌是周洋专门唱给她听的，她也知道周洋说那段话的时候，她是这个世界上最幸福的人。

她发短信给周洋说："谢谢你。"

5. 那一段我们曾心贴着心，我想我更有权利关心你

终于，到了夏晓沫 21 岁生日。

"周洋，明天就是我 21 岁的生日了，你能出来陪我一起吃蛋糕吗？"夏晓沫发短信给周洋。

"嗯，好吧。"

"那明天晚上 7 点，我们在中央公园的草坪上见面吧。"

周洋终于答应和夏晓沫见面，他们认识已经整整八个月，夏晓沫多次在公开场合见到过周洋，但是没有经过周洋的同意，她始终没有招呼他。想着明天就能正大光明地见到周洋了，她高兴得睡不着觉。

第二天一早，夏晓沫就去蛋糕店订了自己最爱吃的草莓蛋糕，然后回家挑了最喜欢的连衣裙，她一直等待着晚上和周洋的见面，想起来都觉得特别美好。

晚上 6 点，夏晓沫就来到了中央公园，放好蛋糕后，她就在草坪上坐下来，静静地等待周洋的到来。她幻想过无数次和周洋正式见面的场景，她也纠结过要不要告诉周洋他们的相遇是她的刻意安排，可是这些对此刻的夏晓沫来讲都已经不重要了，她喜欢了快一年的男生，很快就会出现在她的面前了，想到这里，她的脸上扬起最美的微笑。

7 点了，周洋还没到，夏晓沫想可能是有事耽搁了吧，所以她决定再等等看；7 点 30 分，周洋还没到，夏晓沫给他打了第一个电话，没有人接，她想可能是在车上没听到吧，所以她决定继续等；8 点钟，周洋还没到，天开始下雨，初夏的雨总是来的让人猝不及防，夏晓沫给周洋打了第二个电话，周洋关机了。

夏晓沫站在雨里，她一个人吃着蛋糕始终不肯离去，她不知道周洋会不会来，她也不知道周洋为什么还不到，她不知道发生了什么，不知道为什么自已 21 岁的生日依然见不到那个重要的人。

只是从那天开始，夏晓沫失去了周洋的消息，学校那边，周洋也退学了，后来，她再也没有找到过他。

6. 你是我，最压抑，最深处的秘密

后来的大学生活，夏晓沫没有再见到过周洋。发出去的短信，永远是石沉海底；打过去的电话要么没人接听，要么是关机。夏晓沫不知道周洋去了哪里，她几乎用尽了所有的方式去寻找突然消失的他，但是一点消息都没有。

转眼大四了，夏晓沫在一家省级电视台找到了一份很好的主持人的工作，离开学校那天，一个美术系的男生来找她。他交给她一个小盒子，他说那是周洋留给她的。

盒子里面有一封信、一张光碟、一个笔记本。

笔记本里面全部都画着同一个女生。她坐在火车上戴着耳机看车窗上雨帘的样子；她在客栈阳台上仰望星空的样子；她在海边长裙被海风吹起来的样子；她每一场主持时候的样子；她在后台听歌流泪的样子；还有她在雨里一个人吃蛋糕的样子……

这些都是周洋画的夏晓沫，现实中的和想象中的，满满的都是她。

然后是一封信。

亲爱的晓沫，当你看到这封信的时候，可能我已经不在你身边很久很久了。

从第一次在火车上见到你开始，我就知道，你会是我最重要的人。我一路看你跟着我，从客栈到海边，然后我们就这样分开了一整个旅行。你永远不知道，你在客栈阳台上仰望星空的画面多么充满希望，你也永远不知道，当海风吹起你的长发，你坐在海边的时候，那幅画面有多美。你都不知道，我有多想和你说话，多想和你一起漫步在沙滩上，但是我不能。我以为我们只是一起经历了一场旅行，我根本没有想到，后来我还会在C大见到你。

第一次在C大见你，是你第一次当主持人的时候，你站在台上，那么自信地笑着，我觉得你像极了天使，你都不知道当时的我有多么的激动。那天，我知道你的名字，知道你是学校的红人。从那天起，你的每期广播我都会听，你的每场演出我都会去。你真的很美好，但是我不够美好，不能靠近你。

元旦晚会，我在台上唱歌，我感觉到你看我的眼神，我知道你没有忘记我，我既难过又高兴；寒假第一天晚上接到你的电话，我知道你是在捉弄我，但是我心甘情愿被你捉弄，起码你心里有我，我怎么可能听不出来是你的声音，你的声音已经刻进了我脑海里。我不答应见面，你肯定很伤心，我不能见你，这是真的，但是我当时不能告诉你为什么。

我现在可以告诉你了，在我快要离开的时候。我从来都不是一个健康的孩子，从小就靠药物在维持我的生命，医生说我活不过21岁的，我却没有想到，在你21岁生日那天，死神突然来找我了。所以，不是我失约不去陪你过生日，是因为那个时候我已经躺在了手术台上，却没有机会告诉你。

我猜你一定等了我很久，我猜你也一定哭了很久。对不起。

这封信，是我向死神借了一些时间写给你的，写完这封信，我可能就会永远地离开你了，但是，我不会忘记你的。

我只想告诉你，我一直在爱你，从第一次见到你的那一天起。之所以不敢靠近你，不敢告诉你，是因为我真的爱不起你，我不能保证自己能够保护你多久，也不能确定自己能够陪伴你多久，所以，我选择了沉默。

我猜你又哭了吧，傻孩子，不要哭，你笑起来的时候多好看呀。

之所以你看到这封信的时候，是你即将要离开这个学校的时候，是因为我希望你不要再找我了，你永远也找不到我了，你也不要再惦记我了，离开这个学校，就忘记我吧。过自己的生活，找一个男人去爱。我会成为守护你的最亮的那一颗星星，在你下一次去海边的时候，记得走一次我们走过的路，然后永远地把我忘记。

光碟里面的歌，是早就录好的，你要明白，我一直爱你。谢谢你，让我这样爱过你。

爱你的洋。

唇红未散

赶不上你追逐的脚步

■ 卫宣利

一

我对许天昊的记忆是从四岁开始的。那天，姑妈从外地回来，带给我一辆崭新的轻便童车，我欣喜地骑着它在大院里来来回回地兜圈子。结果，兴奋的我一头撞在从外面回来的许天昊身上，把他刚穿上身的裤子划了一道长长的口子。为了避开许天昊妈妈严厉的批评，我只好答应他的不平等条约，忍痛割爱，把我的宝贝车让给他骑。没想到这小子骑上车就跑，我在后面哭着喊着跺着脚追，可是他骑得飞快，我哪里追得上？

许天昊很得意地斜着小眼睛对我说："哼，就知道你追不上我的。"我咬牙切齿忍无可忍，抓起床头的茶杯闭上眼睛就没头没脑地扔了出去。待我睁开眼时，我被吓呆了，血正顺着许天昊的鼻子汩汩地往外涌，我惨叫一声，晕了过去。我听见许天昊在我耳边喊："小袖小袖，你醒醒，我不跑了，我停下来等你还不成吗……"

妈妈一边给许天昊的鼻子缠纱布一边训我。许天昊却争着帮我辩解："阿姨，小袖不是故意的。"

我瞪他一眼，口蜜腹剑的家伙。

那年，我四岁，许天昊五岁。

二

许天昊长大后成了一个很乖的孩子，安静、温和，他是学校里成绩最好的男生，拿过全国数学奥林匹克竞赛的大奖。

我却不喜欢学习。从初中一年级起，我就迷上了画画，枯燥的课堂上老师讲得唾液飞溅，我却在下面刷刷几笔，将老师勾勒得惟妙惟肖。

我的成绩差得一塌糊涂，许天昊常常被我妈叫过来帮我补习功课。他能将老夫子讲得云里雾里的几何题讲得清楚透彻，我却笑嘻嘻地强迫他做我的模特。许天昊总是揉揉我的头发，一脸深沉极其忧虑地对我叹息："小袖，你这样下去，将来怎么办啊?"

十六岁的许天昊，已经长成一个翩翩少年，有着俊朗的脸，清澈明亮的眼神和乌黑闪亮的头发。比他的外貌更出色的是他的成绩，每次班级排名，他都遥遥领先高居榜首。我很不以为然，每次老师夸他我都会在后面拼命踢许天昊的椅子，叫他："模范生模范生。"

不管我怎样捉弄许天昊，他从来不恼。上课我埋头画画，他帮我记整整齐齐的笔记；我逃课，他编各种各样的理由向老师请假；爸妈那里，也一向是他替我遮风挡雨。可是转回头，他又婆婆妈妈地唠叨："小袖，化学作业要交了；小袖，英语单词你背会没有？小袖，明天要考试了……"

三

我和许天昊都读高三了，我仍然不急不忙，看金庸看凡·高。那一天，许天昊突然问我："你准备考哪所大学?"其实我正恍恍惚惚的，啊呀啊的，心里根本就没谱。

许天昊眯着眼睛，看着天边淡淡落下的晚霞，突然说："我要考华东师大，我喜欢上海那个城市。"

那一瞬间我突然意识到，如果我仍然画我的画，可能就再也没机会和这个人站在一起了。

年少的心，在瞬间成熟。回家后我把所有的画纸和颜料统统锁进床底的柜子里，我在心里对自已说：裴袖然，你追得上的，你要努力。

我不再是从前那个风风火火无所畏惧的女孩了，蓄了齐肩的长发，很少说话。有一次，许天昊突然问我："小袖怎么不会笑了?"我淡淡地说："是吗?"就再也无话，脸却慢慢地烧了起来。

高考结束，许天昊果然如愿以偿，考了华师大。我爆了个冷门，考上了省重点大学，我很兴奋地跑去找许天昊，没有见到他。他妈妈说，天昊报了日文补习班。

我怔住，其实我正想找他一起把所有的课本一把火烧掉，可是许天昊，居然马不停蹄。他一直是这样，丝毫不给我喘息的机会。我慢慢走回家，打开床底的箱子，把画笔和颜料一样样展开，又合上，心像凋零的花，一瓣一瓣，孤单落地。

四

大学四年，我在郑州，许天昊在上海。许天昊在信里写，小袖，我英语过六级了；小袖，大学生辩论赛我拿了第一；小袖，我的论文发表了……而我，只在信尾小心翼翼地问：有人帮你在教室占位子吗？谁陪你去的图书馆？你们班最漂亮的女生叫什么名字……

寒假许天昊回来，约了几个老同学一起去爬山。半道我突然崴了脚，许天昊在前面走得飞快，我一瘸一拐地追，当然追不上。索性坐在地上，远远看着许天昊一路飞奔，心，突然有一些冷。

二十分钟后，许天昊转回来，大汗淋漓。他在我面前蹲下，温暖的手指拂过我的脚踝，然后很坚定地说："来吧，小袖，我背你。"

伏在他的背上，幸福得有些眩晕。他背着我，仍然跑得飞快。我叫，"许天昊你跑那么快干吗？就不能慢一点儿?"

许天昊放下我，一边喘气一边看着我，很认真地说："小袖，我们必须强强联手，才能在这个竞争激烈的世界有一个立足之地。我拉着你，我们一起往前跑，如果你跟不上了，我就背着你往前跑，好吗……"

这，算是他的许诺吗？我的心，急跳如鼓，刹那间繁花开遍。

大四，我报了华东师大的研究生，9 月，我在上海欣喜地给许天昊打电话，却听到那端嘈杂的背景音，许天昊的声音断断续续地传过来：小袖，我在北京。

五

许天昊读了北大的研究生。而我，在这个留着许天昊气息的城市里，想象他的容颜。他读书的图书馆，坐过的草地，看过的书，走过的小路。

我告诉许天昊我在他的学校读书，电话那头，他呆了片刻，才笑道："早知道你也会来上海，我会留下来等你。"

是吗，你会吗？我笑一笑，想起《阿飞正传》里，张国荣说过，有一种鸟，天生没有脚，它的一生都在飞啊飞，累了在风里睡觉，一直到死才能落地。这只鸟，会为了我而停留吗？所以，我只能做另一只鸟，和它一起飞，不停歇。

那年冬天的上海，格外的冷。圣诞节的时候，许天昊从北京赶过来看我。许天昊说："小袖，我已经拿到驾照了，你呢？"他看着那些在渐亮的路灯下飞舞的细碎的雪花，习惯地眯起眼睛，"小袖，我已经报了 GRE，我想去美国，你也去吗？"

六

我没有去。在华东师大的第二年春天，我和同学去郊游，归途中那辆车与另一辆车相撞，同学当场死于非命，现场异常惨烈。

有整整一年的时间，我没有办法从那样血腥的场面中走出来。我整夜整夜地睡不着觉。心撕裂般的疼痛，逼得我无处可逃。

我办了休学，给许天昊发邮件，只说"我工作了"。许天昊正在考 GRE，忙得天昏地暗。他在回过来的邮件上问我："小袖，你是不是有了男朋友，才不肯和我一起往前跑了？""小袖，你是不是从来都没有喜欢过我？"他还说："小袖，我就要去美国了，你真的都不肯见我一面吗？"

我笑着，在他所有的邮件上都点了彻底删除。

2004 年，我结婚。先生是位医生，细致、温柔、敦厚。他会每天背着我从六楼上来下去，伏在他的背上，我常常想起许天昊，想起他说过的，如果你跑不动了，我就背着你往前跑……泪，便湿了先生的后背。

2006 年的春天，许天昊从美国回来，同学为他办的接风宴席，我没有参加。后来听同学大头说，许天昊那天醉得很厉害，他一直喊我的名字，喊得一桌子的人，潸然泪下。

我平静地听着，早已经流不出眼泪。从四岁到二十四岁，我整整追了他二十年。现在，我终于肯承认，我赶不上他追逐的脚步，我太累，需要休息。所以，上帝才预谋了那场车祸——那次意外之后，我的双腿就瘫痪了，彻底失去了行走的能力。

水仙女子，请忘记他是他

■39号

生命若给我无数张面孔，我永远选择最疼痛的一张去触摸。

——七堇年

date：200×年1月7日

从头细看

你六岁当天

已是我偶像

——来自玲珑日记

想要对你说的话，太多太多。

遗憾我一直以来都是言不由衷思维无序，便只能任由其以慵懒的睡姿蜷缩在内心的角落，而后杂草丛生掩藏掉所有真切。

时节是冬季。

罕有的阳光铺满阳台，夹杂着冬日里特有的懒散味道。光线柔和，而且温馨。一如我们之间的感情，细细密密地渗透我们在一起的每个瞬间。

无孔不入，无比幸福。

你拉了我蹲在我们一起照料的水仙盆栽旁，用纤细白皙的食指指着含苞待放的花骨朵告诉我，玲珑，为使水仙生长健壮，要像这样白天带它来晒太阳的。

透明的无排水孔的花盆中，一小堆圆滑的小石子紧紧簇拥住水仙的根部，些许细小的根便毫无悬念地从石子的间隙穿插出来。如银丝，纤尘不染。你回过头专注地看着我说，玲珑你知道吗？水仙在水养之前应先剥去鳞茎球外层干枯的褐色鳞叶片，去掉护根泥和基部的褐色朽根。注意哦，不要碰伤白色的新根。然后洗净表面，直立于盆中，四周用小石子固定，使其不倾倒。

你还说如果想推迟水仙的花期，可采取降低水温的办法，也可傍晚把盆水倒尽，次日清晨再加清水。

说完你打了个响指，对着我笑，灿若桃花。

我恍惚记起了六岁那天，你也是这么用纤细白皙的食指指着我写在四方格本子封面上歪歪扭扭的名字，也是这样专注地看着我说，知道吗，每个人的名字都是有深意的。嗯，郁玲珑是吗？听起来是玉玲珑呢，是水仙花的一个品种。我叫展莹，取自“金盏银台”，也是水仙的一个品种。

你笑了一下，神秘地说，单瓣的水仙花，叫作“金盏银台”，复瓣者，名曰“玉玲珑”。你还说，金盏银台，花冠色青白，花萼黄色，中间有金色的冠，形如展状，花味清香。至于玉玲珑，则花瓣十余片卷成一簇，花冠下端青黄而上端淡白，没有明显的对冠。

看着我因崇拜而呆若木鸡的表情，你打了个漂亮的响指，对我嫣然一笑，转身款款走向另一个不谙世事的小姑娘。

当数个春秋像车轮般浩浩荡荡地碾过我们生命的土地，你说还记得六岁那天我装得学富五车的傻样吗？很搞笑吧！哈哈。这是你调皮的样子。

你说那些东西我吃了不少苦才背下来呢，响指都忘光光了。这是你委屈的样子。

你说我就是爱出风头。这是你不可一世的样子。

你说玲珑你是我的宝，我们要一起一直到老。这是你撒娇的样子。

可是我没有告诉你你所有的样子都可爱到无以复加，也没有告诉你其实六岁当天你已成了我生活的动力。

因为言语茫茫，我实在无法抉择该用哪些来表达。

date：200×年6月8日

你曾问我

被人遗弃是不是会变得很寂寞

我取笑你伤秋悲春

却一个人在心里偷偷心疼了你好久好久

——来自展莹日记

阴雨连绵。

灰色的天壁上乌云簇簇，光洁的高楼大厦此时却暗了颜色，雨水不由分说冲刷着地面。

街上匆忙过往的行人，被这场毫无征兆的雨冲得四散逃亡。声势浩大得近乎在经历一场生与死的较量。

我毫不犹豫拉了你的手想加入这场生死大逃亡。“不想你被淋感冒。”这是最初冒进我脑海的想法。

可是你站在雨中，一动不动，摆着壮士一去兮不复还的可怕架势。

你望着我，黯然笑了笑。然后低下头，像犯了错的小孩，十指在胸前交叉，不停地摩擦交叉，不停地摩擦。你轻轻地说，展莹，你先回好吗？我想……我想淋场雨，痛痛快快地。

软弱无力的语气，却有一股来势不明的力量，逼得我连摇头的勇气都丧失掉了。

我亲爱的水仙女子，你又难过了。

我对着你伸出舌头做了个“陪定你了”的鬼脸，然后牵着你缓缓地走。我们谁都没有出声，只听得见雨水滴滴答答地覆盖住我们有些沉重的呼吸声。我就这样，静静陪你，雨中漫步。

你后来回忆起，总要揶揄我说，展莹，只有那时候的你才跟你的淑女名字搭得上调。

而彼时，巨大的灰色天幕下，大雨连绵成线，毫不留情地打在我们的身上。我侧过头看你，你面无表情地向前走，瀑布般的齐肩秀发湿漉漉的粘成一捆一捆的，面条似的簇拥在一起。雨水就顺着发丝滴滴答答地滑落，最终与地面上流淌的雨水汇集成洼。

你突然停下脚步，反手紧紧抓住我的手臂，弄得我生生的疼。

你睁大了双眼看着我。六月清凉的雨滴依旧毫不留情地砸在你倔强昂起的脸上。我看到你红得让人心疼的眼眶，终于分不清了哪些是雨，哪些是泪。

你喃喃地说，我，被人遗弃了。像丢掉一个破旧的玩具般毫无留恋地被遗弃。

像是另一个世界的呓语。遥远得仿佛来自几千亿光年以外的星球。

意料之中。我淋雨回家挨了老妈的唠叨，却瞥见她满脸的焦急和心疼。

意料之外。你第一次主动留在我家，第一次依偎在我怀里喋喋不休了好久，第一次跟我说起你和他的老故事。

他叫严深。

人和名正相反。安静而又有修养的名字，却是最飞扬跋扈的人。如同我和我的名字。展莹，淑女的名字，张牙舞爪的人。

初三的时候，他在晚自习开始前十分钟，安静得只有笔在纸上沙沙作响

的教室用白色粉笔在黑板上写下刚劲的字迹：

“批评我班严深同学和郁玲珑同学早恋，为整校纪班风，特罚此二人永远在一起。”

恶作剧的言语，不伦不类的措辞，却成功引起了班级轰动，赢得了美人归。

他在夏天的傍晚牵着你走过深深的巷道和长长的石板路，走累了停坐在河边，他顺手将你的头按到他的肩上，静静地吹河风。偶尔，他讲无伤大雅的小笑话，逗得你明眸皓齿地笑。

他总带你去一家叫作“大自然”的奶茶屋，小小的装饰纯朴的屋子。

他每次点不同口味的奶茶，你却一直是香蕉加草莓。

他弯着食指刮你的鼻子说，人要活得有新意不能老是老字号啊。

你仰起头直视他的眼眸，庄重地告诉他，有他的日子你的生活就像香蕉加草莓般甜美无瑕。

他愣了下，拉着你走向收银台对面用镜子装饰的墙壁，问老板要了贴纸和笔，对着镜子里的你调皮的笑。接着在你丈二和尚摸不着头脑的当儿，迅速在纸上沙沙地写下几个字。然后把贴纸贴在你头顶的镜面上，孩子气的不准你看。可是你一抬头，便瞥见了刚劲的九个铅字：我要我们一直在一起。

你说你们曾经那么那么幸福，连鸳鸯都心生妒忌。

date：200×年10月10日

对不起

我忘了说

承诺照顾我一生一世的人

也叫严深

——来自展莹日记

你欢呼雀跃地来我的班级找到我，脸上夸张的笑让我以为你中了500万元福利彩票。原本万里无云的苍穹此刻也跟你约好似的飘来几朵白色带笑意的白云，和你交相辉映。

当我在“你吃错药了”和“你脑瓜进水了”的情形中徘徊哪种状况更容易处理的时候，你伸手递给我一个粉蓝色的信封。你说情信哦，我们班超级大帅哥潘某哦。

你给我比了个加油的手势，眼角嘴角全是抹不掉的笑意。

我轻轻捶了一下你的肩，心却跳得厉害，脸红得像关公。你说，哟，还害羞呐。我转身跑回了教室，没有忘记提醒你还差三十六秒响上课铃。

十一长假你随父母去了美若仙境的丽江，回来的时候你给我家送了好多丽江特产。

然后你揶揄我说，老实交代，假期和潘某去哪儿浪漫了?

我看着你，无辜地笑，心里的两股洪流却都在破釜沉舟地做背水之战。

说吧，毕竟纸是包不住火的。可是我亲爱的玲珑，我要怎么说得出口，你给我的信的署名，不是你口中的潘某，而是伤你最深的严深。我又要怎么说得出口，我对他，有了不一样的期待。

我只得，隐去了姓名。

故事的起点。

更年期的妈妈为了琐事与爸爸大动干戈，满地的碎瓷片映照出我满地的伤心，却再也拼不全一个完整的碟。无可挽回。

我掰着手指头怎么也数不清这到底是他们的第多少次争吵。

客厅的沙发上妈妈流着大颗的眼泪喋喋不休，爸爸抽着烟拉开门留下一袭沉默的背影。我捏紧了手中粉蓝色的信纸，掌心的泪细细密密地渗出来。

10 月 1 日 8 点，市中心广场不见不散。

我到的时候迟到了两个小时。他无所谓地朝我笑，融雪倾城。

那一秒，我内心的悲伤与委屈轰然坠地，竟落下泪来，猝不及防地。

后来的后来。

他不动声色地开我玩笑说，展莹，给你讲个故事。传说希腊美少年纳喀索斯不喜欢任何女子，只是痴恋自己水中的影子。最后终于忍受不住这煎熬，纵身跳入湖中，从此与影子朝夕相伴，后来湖边开出一朵孤单的水仙花……

我失望地问："就这样?"

他抬起右手揉了揉我的头发，狡黠地笑。"当然没完啊。"

成心吊我胃口。

"那……然后呢?"

"后来啊，水仙就代表自恋的人。就像你哦，不折不扣的水仙女子。"

他告诉我《追风筝的人》中的桥段：新婚的恋人照着镜子，镜中出现他们的容颜。女子便问男子在镜子中看到了什么。男子回答说我剩下的生命。

他深深看着我说："展莹你就是我剩下的生命。"

date：200×年12月25日
倘若沿着原路返回
能折回到最初相识的地点
我愿意
眨着眼睛
倾听你的独角戏
而不是分了神
翻身碰碎你幸福的呼吸声

——来自玲珑日记

时至今日，我似乎依旧不能放自己自由，依旧不听你的话彻底忘记他。

一个人无所事事地低头闲逛，不知不觉竟又拐到了“大自然”门口，虽然我一直尽力去避开。

到底还在坚持什么，奢望什么，幻想什么。

不经意地抬头，他抬起右手亲昵地揉你的发，眼角嘴角荡漾着温柔的笑，一如他当初用食指轻轻刮我的鼻。

悲伤忽地如利刃般刮过胸口，痛得连呼吸都变得沉重。

不是没想到过欺骗，也不是没想到过背叛。从他对我挥手说“拜拜”的那个夏天开始，假想了无数种原因。那些原因，纷乱无章而细若纤尘。不管再怎么牵强附会，再怎么鸡毛蒜皮我都做好了敲锣打鼓迎接的准备。可偏偏，让我措手不及的，竟然是你，我最亲近最重要的你。

竟然是你，最最重要的你。

我走进奶茶屋的时候看到你从幸福里朝向我的错愕的脸，接下来便是你因内疚心痛而伤心的表情。

我冷哼一声，猫哭耗子假慈悲。愤怒与憋屈像是决了堤的洪水和发了狂的猛兽，化作温热的水珠在我脸庞上泛滥成灾，而且一发不可收。

我想我的确是疯了。

本可以目不斜视装作没看见默默地全身而退，本可以在与你对上视线时微笑祝福你，本可以在见证过着沸腾着的幸福之后再躲到荒凉之地无声舔着伤口，却用了最没水准没修养没智慧最后悔也最不讨好的一招——怨妇般跳过去甩了你一个响亮的彻底的耳光。

悲伤像穿堂而过的风，把被我们搁置在制高点摇摇晃晃叫作友情的玻璃瓶顺带下来，在空气中完成一段算不上优美的弧线。然后，碎了，裂了。谁都没有设防，谁都没有接住。

我们有十一天又八小时零四十三分没有见面没有说话了，自从那次耳光事件后。

看着手表的秒针滴滴答答地走了一圈又一圈，内心深处像被人用一把生了锈的钝刀慢慢地割，你多么残忍。

我明明对自己说只要你跟我说对不起我就原谅你，或者不说也可以，只要你来找我，我就当做什么也没有发生。

什么也没有发生过，我什么也没有看见。

可是你却像放凉了的热牛奶，变酸了之后自己蒸发了，从我生命中蒸发掉了。

后来你没再找过我。

明明我才是被欺骗的那个人吧。

明明我才是被背叛的那个人吧。

明明我才是受害者吧。

我开始难以入睡而且易于惊醒，总是在半睡半醒之间看见我们的过去。那些过去像是前进的军队，穿过茫茫黑暗，在晨曦中愈来愈清晰，愈来愈明晃。

我梦见有一次我们小学的时候我把当天要交的资料费丢了，急得直掉眼泪。中午你咂了咂嘴巴说，拿我的午餐费先垫着，反正我还不饿。结果下午回家路上听到你肚子咕噜噜叫个没停。看着我的内疚样儿，你嬉皮笑脸地说自创的歌曲，好听吧，鼓掌捧个场咯。

有一次我跟你说我想要辆单车载着你穿街走巷，后来就有很长一段时日寻不到你的踪影。再后来我生日那天你踩着崭新的单车来找我，对着我打响指。我拉着你的手责问你为什么消失了那么久，却摸到你手掌心多出来的茧。你笑而不语，有些疲惫。再再后来我才知道，原来你是为了送我单车，而去了饭馆做了一个月的勤杂工。

有一次我们在学校的田径场谈笑风生地散步，散着散着我的胃病毫无征兆地犯了。我痛得面容扭曲蹲下身去，你二话不说便背起只有在唐玄宗时代才敢大秀身材的我向800米开外的校医务室飞奔而去。打了针吃了药后，我说你大力士啊，干柴一根却承受得住那么重，还气都不喘一下。你也不甘示弱地说你这小妮子，名不虚传呐，是够分量的。嬉笑打闹间，我没有感觉到一丝疼痛。

很多很多的有一次，羽毛般浮上来，绒绒地暖暖地覆盖住我整个心房整个脑际。

我忽然记起一句词：人生若只如初见，何事秋风悲画扇。

date：200×年2月9日

忽然记起一首老歌

谁在用琵琶弹奏一曲东风破

岁月在墙上剥落看见小时候

犹记得那年我们都还很年幼

而如今琴声幽幽

我的等候你没听过

——来自玲珑日记

我们的水仙花开了。开得高雅绝俗，清秀美丽，洁白可爱。一如你此刻安静的睡容，让人一见倾心。

这是你沉睡的第三个夜晚，我伸手抚摸你右脸颊上大块烧伤的皮肤，心痛得有些呼吸艰难。我从没如此真真切切地痛过，似是万箭穿心，又似千万只白蚁聚集在心脏部位啃噬。

展莹，我可以不要一切美好的时光和岁月，可以一直痛苦煎熬下去，但请你，一定一定尽早醒过来。

展莹，严深昨天来看你了。他带过来一盆水仙，他说对不起，没能保护好你。然后他抬起手掌捂住双眼低低地哭泣，宽厚的肩有节奏地抖动。

孤单的白炽灯，将影子拉得好长。如果可以，我宁愿忍着痛一个人开始陌生的旅程，一个人跋涉昏暗逼仄的弄堂和虚无之境。而不是让你，替我，昏睡在这里。

为什么，你会这么傻地全数为我牺牲为我付出，这么奋不顾身地保护我？

那天，也是这般华灯初上的时刻吧。我约你吃火锅，自私地想让你忽略掉我抽你的那个响亮的耳光，自私地要和你回到我们相亲相爱的最初。你如期而至了，带着如同温暖褶皱的花叶般的面容。

画面是一如既往的温馨，甜蜜而且幸福。

直到，突然窜起的大火……

原本井然有序围绕桌子谈笑风生喝酒划拳吃火锅的局面，一下子陷入无尽的混乱。小孩子尖锐的哭喊，妇女无助的尖叫，还有逃窜时桌灯被绊倒的喧响。

面对生的威胁，我们总是这样，缺乏经验缺乏理智，手足无措而且绝望无助。

我记得我们坐的是最里边靠近厨房的位子，安全逃出的可能微乎其微。我记得我当时站起来就吓得哭出来了，是你拉了拉我的手镇定地安慰我说，玲珑别怕，有我在哩。我不怕了，却还是明显感觉到你手心全是汗。你松开手叫我不要动。那个时候浓烟滚滚呛得我们咳个不停，视线也被无情地阻断。我乖乖地站着，伸出手摸索，心里恐惧得像只身穿梭在深夜阴森的原始森林，里边虎啸猿啼，还有柱子粗的毒蛇在某个意想不到的角落吐着信子耽耽地鼓着绿幽幽的瞳仁。

你轻声地唤我，玲珑，玲珑。你摸到我后用一件湿透的棉衣盖住我的头，牵着我走，走向生之彼岸。一如过去你牵着我指给我看我们的水仙花。如此心安，如同置身襁褓之中。

我听见了消防车的声音。由远及近……

我醒来的时候是在医院。

却不见了你。

展莹，我再次见到你了。可是不再是张牙舞爪的你，不再是口若悬河的你，不再是牵着我手令我心安的你。你，只秋叶般，安静沉睡，静得我心生生地疼。

展莹……展莹……求求你……快点醒过来。不要留我独自一人默默等待你苏醒。

想忘记。请忘记。曾经他是他。

——来自玲珑博客

还记得那年七夕夜的葡萄架下吗？我们相约着偷听牛郎织女的情话。

你说忘了时间忘了空间，我们要一直一直在一起，海枯石烂。那时你目光真诚。

我做了呕吐的动作大叫恶心。

你敲我的额头说刚刚牛郎对织女如是说，别自作多情。那时你一脸奸笑。

亲爱的。

请，忘了时间忘了空间。

请，忘了他是他。

不管有多么疼痛，我依旧想要触摸你，依旧想做和你相亲相爱的水仙女子。

只是，要到哪里，去取得这么一碗孟婆汤呢？

我曾哭红双眼看过一场天蓝

■ 木子李

1. 我如何能好好地爱它

我跟孟冬是发小。

孟冬长得秀气，明眸黑发，一笑，就把芙蓉街上的那些女孩电得七荤八素，因为这一批女拥护者，孟冬可没少受罪。

就拿我们那条街上的男孩子来说吧，逢了孟冬，准逮着他胖揍。第一，为他们的基因不良；第二，为他们喜欢的女孩。说白了，就是一心想用拳头揍残了孟冬的那张脸。

听过“红颜祸水”这四个字，孟冬觉得自己简直就是祸不单行。

在我童年的记忆里，孟冬没有什么玩伴，他也不喜欢和女孩子玩，整天一个人背着小书包上学放学。直到有一天，他突然发现还有一个孤僻的我，同样不受欢迎，便好奇地走到了我的面前。

他盯着我看了很久，漂亮的眸子里倒映着我那张左眼角长了一块红色胎记的脸。

“真漂亮，像蝴蝶。”这是孟冬开口对我说的第一句话。

那声音很稚气，很天真，和别的小朋友耻笑我的语气是全然不同的。我却觉得心里难过，撇撇嘴，“哇”的一声就哭开了。

那感觉，就好像我听到了天大的谎言似的。

孟冬被我的哭声给吓坏了，他摆摆手，慌乱地安慰道：“你别哭别哭啊……”

我仰着脸，继续哭得气吞河山。

孟冬没辙，对着我伸出食指，朝着自己粉嫩的鼻子用力一顶，一张猪脸就出现了。我一下没忍住，咧开掉了两颗乳牙的嘴笑了。孟冬一看我不哭了，摸着自个儿的后脑勺傻兮兮地笑。

我和孟冬玩到一起之后，那些男孩子们甭提心里多解气，就好像我为他们除却了一个多大的障碍物似的，为此，他们也不怎么找孟冬的麻烦了。

可是，我就惨了，因为我树立了一大片女公敌。

有次，我被一群女孩子围堵在后校园里，她们牢牢地摁住我，为首做坏的那个女孩，用圆珠笔在我脸上画了丑字，两腮，一边一个。然后，她们放开我，看着她们的“杰作”笑得声声带刺。

那年，8 岁的我，怀揣着一颗碎掉的心撞开了人群，跑到了水龙头下。

我在一片哗哗的水声里，拼命地揉搓拼命地洗，可是池子里的倒影，却提示着我那两个丑字，就像我眼角上那块红色的胎记一样，怎么洗都洗不掉。

后来，孟冬拿了他奶奶的一瓶风油精，才给我擦掉了那两个我永生难忘的丑字。

他擦得认真，我却哭得岔气。

我一边哭一边问：“孟冬，你奶奶有没有告诉你，有什么可以把脸上的红斑擦掉?”

“尚善，我妈妈说，每个人都有属于自己的胎记，那是我们生来就带来的东西，如果哪天你走丢了，我就可以很轻易地找到你。所以，你要爱它。”

我撇撇嘴，在孟冬的话里，哭得鼻涕眼泪不分。

孟冬，那块胎记让我受尽欺凌，我如何能好好地爱它，如何能啊……

2. 我恨那个叫自尊的东西

初三那年，孟冬发生了一场意外，他右手的食指没了。

此后，他变得有点孤僻寡言。

我知道那种孤僻感，就像我，因为脸上那块随着长大也日益变大的红色胎记一样，总想拼命地逃离人群，逃离异样的目光。因为怕遭逢耻笑和言论攻击，所以无法融入集体。

有时，孤僻只是躲避伤害的一种方式。

可是，我觉得孟冬和我还是不一样的。

尽管他的右手看起来有点狰狞有点怪异，可是，他好看，这并不妨碍他照样受到别的女生的欢迎。而我就不同了，我是真的丑，丑得让别人有点唯恐避之不及。

孟冬似乎也意识到了这一点，所以，上了高中后，他对我越来越淡漠。

我笑笑，接受了他的淡漠，就像平静地接受了程佑倾的到来。

只是偶尔的，想到他背着小书包，站在芙蓉花絮落满的红砖上，说着那句"真漂亮，像蝴蝶"时，我会很难过很难过，难过自己竟然相信了一整个年少时光。

关于程佑倾，我只能说，此人有点不要脸。

但我真的有被他惊艳到，因为和孟冬一起长大的原因，我的审美观也出奇的高，横跨小学初中直到高中，都未曾有哪个男生入的了我的眼，总觉得有孟冬在，其他人就是打酱油的。

可是程佑倾站在我面前的那一刹那，我脑海那个天下男生皆草根的念头，终于土崩瓦解。

他的好看不同于孟冬，孟冬是那种英气的帅，而程佑倾则是妖冶的美，大眼肤白，有点像女孩子。可是他开口，却是十足的雄性气息："谁叫尚善？老子领赏来了！"

在提及我和程佑倾的天雷滚滚的碰面之前，我还得从前几天的一桩倒霉事件说起。

我和孟冬的关系大不如从前，快到他的生日了，我想趁着这次机会和他主动说些话，所以，我一个人抱着手机站在阳台上，撑着栏杆托腮思忖着说什么好，可是，一不留神，手机从手里像条滑鱼溜了出去。

我双手扒着栏杆，往下一望，愁肠百结，一千块钱呐！

后来，我把整个草丛都翻了一遍，也没找到。我想，肯定是掉在哪个宿舍的阳台上去了。

我们那栋宿舍楼是男女共用的宿舍楼，下面三层是男生宿舍，上面三层是女生宿舍，每天，我们在这个楼梯里上上下下，有时候，看见光膀子的男生端着水盆在楼道里晃动，走在楼梯间的女生就低着头飞快地跑掉。

大家也没觉得这样不好，这是一栋充满荷尔蒙气味的宿舍楼。

因为找起来有诸多不便，我写了一张寻物启事，贴在宿舍楼下的大铁门上。

没想到真有人捡到了我的手机，并毫不避嫌的以男生身份直冲六楼，找上门来。看到程佑倾的那一刹那，我们宿舍几个女生被惊得花枝乱颤。我站在门口，怯懦地开口："谢谢你帮我把手机捡回来。"

程佑倾瞪大了眼睛，朝着我左看右看，神情里有点瞅大猩猩一样的好奇。我微微握紧了拳，接受着那样的目光炙烤。

过了很久，他才笑道："擦！这么丑，我输定了！"

说完，他把手机往我怀里一丢，转身就要离去，走了没两步，他又折回身子来，笑得鬼魅："你知道你的手机掉到哪里去了吗？"

我摇摇头，他的笑意却更加深了。

“掉我内裤里去了。”

噗——整个宿舍都笑喷了。

程佑倾插着口袋，迈着两条修长的腿得意地走远，我看着那个骄傲的背影，也苦笑起来，笑着笑着，眼底就湿了一片。

我有说过我想飞

■ 大学生

那似乎是一个秋天，夏的炎热与喧闹已渐渐远去，剩下的是秋的寂寥与娴静。梧桐树的叶子已开始凋零，而只要，只要风轻轻地一触碰，哪怕是不经意地，那枯叶便会如无数明黄的蝴蝶纷纷飞起，弥漫天空。

云很淡，风很轻，在这样的季节里，浪漫的人总会遇到一些美丽的事情。可有时，即使是不浪漫的人也会。

“想飞，飞出这牢笼，超脱这一切……”

我静静地坐在教堂外的长椅上，在笔记本上写下这句话。那时的我，是一个孤单的小孩，喜欢独处，喜欢一个人走在铺满落叶的街道上，倾听树叶飘落的沙沙声响。这是寂寞吗？我不知道。但人们总说，没有爱情的小孩是寂寞的。

而我和他，就是在那个季节认识的，那个寂寞的秋天。

那天，我像往常一样，坐在铺满落叶的长椅上，远远地望着教堂。我很喜欢这里，这座教堂是这个城市里唯一一座法式建筑。肃穆的教堂中西合璧，融天主教和拜占庭文明于一身，通体洁白，在四周法国梧桐的掩映下，更显平静。在这里，仿佛可以脱离城市的喧嚣，心中升腾起空灵的感悟。

不知道从什么时候开始，我狂热地迷恋上了欧洲，迷恋上了位于我们西方的那片土地。我对那里的一切都很着迷，一种浓浓的很难散开的情愫。那里承载了我太多的梦想……

突然，我看见一只可爱的小松鼠跳到我脚上。我惊喜地俯下身去将它抱起放在腿上，轻轻地抚摸着。

“你看起来好像很寂寞……”他说。我慌乱地回过头去，竟发现后面站着一个人，一个高高瘦瘦的男孩。在他身上，我闻到了淡淡的丙烯味，一种熟悉又陌生的气味，或许他是附近某个画室的学生吧。

我站起身来，不知所措，小松鼠从我腿上逃开。

他看着我笑了，眼神里弥漫着温柔的光。

“你是在和我说话吗？”我轻声问道。

“要不然呢？”他说着，蹲下将逃走的小松鼠抱了起来，放到我手里。“这

个小家伙之前是我的，不过现在它属于你了。我想，你比我更需要它。”

他转身走开了，我依然站在原地，纷飞的落叶在我周围轻舞着。

之后，我也常去那儿，依旧坐在长椅上思考。不过，我常常会突然转过头去，看向身后。但是，除了满地随风滚动的落叶，什么都没有。

我心头掠过一丝失望。

他是谁？那个和我说话，送我小松鼠的人。

秋渐渐更深了，天气也越来越凉，我很少再去长椅上等待了。不过，每当路过那里，我总会朝里面望去，希望看见一个身影。但是，宽阔的庭院里一个人也没有，冷冷清清的，只有落叶总是眷顾在那儿。或许，我再也见不到他了吧，或许他只是我人生中一个匆匆的过客。

可能是因为寂寞的关系吧，我总是会将与我有一点点交集的人牢牢地记住，忘也忘不掉。也许，我已经在心里暗暗给他留了一个位置了吧。

不过，我不能这样，我还有学业，我还要考大学，完成爸妈对我的期望，完成所有人认为的一个学生应该完成的任务。

寒风渐渐来了，城市的天空更加阴霾。我讨厌这样的天空，讨厌城市喧闹的空气。唯一感到庆幸的是，还有梧桐，在这里，到处都是梧桐，地地道道的法国梧桐。传说法国梧桐实际上是出产于四川的，后经法国传教士引种到法国。

那天我在戴氏补习完英语，从顺吉大厦的 9 楼坐电梯下来。到 6 楼时，电梯门开了，我看见了那双熟悉的眼睛。我们相视而笑，并没有多说什么，安静地站在电梯里，我甚至听到了自己的心跳声。

走出大厦，我们沿着顺城大街向南走去。

“你是谁?”我急急地问道，因为这是藏在我心里很久的问题了。

“莫耐。”他答道。

我突然冷笑道：“莫奈？法国印象派代表人?”

“怎么?”他对我的反应有些吃惊。

“就是用白色或黑色弄脏四分之一的画布，用黄色薄涂画面，随意地点上红色和蓝色，就会产生一种令追随者们欣喜若狂的春天的感觉吗?”我一口气说完了我能想到的诋毁印象派的话。可是这不是我心里真正所想的，最开始，我就是从这些艺术品开始认识法国，认识欧洲。我甚至梦想自己是一个流浪画家，穿梭于宁静田园乡村，零距离的感受欧洲的魅力。但是，没人理解我，所有人都认为选择艺术就是糟蹋生命，正常的人生应该是循规蹈矩地学习，工作，最后汇入平庸。于是，我将这些梦想深深地藏在了心中，再也不拿出来。

“你真这么认为吗?”他望着前方，自语道。

“……”我没办法回答是。

顺着大路，我们走到了那个熟悉的地方，那个我最喜欢将自己埋藏在里面的地方。他指着附近一所私立大学说，我就在那儿上学。

“你学什么的呢?”我问道。

“你猜呢?”

我对那所学校不陌生，因为，我通过一个偶然的渠道了解到，那所学院有一个艺术专业是与法国圣艾蒂安艺术学院合办的。在那里，优秀的学生就有可能得到去法国进修艺术的机会。

“我不知道，但是我希望有一天我成为那个学校艺术专业的学生。”我没有回答他的问题，而是说出了我的梦想。

“为什么呢?”他的嘴角露出一丝笑意。

为什么呢？我也常常这样问自己啊。或许我天生并没有什么艺术才华，但是，它能提供到法国的机会，它可以帮我圆我的欧洲梦。

“因为，那里离家近啊。”我又一次隐瞒了我的真实想法。

“这也能成为理由吗?”

“怎么不能!”我强词夺理。

“让我来告诉你吧，因为在那里做一个小画匠与做梦的机会同时存在。你可以梦想在法国蒙特利尔高地上做一个街头画家，可以梦想操着一口纯正的法语在塞纳河畔与当地人聊天品咖啡，还可以穿着随意的牛仔裤漫步在香榭丽舍大街上……”他一口气说完了他的话。

“你怎么知道?”这次轮到我惊讶了，我深藏在心中的欧洲情结居然那么轻易地就被他发现了。

“这就是我选择那里的原因。”他笑着说。

“真的吗？你也喜欢欧洲?”我高兴到快要窒息。

“那当然。”他依然平静，“因为那里有肃穆的教堂，有地道的咖啡，有热情的歌舞，有童话中的城堡，有芬芳的郁金香，有最地道的圣诞气氛……”

“还有开朗的法国姑娘。”我抢着说道。

“哈哈哈……”肆无忌惮的笑声充满了整个寂静的小街。

“我得回家了。”他说。

“嗯，我也是。”

“好吧，再见，Bonnenuit.”

“Bonnenuit.”

暮色中，我们各自走向了自己的归途。

之后，我们常常会很有默契地在一些地方不经意地碰到。我很喜欢和他在一起，因为我觉得我们很像，我们都渴望解脱，渴望到另一个完全陌生的地方去。他曾说他小时候最大的梦想就是到欧洲开间属于自己的农场，能和心爱的人躺在软软的草地上肆意享受阳光。自由是他的心境。

也许，这种学校和家两点一线的生活模式能给你以安详亲切之感，它使人想到一条平静的小河，蜿蜒流过绿草茵茵的牧场，直到最后汇入烟波浩渺的大海。但大海总是那么平静，总是沉默无言不动声色，你便会突然感到一种莫名的不安。于是，血液里渴望一种更狂放不羁的旅途。

或许，有些人诞生在某一个地方可以说未得其所，机缘把他们随意抛掷到一个环境中，而他们却一直思念着一处他们自己也不知道坐落在何处的故乡。

在出生的地方他们好像是过客，从孩提时代就非常熟悉的浓荫郁郁的小巷，同小朋友游戏其中的人烟稠密的小道，对他们来说都只不过是旅途中的驿站，并不是他们想要的长久居住的地方。

感情有时候很难说清，我不知道他为什么偏偏选中了我，一个永远无法摆脱平凡的女孩。他说，当他第一次在教堂外的长椅上看见我孤单的背影，他就有一种莫名的感觉。

就在那个深秋，他用他温暖的手焐着我冰冷的手，对我说，我们一起走吧。

我眼睛湿润了，我不知道我到底想要什么。也许我不是一个浪漫的人吧，也许我注定寂寞着生活……

我拒绝了莫耐，拒绝了一切，甚至拒绝再回想那炽热的梦。

他去了那个他梦中的地方，他曾写信回来说，他偶然到了法国的一个小镇，竟神秘地感觉到熟悉，感觉到亲切，好像这里的一切都是他从小熟稔的一样。他说那里在下雪，很大很轻的雪花，但天空却还是那么明亮。

而我在家里不想出去，不想碰到任何能让我想起他想起我自己梦想的东西。因为我最终没能抵抗过世俗的规定，依然在中学之后继续着大学的学习。

他真的注定就是我生命里的一个过客，他好像一个终生跋涉的朝圣者，永远思慕着心中的一块圣地。

那个在笔记本上已经渐渐泛黄的笔迹，仍然固执地眷恋着我，不肯轻易离去……

“想飞，飞出这牢笼，超脱这一切……”

启微末年，谁换了谁的妆

■ 舒云诺

同样一句话。

那一秒你说出来，我们的结局会是一片粲然。

错过那一秒，那些字句终化为我们此生万劫不复的伤。

——题记

一

夕阳声嘶力竭地将吐出的一缕缕消瘦的光线散落在公园的水池上。波光粼粼的水面开始摇曳着细碎的光，宛若被遗落的星辰在寻找着记忆的光线。

远处两个小孩子坐在台阶上，青色的石板上倒映着小小的影子。

“白含，等我长大变漂亮了就嫁给你哦。”小女孩咬着冰激凌含糊不清地说。

男孩眨着灿若星辰的眼睛疑惑道：“为什么呢？”

“因为你买的这个冰激凌很好吃。以后我要搬到你家去住，你得给我买好多好多的冰激凌哦。”女孩说完就捧着冰激凌大口大口地往嘴里塞，脸上还沾着冰碴，散发着奶油的香甜。

男孩斜着眼看那小胖子吃得不亦乐乎，不满地说：“我才不要你呢，小胖子。”

女孩粉嘟嘟的嘴一撅，眼泪就吧嗒吧嗒地掉下来。

一不小心，冰激凌掉在青色的石阶上。阳光贪婪地吮吸着这甜甜的幸福。冰激凌很快融成了乳白色的汁水，看上去像奶白色的小湖。

小女孩哭得更厉害了。

男孩见状慌了，边给小女孩擦眼泪边说：“不哭不哭，小胖子。我不叫你小胖子啦。我娶你好不好，你将来就来我家，我给你买好多好多冰激凌。”

男孩墨玉般的头发被笼上轻柔的光晕。黄昏下，发丝轻动，因着急脸蛋也红扑扑的。女孩满脸泪痕地点点头。

“哈哈，蓝若，你成花猫脸了。”

“哪有啊，胡说。”

“真的。”

画面就此定格，保存在那天黄昏的记忆胶片中。

那一年蓝若6岁，墨晗8岁。

林荫路上，浅浅的绿色一个转身就爬上了树，连枝干上都延伸着浓郁的绿色。大片大片的树叶将那吐着火芯的热度隔出去，拼凑成一个清凉的世界。

“蓝若，刚才你的舞跳得好棒啊，看来这次学校向市里推荐文艺特长生的名额非你莫属了。听说这次被选入的人会直接保送进省重点大学的，会很有发展前途的。”

“这孩子，距离比赛还有一段日子呢。今年的人才可是很多的，现在可不是夸我的时候。”女生说完就向校门口走去。

校门口，一个“聚光点”吸引了来来往往路人的视线。有些女孩偷偷瞄了几眼后红着脸小声议论着，有些女孩开口就是“哇，好帅哦”。男生们也只能感叹造物主的不公。

墨晗靠在一辆山地车边。午后的阳光下，银白色的车身散发着金属特有的光芒。男孩有着漆黑温润的瞳孔，棱角分明的侧脸，白色的棉质衬衣，隐约可见的精致锁骨。风卷起了白色衣角，木制的纽扣也轻轻晃动。他浑身散发着一种安静的力量，让人不由得觉得他是美好的化身。修长的身材像一棵蓬勃着生命力的树，洋溢着青春的气息。指节分明有力，恍然有天使的味道。

突然男生眼前一亮，一个天蓝色的身影映入视线。

她已经有了十七岁少女该有的美好，及腰的长发垂顺在胸前，微风总喜欢拂过这发丝，迷恋那抹柔滑。明亮动人的眸子里闪着清澈的光芒。天蓝色的裙子衬着雪白的肌肤，像从童话里走出来的白瓷娃娃。她笑起来像兔斯基一样爱眯着眼睛，还会露出甜甜的酒窝，明媚清丽。她不再是当年那个小胖子了。时间已经使她出落成一个清纯的小女生。如果说每个女孩都有一抹属于自己的色彩，那蓝若就是明净天空中的那抹淡蓝，连呼吸都是那么的透明。

蓝若一边喊着白含，一边小跑跳上墨晗的车子。墨晗微皱眉：“很难听哦，小时候你文盲就算了，怎么现在还叫。白含？很白痴啊。”“吼吼，你才文盲呢，那是老师讲到那一课我睡着了好不好，怪你没叫我的。白含？还真有点儿……呵呵呵呵……”女孩银铃般的笑声融化在空气里。

车轴转动的声音回旋在初夏的路上，那是幸福在旋转吗？左转、右拐、前进，是不是这样就会到达幸福？远处树上的小鸟叽叽喳喳地闹着，是在忙着举行热闹的晚宴吧！蓝若脸上那抹不易察觉的红晕，只有它们看到。

多年以后，墨晗每每回想起那天蓝若向他跑来的那个场景，总是失语，眼中的伤痕沦陷不止，刻在骨子里的悔恨都化为口中吐出的白色烟圈。袅袅迷蒙，缠绕心头形成一座白色的囚笼，永不散去。

这一年，她 17 岁，他 19 岁。她喜欢他。

二

蓝若一直都以为墨晗是喜欢自己的。不然为什么她总能在他的眼睛里找到自己的影子？为什么他会宠着她所有的小任性？为什么他会骑自行车大热天跑去自己喜欢的那家店买好吃的冰激凌给她吃？为什么他总是亲切地喊她丫头……

她喜欢墨晗身上淡淡的柠檬清新味道，还有香草混合的微醺。她喜欢坐在他身后看风扬起他柔软的发，还有在风里翻飞的白色衣角。她喜欢在他熟睡的时候在他脸上和胸前放上白色馨香的玉兰花瓣，玩着玩着就坐在地上靠在床边睡着了。但每次醒来的时候她都是躺在床上的，绒绒的柠檬清香的小熊毯子传递着轻柔。

在她眼里，他们的感情毋庸置疑，尽管他从没说出来。蓝若生就漂亮，她从不化妆。即使参加舞蹈大赛也一样素颜，那样的她宛若水晶娃娃般剔透。

蓝若比墨晗小两届。墨晗的教室在五楼，蓝若的在三楼。四楼是一个大大的阳台。蓝若喜欢坐在阳台上吹着风，看太阳升起又沉落。远处的天空模糊了那团光晕，斑驳的光线踱步在粉色的壁面。一半金黄色，一半暗沉。黑夜也越积越高，如潮水般湮没这世界，甚至仿佛可以传来潮涨的声音。

墨晗说自己今晚要自习，让蓝若先回家。橘黄色的路灯下蓝若瘦小的身影投在平寂的路面。一如似镜的湖面上偶落的一片绿叶，顺水潺潺。前面路口隐约出现了一个熟悉的身影。

白色的衬衣，棱角分明的侧脸。不同的是他的身旁多了一个窈窕的身影。虽然是晚上，可依旧看得清楚那是络雪。舞蹈社新来的络雪。她全无初来者的生涩，反而舞蹈好到可以和蓝若这个全校数一数二的高手做对手。络雪比蓝若多一份成熟，气质温婉。她仿佛褪尽了所有小女生的任性和棱角，这样的她必然招人喜欢。

蓝若并不介意多一个对手，但此刻她觉得这女孩的出现让她心里莫名的不安。比如墨晗为什么和她在一起？比如为什么络雪在哭？比如墨晗停在络雪脸上的手在轻拭着什么？她听到身体里的某种心情像被谁扎了洞，一点一点在流逝。蓝若什么都没说，转头离开。她希望这是幻觉，仅此而已。橘黄色的灯光下，她渐行渐远，抛在身后的是她隐忍的不安。黑夜可以容纳万千，却还是吝啬的不肯收留她的不安，把它拒之门外。捏成影子，潜在蓝若脚下，一点一点侵蚀着她薄如蝉翼的未来。

钥匙在锁眼里"咯吱"转动，蓝若推开门。天花板上的水晶吊灯温馨着每一个角落。家是温暖的港湾，不管在外面快乐或难过，委屈或失落，家里总会为你亮着一室温暖。想到这儿，蓝若的心底升起了脉脉温情。忽然听到厨房里有说话的声音，仔细一听好像是妈妈在和谁争执着什么。看到蓝若站在旁边，妈妈匆忙合上电话微笑道："若儿，回来啦！"

"嗯，那我回房间了。"

"好，那你早点休息啊。"

蓝若躺在床上，望着头顶微弱的小夜灯。妈妈刚才掩饰得很好，但那一闪而过的惊慌还是被她捕捉到了。妈妈怎么了？平时妈妈可是和自己无话不谈的，就连和爸爸有了小矛盾都拉自己来评理。蓝若在一大堆乱乱的情绪中睡去。

第二天中午，家里来了一位客人。爸爸说那是他们公司新加入的大股东。络雪？没错，是她。络雪就是那大股东的女儿。蓝若打了招呼，就回房间了。她总觉得络叔叔看自己时有点不对劲，不像是一个长辈对晚辈的眼神，倒有点像在看相识多年的故人。妈妈也很反常，平时家里来客人妈妈都会热情招待，可她今天竟然说要去逛街。最近怎么这么多怪事？

舞蹈比赛已经开始一段日子了。夏季也步入中段，气温爬升到让人无法再忍受，鼓足了劲要晒化每一个角落。每个人内心积郁的烦躁也越来越多。还好蓝若比赛还算顺利，每场比赛后，学校张贴栏的橱窗里都会刷新入围名单，几天后的决赛决定着花落谁家，张贴栏里黑色的签字赫然写着两个名字：络雪，蓝若。白色的纸张放大着两个名字，也膨胀了每个同学对几天后决赛关注的热情。隔着玻璃，那两个名字仿佛衍生出一场没有硝烟的战争。

舞蹈室里，蓝若看着镜子里的自己。轻点脚尖，旋转，跳跃，步步轻盈。是的，舞蹈是她的生命，她必须争取这次名额。那天晚上的事，蓝若对谁都没提，但她明白，络雪闯进她的世界已经是不可否认的事实，不留痕迹的在掏空她。白皙的额头上渗出细细的汗珠。她继续，轻点脚尖，跳跃，旋转，步步轻盈……墨晗透过窗子看着蓝若。这孩子怎么这么拼，都不休息一会儿呀。最近比较忙，也很少和她一起回家了。

走廊上墨晗沉思着，络雪不知怎么样了。从络雪转学来踏进教室的那一刻，他觉得一阵恍惚，因为他看到了一个人的影子。那个小时候为了拉上来贪玩掉到水中的墨晗，自己却躺在湖中再没醒过来的姐姐墨颜。他天真地以为姐姐只是睡着了，还是会醒来的。直到那天亲眼看到姐姐被推进一个满是火焰的空间，化成那滚滚黑烟升腾入空。那是通往天堂的方向么？后来墨晗的爸妈怕小时候的事会对墨晗有阴影，所以他们就搬家了。墨晗从不提及姐姐的事，即使是蓝若也没说过，不是他忘了，是他不敢去想那个女孩子。那晚在教室里碰到哭肿了眼睛的络雪，他的心猛地一颤，也不知道哪来的冲动就拉着她跑了出去。当他听到络雪的故事时，只记得全世界都无声了，只有她唇齿间吐出的字句。

络雪家里很有钱，爸爸是著名企业的大股东。但她童年的记忆里却恰恰相反。她只记得每天爸爸对妈妈的谩骂殴打。那时候她以为是自己不够好，所以她努力让自己讨人喜欢。在幼儿园里从不挑食，不哭不闹。那年她 8 岁，妈妈自杀了。她看着漂亮的妈妈手腕上那长长的口子在喷涌着股股殷红；她看到妈妈苍白的脸上写满哀怨重重遗憾；她看到妈妈美丽的眼睛永远合上。她再怎么哭喊也唤不回。记忆里妈妈是一个安静的女子，家里总是妈妈一个人守着空空的屋子，她在等一个人，可那个人爱上了别人。爸爸在心里挂念了那个女人 20 年，可那女人嫁给别人了。从那以后爸爸就总对妈妈发脾气。

墨晗永远记得那夜路灯下络雪大滴大滴的眼泪砸在路面上的声音。络雪眼中溢出的伤蔓延在她的瞳孔里堕入无尽的深渊。那一刻他伸手轻轻拭去她脸上的泪。心疼的抽搐，是姐姐在难过吗？搁浅多年的亲情被发掘，像是沉寂多年的梦在一朝被人捞起，像是一份永远来不及弥补的感情在一日有了出口，像是绝望等待的年华里突然有了回音。

络雪也觉得惊讶。墨晗是新同学，可自己竟然可以毫无保留地把心底埋藏多年的秘密告诉一个只见过几次面的人。是因为那天晚上他来自习的时候恰巧看到自己哭肿的眼，然后带自己去散心吗？是因为那天是妈妈忌日可只有自己去看妈妈，他听到后眼里的难过吗？是因为他看自己的眼神里有一种遥远而隐忍的熟悉吗？是因为路灯下他指腹拭过自己眼角温热的触感吗？墨晗是络雪十几年轮回漆黑的世界里突然降临的一道曙光。她想抓住这道光线，从此摆脱窒息的黑暗。

舞蹈大赛终于结束。蓝若在一片掌声中接过奖杯，脸上尽数喜悦。幸福就是这样容易被嫉妒，每当幸福快到达顶点的时候，悲伤似乎也就开始了。

晚上蓝若回到家里，家里一片漆黑。暗沉的黑色滚滚而来，清冷的月光也闯进来，吸噬仅有的温度。蓝若不禁打了一个寒战。客厅里一阵铃声，接起听筒的那一刻，蓝若只记得脑子里一片空白，手中的听筒掉到地上，线的挽留改变不了它摔下去的决绝。话筒与地板清脆的磕碰声在蓝若脑子里回荡回荡……

蓝若一路飞奔向医院，看到的是妈妈心电图上“嘀”声鸣叫的直线。惊讶、呆滞、失语，一系列撕心裂肺的心情穿过蓝若的大脑皮层，狠狠撞击每一个脑细胞。坐在一旁的司机走过来：“小姐，蓝先生的公司垮了，蓝先生被警方带走，蓝夫人因此突发心脏病而……”蓝若只觉得所有的骨骼被打碎，丧失了所有的思考能力，瘫坐在地上。她连该用什么样的表情都不知道了，眼睛里的某种神色从此永远灭掉。病房顶上白色的灯光灼伤着她的眼睛，眼前一片昏黑……

醒来的时候蓝若躺在病房里，看着吊瓶中一点一点滴入血液的透明液体，它们将生存的体力注入自己体内。可它们能注入多久，又能维持到什么时候，就像爸妈对自己的爱在一瞬间被拦腰斩断，猝不及防。蓝若拔掉手背上的针头，细小的血也顺着手背流向指尖，滴到地上。她想回家……

大街上人人都在讨论着蓝氏企业的落败是如此迅猛。墨晗骑着自行车飞驰在人群中。“蓝若，等我。”墨晗一遍一遍喊着蓝若的名字，空气里颤抖着他的声音。最终在贴了封条的蓝家拐角的小巷子的最里面找到了缩在那里的蓝若。潮湿的角落里，蓝若把头深深埋进膝盖里，头发散在脚边，失去了所有的往日光芒。该怎么形容此时的蓝若？她像一个断了线的木偶，失去了所有连接肢体的能力，散成一堆的水晶残骸。墨晗走过去蹲下身子，把蓝若轻轻揽进怀里。只几天时间，蓝若像换了一个人，没了所有生气，不哭也不闹。她这样一个人坐了多久没人知道，只是任由墨晗把她的头靠在他胸前听着他均匀有力的心跳。墨晗从没这样害怕过。他怕以前的蓝若再回不来，他怕蓝若再不会开心地笑，他怕蓝若再不会调皮地叫他白含，他怕她从此离他的生命越来越远……

络叔叔来墨晗家找蓝若，说要接她走。因为蓝若的爸爸在走之前把蓝若的抚养权已经交给他了。虽然墨晗很惊讶蓝叔叔的做法，但还是让蓝若跟他走了，因为叔叔做事向来有分寸。黑色的车子停在一栋豪华的别墅旁。蓝若看着眼前陌生的住宅。她以后要过怎样的生活，寄人篱下么？络雪很开心蓝若的到来，带着蓝若参观家里。这段日子里络叔叔对蓝若也很好，可蓝若总觉得他看她时眼里有一种复杂的情感。

蓝若自从经过这么大的变故后就整夜整夜的失眠。蓝若和妈妈年轻的时候长得一模一样。她总觉得妈妈有什么瞒着自己。突然想起妈妈有记日记的习惯。当蓝若翻开那本蓝色封皮的日记的时候，手开始发抖。

7月5日晴

今晚，络×给我打电话了。我告诉他我已经有家庭了，请他不要再记着我。当年他是有妇之夫，我和他不可能。他说这么多年一直在找我。可过去了的事就该过去，为什么他迟迟不放？

7月6日阴

今天络×来家了。他竟然变成了蓝××公司最大的股东。我知道他是想报复蓝××。可我该怎么对蓝××解释。最近公司很不景气，他已经够烦了。

7月7日多云

络×发信息告诉我，这下蓝××真的完了。他到底做了什么？

7月8日阴

警方把他带走了，说查出了公司长期以来有大量走私的嫌疑。他怎么会做这些呢，他的为人我从来都很清楚。应该是络×在陷害他。原来这就是络×口中的阴谋。

合上笔记本，蓝若想离开这里。络叔叔是爱妈妈的吧。只是她能怎么样？仅凭一己之力是能换回妈妈的重生，还是回到以前的生活？都不会。只会让更多的人受伤吧！离开这个城市，和墨晗一起，去任何地方。蓝若掏出手机，蓝色的屏幕依然淡定，可她却变了太多。这些天蓝若觉得自己长大了好多好多。心应该再不会澎湃，犹如死水。她现在唯一可以牵挂的只有他了吧！按下一串熟悉的数字，发送信息，屏幕上显示“发送成功”。蓝若依旧穿天蓝色的薄衫，尽管夜晚的气温很低。她站在广场上，等一个人的出现。只要他来了，他们就离开这儿。她想做一名普通的舞蹈老师，每天面对一张一张纯真的笑脸。想到这儿，蓝若觉得心里一阵温暖。

墨晗不停地喝着酒，面前扭曲了的易拉罐瓶子在哭泣。他心疼蓝若，却眼看着她受这么多伤害，自己还无能为力。络雪看到墨晗的眼中大雾弥漫。墨晗是爱蓝若的。她唯一爱着的人爱的是别人。桌上的手机振动，络雪打开收件箱："墨晗，我们离开这儿好么？如果你爱我，那就来××广场找我。我在这儿等你，不见不散。"刺骨的寒意化成利剑一刀一刀刺向每个人最脆弱的部位。20年前她的妈妈住进了自己爸爸的心里，为此她有了一个不堪回首的童年。20年后，自己唯一喜欢的男生心里却只有她——蓝若。就连爸爸知道自己要和蓝若竞争那名额，也让自己制造在台上出意外，从而把冠军给了蓝若。嫩白的手颤抖的按下删除键。墨晗，那你就恨我吧。

墨晗半夜突然惊醒，直冲门外。络雪的声音被扔在身后。墨晗在睡梦中见到蓝若一袭蓝衣站在浓郁的香樟树下等着自己。他必须去找她，他有预感，此别会是一生。眼前的景物变得不清不楚。络雪追了上来："墨晗，我陪你去。"此时的墨晗一半清醒一半酒醉。"墨晗，我们绕过去，前面路口出车祸了。"

有时候真是那样，命运的手翻来覆去，最终狠狠摔碎我们悉心堆积的幸福。心碎的声音，彻骨至绝。

如果当时你回头，就一定会看到倒在血泊中的我。

如果当时我去了路口，就一定不会错过你。

如果当时你没有转身向前，就一定不会跑向离我越来越远的方向。

如果我没有醉酒，就一定会陪你去你想去的城市。

两年后。

浅棕色的装修，纯白的桌面，优雅的贝司手，阳光努力铺设出明媚。这是一个很有情调的咖啡店。一个衣着时尚的女孩坐在窗前，画着精致的妆容，香奈儿5号，成熟、神秘、富有韵味。只是女孩的眼睛里没了任何光彩。少了年轻女孩该有的神色，成了灭掉的星辰。这女孩以前目如星辰时一定很漂亮。一个男生推门而入，坐在女孩面前。银色的汤匙搅拌黑色的咖啡。流光熠熠，破碎的时光就此流转。

"蓝若，你还好吗？"

"嗯。"

"还跳舞吗？"

"不了。"

"蓝若，我……"

"好了，我还有事，以后再聊吧。"话被生生打断。

墨晗起身，走向门外，闭上眼睛。6岁的蓝若要他娶她，17岁的蓝若单纯美好，伤心绝望的蓝若靠在他的胸前，抽离空落的蓝若就在他面前。这些身影交织重叠，然后破碎，继而灰飞烟灭。只是有一句话活生生被咽回去了："蓝若，我是爱你的。"那夜快到广场路口的时候，身后的络雪倒在血泊里，他看到车灯打在络雪脸上苍白一片。他抱着络雪，满脑子都是姐姐离开自己的影子。络雪心里默念：墨晗，或许只有这样我才可以挡住你去找她的脚步，你就可以留在我身边。

女孩随后起身，推开玻璃门，走出咖啡厅，湮没在来往的车流人海中。众人在心里叹息，但也就那么一会儿，大家也就忙着自己的事了，再无人顾及。

墨晗，你还是没有回头。那夜我等你等到半夜，看到一个与你相似的身影就追了过去。我没追到你，却看到自己像一只蓝色的蝴蝶，轻飞、摔落。那时候我以为你不爱我。此刻，再见到你时，我怎么会不知道你想说什么？只是那三个字我再没勇气接受，终与我无缘。如果刚才你回头，你会看到我捂住嘴巴却仍止不住眼泪在无声掉落。此生的眼泪，我会在此刻将它流尽。如今的我再不配和你站在一起了。我只能化很浓的妆去遮住脸上的疤。还有就是，不是我不爱跳舞，只是深一脚浅一脚的步伐，要怎样去在舞台上接受众人的瞩目？

如果时光倒流我们又能抓得住什么

■ 熔点231

夏日的天气十分的炎热，对于初三正在努力备考的学生来说，早上的清凉时光还是很难得的，他和她是同桌，昨天傍晚才被调在一起。

女孩歪着脑袋，用手理了理鬓边的碎发："原来你喜欢喝茶叶水啊，亲。"

男孩低头看着手机，专心的玩着游戏，爱理不理的点了点头。女孩继续问道："你喝着不苦么?"

男孩头也不抬地说："你可以尝尝。"

女孩小心翼翼地把男孩桌上的茶杯拿了起来，在嘴边抿了一下："唔，好苦。"

男孩笑了笑没有说话，女孩从桌兜里面摸出了一块儿软糖，剥开放到嘴里，一副享受的样子，男孩收起了手机，抬头看着女孩，女孩也看着他："你吃独食啊!"

女孩张开嘴露出嘴里的糖："那你吃啊，吃啊。"

男孩笑着摇了摇头。

他们的班级是全校最乱的班级，老师已经不对这个班抱有希望了，课也是有时上有时不上的，上课了就睡觉，不上课就干各自的事，男孩还是自顾自地玩手机，女孩和几个姐妹谈天说地，这日子也就一天一天过去了，离中考的日子越来越近了。

女孩把手搭在男孩的肩膀上问他："你毕业了是去读高中还是上职业学校?"

男孩抖抖肩膀把女孩的手晃了下去："男女授受不亲。"

女孩在男孩的手背上掐了一下："去你的。"

男孩抚着被掐的手："我爸想让我上高中，可是我不想上学了。"

女孩说道："这怎么行啊，你要是不上高中我欺负谁去啊?"

"那合着你上学就是为了欺负我啊，那我就偏不上学。"男孩说完晃了晃脑袋做了个挑衅的表情，头发一耸一耸的，女孩握紧拳头在男孩的脸前摇晃着："你敢!"

男孩一把握住女孩的手扯了下来："这有什么不敢的。"女孩越是奋力地抽手，男孩越是握得紧，挣脱不掉，

女孩羞红了脸趴在桌子上："放开了啦!"

男孩微笑着看着女孩的脸摇着头说："我偏不!"

女孩便赌气不再搭理男孩，而男孩始终攥着她的手。

过了一会儿，女孩的姐妹来了，看见他俩手拉着手，嬉笑着对女孩说："哟，这么快就对上眼了?"

女孩趴在桌子上默然，反倒是一向沉默的男孩搭话了："是啊，我们已经决定在一起了，祝福我们吧!"

女孩的姐妹们发出一阵嬉闹之声，还在开着女孩的玩笑，女孩脸红红的盯着旁边坐着的男孩，男孩也微笑着看着她，女孩说："你到底还要拉多久?"

男孩依旧保持微笑，看着女孩的眼睛："你跟我耍流氓，我也跟你耍流氓，你还能耍的过我吗?"

女孩决定开始用沉默来消磨这尴尬的时间，突然男孩把手松开了，女孩笑了："你怎么不拉了啊?"

男孩看看她说："既然你不开心，那还是拉着吧。"

说着男孩又拉起了女孩的手，这次女孩没有挣脱，男孩也没有松开的意思，就这样两人一直拉着手，做着无声的斗争，男孩的脸上始终挂着微笑，女孩整整一个下午都没有和好姐妹聊天，男孩也没有玩他的手机，在别人看来，他们十分的甜蜜。

一天下午，女孩看着依旧在玩手机的男孩说："喂，你做我闺密吧。"

男孩收起了手机抬头看了女孩一眼："你怎么不做我兄弟啊?"

女孩咬了咬嘴皮："你看你都有那么多兄弟了，也不差我这一个。"

男孩说："那你的闺密也很多，也不差我一个。"

女孩说道："不管我说什么你都要和我作对，和我反着来吗?"

男孩眼一横："没错。"

一副你能拿我怎么样的样子。女孩刚要还嘴："那你……"

突然地动山摇起来，头顶的电灯乱晃，"啪"的一声掉了下来，砸在女孩的桌子上，飞溅的玻璃划伤了女孩的脸，女孩惊声尖叫，感到一阵的头晕目眩。男孩拉着女孩一把把女孩拽到桌子下面，自己也钻了进去。

顷刻之间，房子倒了，天花板砸了下来落在了桌子上，女孩感到一阵力

量几乎要把她从桌子下面拽出去，男孩死死地拉着女孩的手。终于噩梦结束了，周围一片漆黑，扬起的尘土阻挡了光线，女孩被扬起的灰尘呛到了，剧烈的咳了起来。

男孩的声音传了过来："用衣服捂着嘴。"

女孩听话地拉起了校服的一角盖在了嘴上，这让她感到舒服了一些。这时大地又开始了剧烈的震动，他们都没有出声，不知过了多久，震动停止了，女孩感觉手上黏黏的。

男孩说："我的手臂被划伤了。"

女孩意识到，那黏黏的是男孩的血液，女孩慌张地问道："这，这怎么办啊?"

男孩安慰她说："不碍事，死不了。"

女孩笨拙地从口袋中拿出了一些纸巾按在男孩的手臂上。

男孩说："低了。"

女孩就把纸巾拿高了一些，压住了男孩的手臂，女孩吃力地撕下了校服的下摆，一圈圈的缠在了男孩的手臂上，最后在肘边打了一个结。

男孩问她："你受伤了吗?"

女孩这才感觉到脚踝隐隐作痛，应该是在躲到桌下时崴到了："没事，我没受伤。"

然后他们就都沉默了，各自坐在桌子下面，窝的脖子很不舒服，女孩安静了下来，她开始感到后怕，自己的父母怎么样了，自己能不能活下来，该怎么办？周围一片哭泣的声音，女孩突然很想她的妈妈，突然很想家。女孩呜呜地哭了起来。

男孩霸道的说道："不许哭!"

女孩被吓到了，眼泪流过脸上被划伤的伤口，火辣辣的疼，女孩更是哭了起来。

男孩一把拉住了女孩的手："别哭了，好么?"

女孩这时觉得男孩的手很踏实，很温暖，手上还沾着血，黏黏的，女孩虽然止住了哭，还在不停的抽泣着。男孩从口袋里拿出手机看了看，已经没有任何信号了，手机的光很刺眼，女孩无法直视，男孩调低了亮度，用手机照着女孩，女孩的脸很脏，沾满了灰尘的灯泡碎片划出的伤口，像一块块的硬痂粘在脸上，男孩感觉手臂凉凉的，流的血不多，但伤口很长，从肩膀一直划到手肘，看着十分的恐怖。

男孩清晰地看到手机上显示的时间，18：34，如果在平时，男孩这会儿应该和朋友在操场打球，可是现在却不知道朋友们怎么样了，男孩第一次想到了家，想到了他的爸爸，从3岁妈妈出了车祸开始，男孩就再也没有感受到母爱。

男孩看着女孩，发现女孩也在看着他，女孩的眼神很清澈，现在却充满了恐惧，泪在眼里打转，但是还没有流下来，男孩觉得很心痛，不由得把握着女孩的手握紧了一些。

“你想家么?”女孩首先开口问男孩。

男孩说：“我想我爸爸和我奶奶了。”

“那你妈妈呢?”

“我妈妈走了……”

这出乎了女孩的意料，她没有想到男孩已经失去了母亲。

女孩嗫嗫着说：“对不起……”

“没事。”好像又陷入了沉默，周围的声音很嘈杂，哭喊声和求救声连成了一片，听着很揪心。

远处好像传来了女孩姐妹的声音，女孩喊到：“凌，是你么?”

那边传来了回答之声，那声音很低沉，显然那个女生把自己的嗓子喊哑了，但她还是拼命的呼救，她被砸到了手臂，剧痛让她无法安静，女生只能默默地陪她流泪。

男孩说：“不许哭!”

那声音很严厉，也很温暖，女孩觉得像极了她爸爸，女孩停止了啜泣。

时间好像过去了很久，他们就这样一直坐着，不做任何事，男孩打开手机，已经20：54了，仅仅过去了两个小时，女孩感觉好像过去了好几天，周围的声音已经很弱了，不知是没有了力气还是没有坚持住，周围已经没有了呼救的声音，女孩的姐妹也没了声音。好像又过了好久，周围安静得能听见呼吸的声音，男孩放起了音乐……

昨夜做了一个梦
梦里回到我们手牵着手
醒来的失落
无法言说
打开了 OICQ
聊天记录停步去年的深秋……

男孩很喜欢许嵩的歌，他觉得听他的歌能让自己平静，女孩不喜欢听歌，她觉得很浪费时间，但在这个时候，能够安静地听歌，这对他们来说也是个巨大的安慰。

“你饿了么?”

男孩看着女孩说道，女孩为了保持身材经常吃得很少，但现在她觉得非常的饿。

女孩回答道：“嗯。”

女孩本以为男孩会拿出什么吃的东西来。

没想到男孩说：“我也是。”

反倒让女孩觉得很想笑，男孩接着说：“我这里还有一些茶叶水，你渴了可以喝。”

女孩突然想到书包里还有一个苹果，那是她准备敷脸用的，女孩伸手向桌兜里摸去，桌兜被堵着了，女孩把手从缝隙里传过去，只是摸到了苹果，拿不出来，试了几次，女孩终于放弃了，苹果太大，根本没办法从那缝隙里取出来，女孩叹了口气。男孩把水杯拿了过来晃了晃，大概还剩一半的样子。

“这根本不够喝的啊!”

女孩也听见了瓶子里哗哗的水声，“那你自己喝好了，那么苦……”

“这怎么行，咱们都得活下去。”

“那随便吧，现在还是没有信号么?”

男孩看了眼手机：“一点都没有，信号完全断了。”

女孩想了想说：“那你打 112 试试，我记得网上说没信号也可以拨通的。”

男孩试着向 112 打去，电话嘟了一声就断了，男孩又试了一次，还是一样的结果。

男孩失望的对女孩说：“不行，咱们还得想点其他的办法。”

男孩开始用手机一一试验，无线网络中断了，GPS 也失效了，男孩正准备试试蓝牙的时候，手机关机了，音乐戛然而止，周围又陷入了黑暗，男孩把手机用力地摔了出去：“为什么会有地震啊，我兄弟朋友，我爸他们在哪里啊?”男孩仰面向上，愤怒地喊叫着，男孩崩溃了，这一连串的打击让男孩崩溃了，无论他有多么的坚强，毕竟他还只是个少年。

女孩被男孩的突然变化吓了一跳，在她眼中男孩一直是个温文尔雅的人，从不大声说话，而现在却变成了这样，女孩不敢相信自己的耳朵，她不

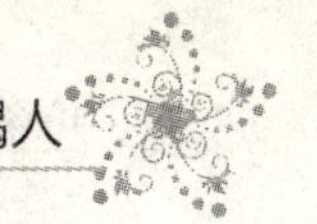

敢相信面前的人就是她的同桌，女孩很害怕，她害怕男孩会受不了，可她不敢哭，怕会让男孩更难受。女孩扑到了男孩身上，一把抱住男孩，就像男孩牵她的手时一样。男孩挣扎着推开她，她紧紧地抱着男孩不松手，男孩闻到了女孩脖颈间淡淡的味道，感觉很舒服，很安逸，很久都没有体会过这种感觉了，男孩想到了妈妈。

慢慢的男孩安静了下来，男孩感觉女孩在瑟瑟地发抖，虽然这是夏天的晚上，男孩就抱着女孩，紧紧的，给女孩温度……

男孩醒了，周围还是一片漆黑，女孩靠在男孩的胸口上，呼吸的很均匀，女孩的鼻息喷到男孩的脸上，男孩觉得痒痒的，不过很舒服，男孩觉得自己喜欢上女孩了，男孩摸到了被他摔出去的手机，很后悔，男孩抱着试一试的念头按着电源键，手机亮了，男孩十分的激动，周围又有了一丝光亮，男孩低头看了看怀里的女生睡得很熟，很可爱，男孩很诧异，自己以前怎么没有发现？看着女孩沾了灰的小鼻子一抽一抽的，男孩有种想笑的感觉，男孩感觉现在就是抱着整个世界！已经16：14了，地震已经快24小时了，周围的余震不断，他们始终没有等到救援，男孩很饿也很渴，他看了看水瓶，又看了看女孩，抿抿嘴，没有打开那个水瓶。

现在天气应该是最热的时候了，男孩感觉有点冷，他感觉背后发凉，开始担心，开始害怕，担心出不去，害怕再也看不见阳光。

男孩时不时地打开手机看看时间，看着时间一点点的流走，感觉过得很慢也感觉过得很快，四周十分的安静只有偶尔几块石头掉落的声音，男孩不知道自己的同学们怎么样了，他想：也许他们都死了吧。男孩是幸运的，他能在这废墟下有个栖身的场所。男孩觉得他的脖子很酸，又酸又痛，在这样的狭小空间里，他没法伸直自己的脖子，男孩试着动了动，脖子传来了剧痛感，男孩觉得再不直起脖子就算能活着出去脖子也会废掉，他又正了正脖子，把桌子下面的板顶了进去，瓜子皮从被顶开的桌缝里落了男孩一肩膀，当然，在这种时候瓜子皮已经算不上什么了，男孩左右摇晃着脖子，感觉自己能舒服点，慢慢的不知过了多久，男孩昏昏地睡着了。

时间一点点地流逝……

男孩觉得鼻子很痒，动了动右手，受了伤，用不上力气，又动了动左手，左手被女孩紧紧地抱着，抽不出来，男孩醒了，女孩的头发粘在男孩的鼻尖上，男孩吹了口气把女孩的头发吹开，低头想去看手机，手机完全没有电了，已经不知道时间的长短了，四周一点光线都没有，分不清是白天还是晚上，浑浑噩噩的，男孩感觉更口渴了。

在废墟下十分的无聊，除了等待还是等待，男孩自顾自地哼起了歌，他没有出声因为他知道还要保持体内的水分。

过了一会儿女孩醒了，伸手理了理头发问男孩："现在几点了？"

男孩觉得女孩应该会睡上五六个小时，给女孩说道："现在应该是凌晨一点左右，手机没电了，不知道准确时间。"

女孩说："水呢？我好渴啊。"

男孩伸手把水瓶递给了女孩，女孩拿起来猛地喝了一口，把女孩呛到了，女孩咳嗽了起来。

男孩说道："慢点，我又没和你抢。"

女孩缓过来又喝了两口，摇了摇杯子，哗哗的很响，水只剩一点了，女孩有点不好意思，毕竟自己说过不喝男孩的茶叶水的。

女孩把瓶子递给了男孩，不好意思地说道："对不起啊，把你的水喝了。"

男孩笑了笑："没事，我喝过了。"

女孩说："那好吧，等我们出去了，我请你吃冰激凌。"

"哈根达斯？"

"嗯，必须的。"

女孩继续说道："等你出去了你想干什么？"

男孩想了想说："等我出去，先看看我家里人怎么样了，然后叫上还活着的兄弟出去喝两杯。你呢？"

女孩："我没想那么多，只想出去后洗个舒服的澡，这里脏死了。"

"那你志向可真是远大啊。"

"那必须的。"

突然女孩说："别说话，好像有声音，快听。"

男孩什么都没有听见。

女孩说，你认真地听。

男孩好像隐隐听见有人踩在石头块上的声音。

外面传来救援人员的声音："喂——有人吗？喂——有人吗？有人答应一声啊！"

男孩和女孩连忙喊了起来。

"这里！"

"我们在石头下面！"

“救命!”

……

外面依然是那个声音还在喊着：“喂——有人吗？喂——有人吗？我们是救援队的——喂——”

男孩跟女孩在废墟下奋力的喊叫着，卖力地喊叫着，一次比一次的声音大，这是生的希望，他们看到了希望的曙光。

外面的声音慢慢的越来越远，直到最后的那个声音消失，男孩和女孩一直没有停止过呐喊，但是那个声音的发出者始终没有发现男孩和女孩的存在。

男孩制止了还在喊叫的女生：“别喊了，他走远了。”

女孩最后的坚强也被打破了，轻轻的哭了起来，喃喃地说着什么。

男孩说：“别哭了好么?”

“别哭了行么?”

“美女?”

“说话好么?”

“你别不说话啊。”

“我喜欢你。”

“别哭了行么……”

“你想让我给你跪下么?”

……

“好吧，你哭也行，不过得用瓶子接住，我还渴着呢。”

女孩“噗”的一声笑了出来，再也哭不出来了。

男孩嘟囔着说：“你还哭呢，我还想哭呢。”

女孩红着眼睛说：“我就哭，你能怎么着。”

“那你就哭吧，你哭我也哭，看谁哭的声音大，看谁哭的时间长。”

“那你肯定输。”

“我就不信我肯定输，要不咱俩比比?”男孩挑衅地说道。

“我才不和你比，万一你哭得一塌糊涂，又没有糖给你吃。”

“不敢比就算了。”

“谁说我不敢比啊。”

“那你哭啊，你哭啊!”

“我，我只是这会儿哭不出来，等我想哭的时候再和你比。”

女孩接着说道：“不和你说了，渴的难受。”

男孩也闭上了嘴。

时间过了很久……当然，这是他们认为的。

谁也不知道离地震过去了多长时间，谁也不知道期间发生了多少次的余震，谁也不知道废墟下还埋着男孩和女孩……

时间真的过去了很久很久，男孩和女孩一点声音也没有发出来，就这样在黑暗中面对面的坐着，一点声音也没有发出来。

此时的外面，市中心广场上大大小小的帐篷被一个个搭了起来，解放军战士用直升机运来了食物和生活必需品，人们开始自救活动，人们拿起了各种工具，在废墟中寻找可能的生还者。人们喊着一二一的口号抬起了巨大的石块，人民的力量是伟大的。

有人喊了一句："咱们应该先救学生!"

一呼百应，人们纷纷响应，孩子是祖国的花朵，他们需要呵护。不幸的是男孩女孩的学校离这里很远……

男孩喊了女孩一下，女孩没有反应，男孩被吓到了，连忙去摇晃女孩，女孩还是没有反应，男孩害怕了，让他欣慰的是还能感受到女孩的鼻息，男孩拿起了水瓶，里面剩下的水大概有两指高，尽管不多，拿在手里还是觉得沉甸甸的。

男孩想了想，还是决定把水留给女孩，他捏开女孩的嘴角就把水倒了进去，女孩被呛醒了，咳嗽了两声，想要把水瓶推开，可是男孩的力气很大，她推不开，只好喝完了最后的一点水，喝完后好像又有了些力气。

时间流走，男孩和女孩都再也没有力气说话了。

时间过了很久，头顶传来了搜救犬的吠叫声。

男孩拼尽全力喊道："救命!"

很幸运，这次有人听到了，外面传来了喊叫声："快来，快来，这里有人，快来啊!"四周都是乱乱的声音。

男孩笑了，他对女孩说："听，我们得救了。"

"嗯。"

头顶传来搬动石块的声音，无奈，他们被埋得太深了。

女孩隐隐约约地听到男孩对她说："记得你还欠我哈根达斯的啊。"

女孩唔唔的嗯了一声，算是回答。

女孩醒来的时候发现自己已经到了医院里，躺在病床上，旁边站着她的父母，女孩激动得哭了出来，她不顾脚上的疼痛，紧紧抱住了她的妈妈："妈，我好想你啊。"女孩的妈妈也哭了，和女孩紧紧地抱着，女孩看见爸爸

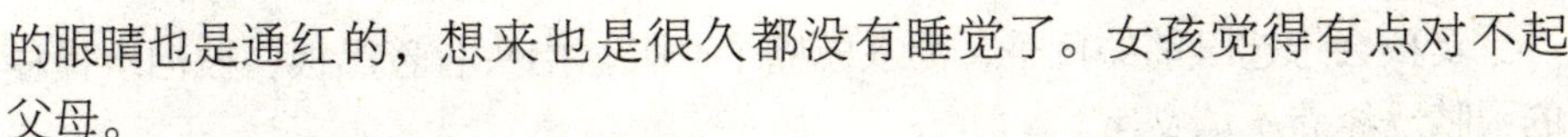

的眼睛也是通红的，想来也是很久都没有睡觉了。女孩觉得有点对不起父母。

女孩的爸爸说："既然都安全那就都开心一点儿吧，你饿不饿？想吃什么？"

女孩突然想起了男孩，她发疯一样的问他爸爸："他呢？和我埋在一起的那个男孩呢？"

女孩的爸爸摇了摇头，女孩一下从病床上跳了下来，脚上的疼痛让她一下子跪倒在医院的地板上。女孩的妈妈也跪在地板上，母女俩抱在一起痛哭："妈，他不见了，他不见了！"女孩的妈妈不知该怎么安慰女孩，只能陪女孩一起伤心、难过。

很久很久以后，学校重新开始上课，女孩学校的学生全部直升高中，女孩的同学连上女孩自己只剩下了六个，他们被分到了一个班级，和其余在地震中活下来的学生组成了一个新的班级，女孩不知道自己什么时候喜欢上了男孩，她不知道什么时候喜欢上了男孩穿白衬衫微笑的样子，不知道什么时候喜欢上了和男孩一起拌嘴。她不让任何人坐她的同桌，在她心中她的同桌只有男孩一个。

昨夜做了一个梦
梦里回到我们手牵着手
醒来的失落
无法言说
打开了 OICQ

聊天记录停步去年的深秋……

"你喝着不苦么？"

"你可以尝尝啊。"

"唔，好苦。"

"你到底还要拉多久？"

"你跟我耍流氓，我也跟你耍流氓，你还能耍的过我么？"

"喂，你做我闺密吧。"

"你怎么不做我兄弟啊。"

"你看你都有那么多兄弟了，也不差我这一个嘛。"

"那你的闺密也很多，也不差我一个。"

女孩会想起以前的日子，泪水模糊了双眼，抬头看着黑板，被泪水模糊的眼睛已经看不清文字。

这时门前出现了一个穿着白衬衫的熟悉的身影。

“报告，老师，这班里还收人吗？”

灰色头像静静悄悄不会再跳动
我的绝望溢出胸口
是什么坠落升空
你灰色头像不会再跳动
暖色的梦变冰凉的枷锁
如果时光倒流我们又能抓得住什么

弱水三瓢

姐能让你活着

■ 张清顺

亲情，不是责任，不是义务，也不是奉献，而是一种天性，不容怀疑，不说亏欠。

1. 经不起考验的婚姻

2011 年 5 月 3 日，我照常在工地上做工时，半个身子突然被卷扬机卷了进去，场面相当惨烈。经过三天三夜的救治，虽然保住了性命，却永远失去了行走的权利——我成了一个高位截瘫病人。原本幸福的家，也随之进入梦魇。

淑芬常偷偷躲在被窝里哭。一开始，我以为她是心疼我，但后来我才发现，她再也没有正眼看过我。严重变形的身体，让我的枕边人都觉得毛骨悚然。

我父母去世早，是大姐青阳辛苦卖劳力赚钱将我养大。现在我出了这种事，她心疼至极，每天来家里帮着淑芬照顾我，教她该怎样挪动我的身体才不至于让我太难受……

我能感觉到淑芬学得心不在焉，尽管到最后她能独立照顾我，却仍以各种理由要求姐姐来帮忙。姐姐拉着淑芬的手说："弟妹，我知道你现在挺难的，但万事能不能等清顺好起来再说?"

淑芬却突然情绪崩溃，蹲在地上号啕大哭："姐，我实在支撑不下去了！小小才 5 岁，我们母女以后该怎么生活啊！"

我又心疼又心凉，只能默默擦眼泪。女人最怕的就是嫁错人，现在的我除了贫困、连累，还能给她们母女什么？我不能给淑芬幸福，更不能要求她一辈子守着我这样的废人。

一个多月后，我背着姐姐，与淑芬签了离婚协议。淑芬带孩子回了娘家。临走时，我将那笔赔偿款给了淑芬，我不能照顾她们娘俩，希望这些钱能做一些补偿。

2. 比母夜叉更厉害的姐姐

得知我已和淑芬离婚，还将全部财产给了她，青阳急得大哭："淑芬她如此无情，你还将自己的救命钱倒贴给她？她好手好脚能工作，还可以再嫁。你呢？没了那些钱你下半辈子靠什么活？"

我将床边桌上的瓶瓶罐罐一把掀翻，叫嚷着："我连家都没了，还要那些钱来有何用？今后你也别管我了，让我自生自灭！"

"放屁！"一个巴掌狠狠打在了我脸上，火辣辣的疼痛让我眼泛泪光。"你还有我呢！以后不准再说丧气话，活出点人样来！"

我捂着脸冷笑："我都这样了还能怎么活？命已如此！"

"命运在自己手里，就看你争不争取。你等着！姐现在就去把钱给你要回来！"

去淑芬家要钱？我想起丈母娘那尖酸刻薄的嘴脸就直冒冷汗。她简直就是爱钱如命的母夜叉，以前就没少在我这里抠钱走。我真担心青阳钱没要回来，反被她一家人欺负。

但姐姐咽不下这口气，任凭我如何呼唤，她都不理，气冲冲地出了门。

傍晚，青阳才回来。她站在我面前，鼻青脸肿，从包里拽出一叠钱："清顺，你看，姐把钱给你要回来了。"她没有遮掩脸上的伤痕，反而一脸胜利的微笑，"虽然只要回来一半儿，但姐都替你打算好了，以后你的生活包在姐身上。这钱你先收好，等以后姐没了，你再拿出来用。"

看着姐姐脸上的伤，我觉得自己窝囊至极，抱着她号啕大哭起来。青阳安慰我说："别担心！姐这些都是小伤，过几天就好。你丈母娘手臂上那几个牙齿印可能就得成为这一生的印记了！"

3. 谁是谁的精神支柱

青阳一天三次，风雨无阻地给我送饭，帮我换药、换洗床单衣服，还给我买了一个工手轮椅，空闲时推我出去晒太阳。为了照顾我，她辞了砖厂的工作，一家人的生计全背负在姐夫身上。青阳常说，你姐夫虽挣钱不多，但绝对是个好人。说到姐夫，她总是禁不住露出幸福的笑容。

也许，在我们每个人的生活中都有一个让你积极面对生活的精神支柱。我的支柱，曾经是淑芬，后来崩塌了，幸好由青阳为我重新撑了起来。而青阳的精神支柱就是姐夫。

2011 年 9 月 16 日，我永远记得那一天，雨点急促地打在窗户上，我躺在床上，看不到外面的世界。中午，小侄子破天荒地替代青阳来为我送饭，说他妈妈临时接了个保姆的活。可他那肿胀的眼睛分明是才经历了很大的伤悲。

“出什么事了？”我着急地问。

小侄子没忍得住，哇哇大哭起来：“舅舅，我爸出车祸了，不知道还能不能醒过来！”

这消息就像晴天霹雳般在我脑袋上炸开，我的第一反应是——青阳要怎么面对？

“我妈正四处借钱为爸凑医药费呢。”小侄子哽咽地嘱咐我，千万别让青阳知道他告诉了我真相。

我从床底摸出青阳为我要回的 8 万元现金，递给他：“舅舅这里有点钱，快给你妈送去！”

他却不收：“妈当时从家里拿出这笔钱时就嘱咐过，这是给舅舅救命的钱，谁也不能动！”

我惊呆了，原来这笔钱根本不是从丈母娘家抢回来的，而是姐姐姐夫辛苦攒下的积蓄。

“现在最要紧的是救你爸的命，快送去！”小侄子接过钱，飞奔出了门。

我躺在床上翻来覆去，心里难受极了。为了供我，青阳读到小学四年级就辍学了，一个小孩将另一个小孩拉扯大，其艰辛可想而知。如今我还没立业，还没来得及回报她，却成了一个废人，后半生还要拖她的后腿！

消极的情绪一圈圈蔓延开来，泪眼模糊的我拿起床头桌上的一瓶消炎药，一把一把地抓着药片吞咽起来……

等我睁开眼睛时，看到雪白的墙，还有带着白口罩的人。

旁边一声悲哀的号哭划破病房的寂静，姐姐瘫软在地：“你这没良心的东西，你要是死了，让姐姐怎么活啊？”

那一刻我才明白，在姐姐心里，我从来不是负担，而是不可或缺的亲人。我跟姐夫，还有小侄子，都是她的精神支柱，缺一不可。

4. 我想见小小

为了青阳，我要努力活下去！在她的照料下，我身体的各项体征逐渐平稳。我开始学着靠自己在床与轮椅间转换，这样我的活动范围大了，也能帮她做一些简单的家务。一个月后，我主动揽下买菜做饭的任务，让青阳能多抽些时间照顾姐夫。姐夫已苏醒过来，肇事司机也到医院赔付了一笔医药费，缓解了姐姐的经济负担。

对生活重新燃起希望的我，越来越想念女儿小小。

我常坐着轮椅独自在丈母娘家门前徘徊，希望能看到小小。没想到，却激怒了丈母娘。那天，她忍无可忍地拿着扫帚从屋里冲出来，指着我的鼻子大骂："你这怪人，不停在我家门口转悠干什么？想吓坏小小吗？孩子我们会好好照顾，你只管养好你的身体，别再想着见孩子的事。我们权当你已经不在了！"

我被丈母娘追打着逃了回来，肩膀和手臂上留下了一道道红印。青阳边心疼地为我擦药，边劝我："单凭我们的力量是劝不动他们让你见孩子的！可姐能让你活着，好好地活着！活得像个人，给那一家人看看！"

5. 被姐姐改变的人生

2012 年元宵节，青阳气喘吁吁地为我搬来一台旧电脑，又找人扯来网线。她把键盘摆在我面前："清顺，听说这网上就是另一个大社会！你即使不出门也能看到外面的世界。从今天起，姐教你上网！"

"你教我？"在我印象中，青阳每天都很忙，忙着做家务、忙着照顾我和姐夫，空余时间都在打工挣钱，哪有时间学电脑？

青阳打键盘的速度让我目瞪口呆，这可不是一两天就能学会的。她神秘地笑："姐厉害吧？我要是使劲念书，绝对是清华北大高才生！"

通过网络，我的视野开阔了不少。我开通了博客，讲述自己的经历，以及对女儿的思念。渐渐地，我的博客关注度越来越高，其中有个热心网友每天凌晨都会来看我的博文，并留下鼓励的话。他还帮我把博客内容转贴到各大网站，终于引起更多网友，甚至媒体的关注。

5 月，一家媒体找到我，表示愿意出面帮我与淑芬一家沟通。青阳知道后，抱着我又笑又跳。

在媒体的介入下，我终于见到了小小。女儿并没有被我残缺的身体吓坏，而是哭着让我抱。这一幕，被电视台转播后，感动了社会上很多好心人，我收到了不少善款，更有热心的志愿者轮流来照顾我。

“感谢网络，改变了我的人生。”我在博客中写道。可小侄子却悄悄告诉我，我的人生是被青阳改变的。那个给我鼓励、为我到处转帖的网友，不是别人，正是青阳。为了教会我上网，她死记键盘上的字母符号，熬夜练习，几个月没睡过一个好觉。

我将青阳的故事写进博客，已被转载10万多次。网友说，青阳面对的困难比我更多，生活给她带来的压力更重，但她却像巨人般勇敢地为家人顶着扛着。

是的，如果我不是幸运地拥有一个“巨人”姐姐，我的人生也许早已坠下万丈悬崖。在被姐姐改变的人生中，我将乐观地走下去，这也是对青阳最大的回报。

齐帅其实并不是很帅

■ 拈花不笑

1. 外国儿子中国爸

他出生在澳洲，5 岁那年被母亲带回中国。他有了一个中国名字：齐帅。

刚出机场，他就被一双大手抱住，坚硬的胡碴儿扎着他白嫩的小脸。而后，那双大手把他举过头顶，放下，再举起来。他害怕，一声声尖叫着，大声喊妈妈。

“齐少平，放下孩子，把他吓坏了。”

看到齐少平这样喜欢自己的儿子，彭霞的心宽慰了。7 年前，彭霞和齐少平是一对情侣，但彭霞年轻气盛，一门心思地读书，考托福，最后去了澳洲读硕士。

她在澳洲结婚了，并且有了一个漂亮的混血儿子。但几年来，她终究不能适应东西方文化的差异，只好无奈地离了婚。一次回国出差，她遇到了齐少平，两人谈起往事不胜唏嘘。一年后，她下定决心带着儿子回国，与齐少平结婚。

齐帅的中国话说得不好，不是彭霞没教，而是受大环境影响，齐帅更多的时间还是讲英文。

彭霞和齐少平，一边一个牵着孩子的手，听齐帅叽里呱啦地说了一路英语。齐少平不懂，又不好多问，怕在小孩面前丢了面子。

回到家，他悄悄问彭霞：“这孩子刚才说什么？”

彭霞答：“他问你是谁。”

“你怎么回答？”

“我说你是他爸爸。”

“他怎么说？”

“他说你不是。”

于是，齐少平就从“爸爸”这两个字开始，教齐帅说中文。这其实没什么好学的，齐帅早就会了，但他很少叫齐少平“爸爸”，都是直呼他的名字。

齐少平有点担心了，语言不通，他和齐帅的感情怎么能通呢？而且明年齐帅就要上学了，以后都要在中国生活，不会讲中国话怎么办？

2. 攻克《英汉大词典》

齐少平决定用一年时间，帮齐帅过语言这一关。他从书店抱回一本《英汉大词典》，往桌子上一拍："小子，以后这就是咱俩的课外书。"

齐帅的中文比齐少平的英文好多了，他笑话齐少平，用英文说他是傻瓜。齐少平假装听不懂，面无表情，齐帅看他这样，觉得不好玩，噘着小嘴不高兴。齐少平就说："跟爸爸讲中文。"

齐少平自己也说不清楚，为什么会喜欢这个小家伙。齐帅其实不听话，脾气还有点横，学习的时候没耐心，经常把书抓得稀烂。齐少平就抓住这些机会，激他说中文，哪怕是说"讨厌""笨蛋"，齐少平也高兴。有一次，齐帅在商场看上了一台游戏机，硬是想买回来。齐少平摸摸口袋，这玩意儿400多块钱呢，可得掂量掂量。

齐帅赖在商场不走，一只手扶着柜台，一只手抓着齐少平的裤子，哭着喊着要游戏机。齐少平站在原地无动于衷，围观的人越来越多，有人开始声讨他了："看孩子哭得多可怜，400多块钱，从哪儿省省都出来了，孩子哭病了怎么办？"

还有人说："这孩子真漂亮，混血儿吧？一看你就不是他亲爸，要不能这么狠？"

这还是齐少平第一次被当众指责，他憋红了脸，就是不搭话。齐帅不哭了，眼珠子一转，用不太标准的普通话说："爸爸，我想要那个游戏机，您能送给我做圣诞礼物吗？"

齐少平的眼睛亮了一下，惊喜不已，但还是装作严肃地说："帅帅，你说什么呢？爸爸没听清，大声点。"

那天，齐帅用中文赢得了一台最新款的游戏机。齐少平翻遍了身上所有口袋，又到提款机上取了点钱，买下了给儿子的第一份礼物。

回到家，彭霞怪他会把孩子惯坏的，齐少平傻笑，他觉得人心都是肉长的，要想让别人对你好，自个儿就得先对别人好。

3. 有缘千里来相会

齐帅不是一个特别懂事的小孩，他任性、霸道，还有点自私。齐少平为他做的一切，在他的眼里，都是应该的。尤其是齐少平总逼他学中文，有时强度太大，他就觉得这人真讨厌，妈妈都不管的事，他管什么？

只有在想要某样玩具或想吃洋快餐时，他才会讨好齐少平。这是孩子的本性，谁给他好玩的、好吃的，他就跟谁亲。

那时，齐帅已经读小学三年级了，用中文日常交流虽然没问题，可是比起那些出口就是成语的同班同学，齐帅还是有些掉队。齐少平急了，自己的儿子，怎么能比别人差？他想了个办法，每次齐帅想要什么，都得用成语说一个理由。

这实在不是一个聪明的办法，而且得付出很多钱。齐少平想，就当“破财免灾”了——破了自己的财，免了齐帅被人笑话的灾。等到齐帅能跟上同学了，在班里就不会被欺负。

六一儿童节，齐帅想要去游乐场。齐少平说：“我也正想带你去呢，咱父子有默契，这叫什么？用成语说。”

齐帅的眼珠子骨碌碌地转了几圈：“心有灵犀。”

齐少平摸了摸儿子的脑袋瓜，又说：“告诉爸爸，你为什么想去游乐场？”

“因为我和爸爸是有缘千里来相会。”齐帅歪着脑袋，“对吗？”

虽然齐帅的回答有些文不对题，但齐少平还是有些动容。而齐帅为了达到目的，差不多把肚子里的好词全掏出来了：“我和您本来隔得很远，因为缘分，我来到中国，您成为我的爸爸，我成为您的儿子。”

说完，小手一摊：“爸爸，我江郎才尽了。”

那天，齐少平被小家伙逗乐了，除了带齐帅去了游乐场，还给他买了模型玩具。他们一块儿坐过山车，齐帅紧紧地抓着他的胳膊，一声接一声地尖叫。而齐少平的耳边，一直响着那句清脆的童声：有缘千里来相会。

4. 今生唯一的肯德基

有人在背地里劝过齐少平，再生个儿子吧，你说你傻乎乎地替人养孩子，图个什么？

齐少平憨憨地笑："什么都不图，就图这一声'爸爸'。"

其实，他是知道的，齐帅平时只喊他名字，只有讨好他的时候，才一口一个"爸爸"叫得又甜又欢。其实，齐少平和齐帅是相互讨好彼此的，不同的是，齐帅是为了玩具和好吃的，齐少平则是为了父和子的情。

这样的讨好一直持续到齐帅 13 岁。那时，他已经有零花钱了，每月 50 块。一天，齐帅从他的小金库里拿了 50 块钱，朝齐少平挥了挥手："爸爸，过来。"

齐少平走过去，心里直嘀咕，昨天刚给他买了一套课外书，这么快就又狮子大开口了？

他没想到的是，齐帅挥着手里的钱说："走，我请您吃肯德基。"

明知这可能是齐帅摆的鸿门宴，齐少平还是去了。好歹这是儿子第一次请客，就算是陷阱，也得勇敢地跳下去。齐少平觉得，至少这是儿子的进步，以前他只会索取，不会付出，现在懂事了，知道请老爸吃饭了。

齐少平永远记得那一天，是他生平第一次吃肯德基。齐帅把钱花得精光，津津有味地看着齐少平，自己却不吃一口。

齐少平想，肯德基这玩意儿，在澳洲可没这么新鲜，齐帅不喜欢吃也可以理解。

吃饱了，齐少平笑着说："臭小子，又看好什么东西了？说呗。"

齐帅摇摇头："我没有啊。"

"那你请我吃饭？"齐少平眯了眯眼，"是不是长大了，不好意思开口了？"

"今天是父亲节，您忘了？"齐帅一撇嘴，"切，真没文化。"

如果不是肯德基里人多，齐少平一定会抱起儿子转上几圈。齐少平觉得，这些年没白养他，也没白讨好他。就说今天这事儿吧，有几个孩子会记得父亲节，会请老爸来吃肯德基呢？

齐帅记住了。疼了他这么多年，值了。

5. 来自大洋彼岸的思念

初中毕业，齐帅被送去澳洲留学，是彭霞的主意。齐少平，一米八三的大男人，愣是吧嗒吧嗒地落了泪。

有什么好担心的呢？齐帅的生父在澳洲，彭霞在澳洲的朋友也会照顾他。那是齐帅出生的地方，于他不是陌生的。

可是，齐少平的心就是生生地疼。

舍不得也要舍，彭霞说，还是在国外接受教育好。既然是为齐帅好，他也就忍了，谁让他爱他呢！

把齐帅送上飞机后，齐少平就开始一分一秒地算着时间：飞机飞到哪儿了，是不是该着陆了？齐少平是个大老粗，他不会文绉绉地表达感情，他唯有对齐帅有求必应，哪怕给他惯出了臭脾气。

还好，齐帅是记得他的。那天夜里，齐少平想他想得睡不着，就坐在客厅里抽烟。电话只响了一声，齐少平就抓了起来。那边是齐帅的声音，他用最标准的普通话说："爸爸，谢谢您。"

齐少平有点得意，自己比彭霞还先接到齐帅的电话。齐少平问："谢什么？没心没肺的臭小子。"

他们都笑了。有缘千里来相会，齐少平相信，齐帅回来以后，还是他的儿子，自己还是齐帅的父亲。这辈子是，下辈子也是。

晃在十六岁那年的世事静好

■ zhuyuhan19

1. 玩失踪

“你滚！我没有你这样的女儿！我不是你妈!”伴随着这连哭带喊的怒吼，街上行人纷纷转头，甚至有几个小店还伸出几个脑袋，准备看一场免费的闹剧。

而这场闹剧的直接受害者以及一切矛头所指均是我，我不明白，真的。只因为所喜欢的衣服类型不同而各自偏执一方，她就能这么生气。况且衣服买了是我穿，不是她穿。她怎么能把好端端的衣服看作是“小姐”穿的，难道潮一点花一点就是“小姐”穿的？我当时是忍受不了她如此侮辱我的眼光的，于是在她的怒吼声中恶狠狠的抛下一句话：“滚就滚!”扬长而去。

我离开的时候是真的没有回头的，天空仍飘着雪，下到已经雪白雪白的大街上，也下到了我的心里。她怎么能说我不是她女儿呢？我漫无目的地游走在一条又一条街上。我可以去什么地方呢，学校已经放假了，网吧要出示成年人的身份证……唉，那就去拉头发吧。给我做离子烫的男生分明是想拖延时间认识我，从头到尾一共用了4个小时，其间找各种话题跟我聊，然后终于耽误了我回家的时间。

路上，我看见一辆又一辆的车翻倒在雪混水的路边，一个半小时车程愣是走了3个小时。当我打开房门，看见我爸阴沉的脸，然后在他的命令下，我给我妈打电话。我听见那边“胡了!”“庭张!”之类的声音，我突然松了口气，仿佛失踪的不是我，仿佛是我将她扔在另一个城市。我听见电话里我妈在嘈杂的声音中说道：“本来我担心死了，但我突然有预感你不会有事，就来打麻将了。”我一下子就很惆怅很惆怅了。

原来我失踪并没有什么效果，原来知女真的莫若母，原来我的任性从来都是我自以为是的小聪明。

那年，那个雪白雪白的冬天，我有点开始明白所谓叛逆，是一个人的小丑剧。

2. 调座位

十六岁下半年，班主任雷厉风行，不容置疑。

我明明看见我不是最高个的女生，可是我却被调到倒数第2排。我环顾四周，这一排只有两个女生。我听见班主任每调一个女生都会问有什么问题吗？那些女生便用细如蚊蝇的声音回答："有点远。"她便再把她们往前调。毫无疑问，我也说了这句话，当然，我不是那种惧怕她的学生，我冷漠而理直气壮地说出"太远了"三个字。她大概是感觉到自己的威严受挫，用很官方但明显不服的口气说："远？那你告诉我哪里不远？一个月后还要调座位，考到前20想坐哪儿都可以！现在不满意是吧？不满意就站着上课！"我听到这些话的时候真觉得可笑，我真不明白，才刚开学第2天，你怎么就能断定我考不到前20？况且，我和你无冤无仇，这样私人化的抨击，意图何在？毋庸置疑，我是相当委屈的。我觉得胸腔都燃烧了，我忍忍忍，完全听不到她后面说了什么。我再次听到她说话的时候是她叫我的名字，她很温柔地说："看你都快哭鼻子了，别委屈了，这样吧，先试一个月，一个月以后再说行吧？"我低着头一字一顿道："随、便。"后来，我才知道她对我有意见是因为我高一所在的垃圾班。那个班臭名昭著，集体对抗老师。汇集各类"英才"。睡神、睡仙、睡霸，三大大神，均在我们班。了解到事情的真相，我抑郁了。我努力改变她对我的看法，终于一个月后，她并没有发现我有恶劣的品性，终于视我为平常，也终于将我调到第3排。

我也因此憎恨过高一那个班。后来我才明白，我也是那个垃圾班的一分子，那垃圾风气也有我的参与。

而那个调座位的事，至今想起，仍会感觉脸上火辣辣的耻辱。只是，和当年的感觉不同。现在，是一种风轻云淡的坦然，一种终于不觉得委屈的坚强。

3. 好朋友

高二对床，颜跃跃。

一个永远活泼、心事深藏的女孩。

那时晚自习课间，她会拉我站在我们班楼下，对着我们班窗户大声喊："朱雨含！"窗户会伸出好几个脑袋很敬业的对我们努力挥手并大喊："她不在!”然后待他们看清朱雨含就站在楼下看着他们时，才发现被耍，尴尬地对我们挤眉弄眼的要收拾我们。然后我和她笑作一团，乐不可支。

那时，我们会心照不宣的一起买雪糕，课间一块上厕所，早上一起去背书，晚上头对头的睡用一副耳机听收音机。我会装 gay 从身后紧紧搂着她的腰，看着她羞红尴尬的脸蛋。

后来，吵架了。忘了为什么了。

于是每一次雪糕便一点点地化掉直到我觉得恶心的不想吃，早晨也懒得去背书了，课间去厕所倔强的一个人来回。晚自习课间，也再没出去过。

直到又一次月考调座位，老师把她调到我身边的时候，我是把头扭向一边的。我们各自侧着身子用一只手撑着头，就这样如同单人座一样一个星期后，老班说要求同桌合作做测重力加速度的实验。实验室里，我一直看着窗外，感觉到她忙得热火朝天。可能她真的手忙脚乱了，她小心翼翼地对我说:“绳子得取多长?”我叹了一口气接过绳子和她一起完成了实验。

从那以后，关系比从前更好了。我会带她上课吃东西，会上课讨论到底是物理老师身材好还是化学老师身材好，会模仿数学老师的河南调低着头在底下笑得满脸通红。那个扭捏作态的外班男英语老师来给我们代课的时候，我俩把书打开挡住脸趴在桌上笑的控制不住。月考过后她会摸摸我的头温柔道:“别难过了。你看你语文全班第一哎，英语也很厉害耶。真的。”晚自习课间她会一遍遍放张杰的《我们都一样》，告诉我她的梦想。

她说，我以为那次吵完架你就再不理我了。

她说，我希望你开心。

她说，你脾气真怪。

她说，我想你了。

你知道么，那天我在食堂看见一个人穿了件和你一样的运动衣，我蓦地回头在人群中寻找她……可惜，不是，也不可能是你。

后记:这些有点刺痛却无比熟悉的回忆是十六岁那年有关成长的故事。

那些缓缓流淌在心里的回忆，温柔了我十六岁锦年里不堪的过往。

十六岁，其实真的世事静好。

谁能回答心中的痕

■ 青春无殇

沉闷的天气预示着又一场大雨的来临，知了的叫声令人更加心烦，医院里依旧死气沉沉，每个人脸上都是疲惫的表情。长长的走廊里阴森的仿若电视中的阴间，即使在炎热的夏季依然让人感到寒冷。

她拖着沉重的脚步，走在走廊里，一路上到处都是人们悲伤的面孔，虽然很长时间了，可她仍然无法适应，她总想要逃脱，可是你越想逃，有时它离你越近。她讨厌福尔马林的味道，那味道令她作呕。那会让她想到死亡，她讨厌死亡。

人真的有第六感吧，一早上她就感觉心慌慌的，好像要发生什么，她一下班就跑到了医院，和母亲同一病房的王姨去了，昨天下午她还红光满面，可是几个小时的时间她就去了。王姨五岁的儿子趴在她的身上哭得惊天动地，她的丈夫眼睛也通红。她走得很安详，也许离去对她来说是一种解脱吧，每天忍受病痛的折磨，生不如死，现在终于解脱了吧。母亲只是看着王姨，默默的，我也默默的，没人说话，此时或许这样最好吧！

母亲一晚上没有说一句话，我也一夜无眠，生死的话题成了我们之间的禁忌，我承认我胆怯。

从小我和母亲相依为命，那时我并不懂得什么，母亲很疼爱我，我们过得很好。后来我懂事了，每当看到别人一家在游乐园里快乐的玩耍，我都会很难过，我会哭着向妈妈要爸爸，每当这时她都会伤心的流泪。后来久了，我便不问了。

那天我见到了，除了母亲之外的另一个亲人，我的外祖父。那天放学，我很早就回家，我听到了母亲的哭声，我本想冲进去，可我听到母亲叫他爸。后来我终于知道了母亲的故事。

母亲本是一个有钱人家的大小姐，外祖父很疼爱她，从不让她受一点委屈，她就像一个骄傲的公主。后来在大学她认识了我的父亲。父亲是一个不苟言笑且成绩优异的人，正是这一点深深吸引了她，她的刁蛮，最终为他改变，变得所有人都不认识，后来他们恋爱了。在一个晚上，她把自己交给了他。但是此时他们的事被外祖父知道，他把母亲监禁，当母亲被释放时，父亲已不知去向。

那时她感觉自己的天塌了，她吃了安眠药，她以为自己会死去，但当她睁开眼时刺眼的光告诉她，她还活着，她看到了她父亲，可唯独没看到那个她最爱的人。她闭上眼，想要忘掉一切。“恭喜你，你怀孕了。”护士的声音，在这个高级病房中是那么的响亮，也那么刺耳。

现在她是该笑还是该哭呢。一滴泪从她的眼角滴落。

“把孩子打掉，你还年轻，还会有一个好的未来。”

“爸，你凭什么说我现在不幸福，从小到大，你把我的一切安排得很好，我都在你的安排下生活，对或许那些在别人看来是不可祈求的幸福，那时我也以为自己是最幸福的。可遇到他以后，我才知道，那并不是我，那只是一个被你圈养的在金笼子里的金丝雀。”

“你……”

“爸，我累了，想休息，你先回去吧!”最后母亲离开了，她独自来到了这个小城，并生下了我。她从一个什么都不会的千金小姐变成了什么都会的万能人。

“妈。”我跑进去扑在母亲怀里哭泣，那天我们相拥而哭，我没有问父亲，母亲也从未提起过父亲，我知道母亲总有自己的理由。

王姨去世后，母亲的情绪一直很低落，但两天后她的情绪忽然好转，当时我并没在意，后来我才知道那是回光返照，母亲两天后便走了，那天我接到电话时立刻昏了过去，那一刻我只是觉得，我的天塌了，从此我便是一个孤儿了，我成了孤儿。母亲死时身边没有一个人，她的表情很安详，也许她死时没有受到一点苦吧。那天我没有哭，因为答应过母亲无论如何，我都会好好地生活。

母亲走后我又复学了，每天上完学后，我便去工作，生活就这样不紧不慢，就这样在不知不觉中逝去，我以为自己的人生或许就这样度过，直到遇到了夏风。他的人就像他的名字一样，温和，儒雅。他是店主的儿子。原来在外地上学，现在和我在一个学校。他虽然是店主的儿子，但夏伯伯并不溺爱他，他的零花钱大多是自己挣来的。现在他和我一样在这儿工作。慢慢地我和他混熟了，他让人非常想接近，他总会知道我的想法，也总是默默地帮助我。

每天我们工作完以后就会一起学习，那段时间因为有他的陪伴，我从失去母亲的伤痛中走出来了。每天我们一起骑自行车去学校，放学后我们骑自行车回家。周末我们结伴去看大海，在海边，我成为他的女友。那段时间我们骑自行车去野外踏青，我们在水中捉鱼，我们手牵手在夕阳下的大海边奔跑，那也是他第一次吻我。

在他吻完我之后，他忽然问了我一个问题："你的母亲是个怎样的人?"

我一下子陷入了沉思之中，他似乎觉得害怕了，马上摇手说："没事没事，不说也没事。"

我突然忍不住就大哭了起来。

我们是春天里最幸福的鼹鼠

■ 华丽

一

年初，哥回了一次家，放下礼物，给父母磕了个头就匆匆忙忙走了。

几乎每年都是这样，他有忙不完的生意，虽然在外面挣了钱，但却总是得不到父母的欢心。

他一直不学好，中学时辍学，打架，当胡同混混，硬着头皮挑战整条街上的老大，结果被人追到家里来。父亲好言相劝，又拿出一笔钱赔给了别人，这才算了结。

那次之后，他更加张狂起来，四处流浪，说是做生意找资源。生意还真的渐渐做起来，从倒卖服装开始，然后做得越来越大。

和别人合伙开饭店，经营得好时，常兴冲冲地买了各种补品回家，放在桌上，爸妈埋怨他乱花钱，他大大咧咧地说，您儿子有钱，就多享受呗。

他张狂却孝敬，像一颗春天的种子，根往泥土里扎，叶子却猛冲向天空。

有很多人喜欢他，其中就包括未来的嫂子，那样温婉的女孩，在他的身边如小鸟一样。她的到来，让爸妈终于有了笑容，她不多话，却是仅仅一个笑容，就让妈妈的脸上乐开了花。

二

爸妈告诉我一个重要的决定，要把现在居住的老屋卖掉。

我吓了一跳：卖掉住哪里？

爸叹了口气，说，你哥遇到困难了，我也是听他一个朋友说的，投资的商业城资金链断了，开不了业，银行见势不好就想收回贷款，他现在是到处借钱，还差几十万，事情到这一步了，咱不帮他，就没人帮了。

我没有意见。只是我见他上次回来时，还笑嘻嘻的，手里提着两瓶酒，随手扔在桌上，说，朋友送的，给爸尝尝。丝毫没有困难的模样。

后来的后来，我不知道爸妈怎么把钱给了哥，只觉得他又风光起来。

可是私下里，他却很严肃地告诉我：小妹，你陪在爸妈身边，他们两个身体都不好，你要多留个心，不要让爸吃太过油腻的东西，有些家务请个钟点工，不能让妈在那里忙前忙后，这个钱哥可以出。

那天他偶然回家，看到父亲正在费力地将那些碎煤一点点和成泥，然后用手工煤球机做出一个个煤球。春天已有些暖，父亲脸上渗出细细的汗珠。

而他，不知道哪里发了神经，夺过手工煤球机扔在了一边，嚷嚷着，说不让你们干你们还干，闪着腰怎么办？怎么只看小不看大，说过多少次了……

只不过这一次，他的孝敬却是以不欢而散告终。爸气呼呼地站在阳台上骂他，骂得他一点脾气也没有，最后一摔门就走了，还丢下一句，再也不管你们了！

可该管还得管，他四处给爸妈找新房子。他天真地以为，父母卖了房子，真的是想要再换一个好一点的居住环境。

三

哥迷上赌博的那两个月，我整天就听到爸妈的叹息声。他很少回家，给他打电话，也是听到一片哗哗啦啦的麻将声。

那晚渴醒，起来接水，意外地发现爸坐在客厅里发呆。我不知道天下有多少父母会日夜为孩子担心，那一刻，我有些哽咽，我说，爸，回去睡吧，我回头找找哥。

找到他时，他正在豪赌。看到我，还很有兴致地和别人介绍，这是我小妹，学习好，聪明漂亮。

我拉起他就走。他恼，甩手挣开，我再拉，然后对他说，你知道爸都多少天没有睡一个好觉了？你知道昨天出什么事了吗？

他怔了一下，回过头对着那些诧异的朋友尴尬地笑，说，家里有点儿事，我先走一步，一会儿就回一会儿就回。

出了门，他比我走得还快，紧张得不得了，连声问我：怎么了，怎么了？

我告诉他昨天爸没睡觉，坐在沙发上唉声叹气到很晚。他定定地看着我，站住了脚步，突然间，他就笑了起来，这笑里有欣慰，还有很多说不出来的东西。我们两个就那样站在街边傻笑，像是一对春天里幸福的鼹鼠。

后来，哥就真的戒了赌，他对那些赌友说，不能让家人担心。

他给我讲百善孝为先的道理。给我讲那一次谈合同，正值推杯换盏之时，突然间妈妈打来电话，说爸身体不怎么舒服，他扔下杯子，匆匆忙忙就回家了。他的合伙人还埋怨他把对方晾在了那里，本来希望就不大的事情，肯定泡了汤。但没想到，那次的合作相当成功，对方总经理说了句话，百善孝为先。

我疑惑地看着他，在重利轻别离的商场中，这些真的有用吗？

他笑笑，拍拍我的头，等你大了就明白了，人越往前走，就越相信真情的力量。

四

终于找到了一所大房子，哥毫不犹豫地帮父母买了下来。

新房搬家时，他找了一帮朋友，开着车把父母的老家具都搬了过去。他已经懂得父母对这些旧家具的爱惜，所以才放弃了说服父母用新家具的念头。

搬完家聚餐，哥坚持在家里吃饭，饭店里订了菜，让服务员送到家里来，说刚搬新家，聚聚人气。于是一帮男人挤了又挤，在餐厅里喝酒。

爸妈不喝酒，菜又不用做，吃好了坐在了一边，我则欢喜地看着自己的新卧室，想着东西应该如何摆放。

出门时，吓了一跳，我看到哥在哭，先是小声，后来大声，当着一群朋友的面哭得稀里哗啦，朋友中也有抹眼泪的。

哭完了，他抹抹脸，一米八几的男人，端了杯酒，小心地走到爸妈面前，跪下去，恭敬地把酒喝完。

爸有些慌，似乎不太适应这种突如其来的，如电视剧中一样的场面，一连说，干什么，别这样，弄得跟梁山结义一样。爸也形容不当，我看到哥的那帮朋友都笑起来，但这笑是温暖的、善意的。

原来是那个朋友不小心，酒后说出了那笔钱的真相。当时哥正在豪饮，还在为给爸妈买了一套房子而得意，听到这话，忽地就怔住了，然后，两行眼泪就慢慢流了出来。

五

哥对我说：小妹，你知道河流为什么那么有力量吗？我摇摇头。他像个诗人那样说，因为它想快点儿回到母亲的怀抱。

他又问我：那你知道大海为什么那么平静吗？

他继续说，因为大海知道自己是河流的归宿，能永远以最大的胸怀接纳它，把最无私最丰富的资源给河流。

我白他一眼：你什么时候学写散文诗了？

他没有说话，我们两个就那样静静地坐着，在春天里，阳台上，房里传来爸妈的声音：快，洗洗手吃饭了。

赢得他的爱，才算是赢

■ 美丫

1. 你是坏人吗

恩池盯着我，片刻，说，我害怕后妈。我想了想，说，我也害怕。嗯?恩池的防备立刻变成好奇，你也有后妈?

我摇头，跟他解释，我没有后妈，我害怕是因为我小时候也读过白雪公主，也认为后妈是坏人，会对小孩不好。

那你呢?恩池脱口而出，你是坏人吗?我又想了想，以前，我不是。我讲给他听，读幼儿园时我和他一样得过很多小红花，像他现在那么大时，我当过三好学生，是少先队员。

我没有骗他。恩池 8 岁，读小学二年级，我小学时每年都是三好学生、优秀少先队员，是个很优秀的小孩。

后来呢?恩池到底是小孩，一时间对这个话题很感兴趣，便忘记了相互的身份，很天真地追问我。

大学呢，我一直当班干部，还因为抓小偷得过“见义勇为”奖……我伸出手臂给他看，左手腕处的一道伤疤还依稀可辨，是当年那次所谓“见义勇为”时留下的。

恩池不由得惊叫，那你是英雄哦。我笑起来，忍不住摸一下他毛茸茸的小脑袋，我不是英雄，我只是告诉你以前我没有做过什么坏事，所以呢，以前我不是一个坏人。

没想到我这个下意识的亲昵动作又唤起恩池的防备，他躲开我一些，再次打量我。似鼓起勇气再问，那你，以后当了后妈就会变成坏人吗?

我没有立刻回答他，在他有所防备和有所急切的目光里沉默片刻，才说，我不知道。为什么?他瞪大眼睛。

因为……我的口吻严肃起来，因为如果以后你总是很淘气并且欺负我，或者做坏事，也许我就会变成“坏人”，会责备你、批评你，气极了，没准会打你。

那我……恩池忽然不知该说什么了，他掉进了我绕的弯子里。我趁热打铁，所以，你要做好孩子，那么，我就会疼爱你、照顾你，永远不做坏“后妈”，你觉得呢？

恩池还是不说话，我知道我难住他了。于是我给他台阶，要不，我们试试？你不当坏孩子，我也不当坏后妈，行吗？过了半天，恩池点了点头。

是在吃饭的时候，我对恩池的爹说，我想和恩池谈一谈，因为从见到他，他就一直不太同我说话。我给他夹菜他看都不看我一眼，我知道他是防备我的。

于是恩池的爹借口去洗手间，给我们留下了这次谈话的空间。那是我同恩池第一次正面交锋，显然，他输了。他其实并不是那么情愿，点头的时候嘴巴微微噘起来，可是他讲不过我，也只好答应。

我并不是要用所谓道理“欺负”一个小孩子，可是我已经和恩池的爹领了证，身份上成为他的后妈，这是我必须面对的。

恩池三岁多一点失去母亲，因为年少，并不懂得悲伤，可是在最需要呵护照顾的年纪，他没有感受过母爱，纵然父亲爱他，给他富足的生活，他依然是个可怜的小孩。所以，我该担待他的敏感和对我的防备，要对他好。是真的好。

2. 赢得他的爱，才算是赢

我们就这样生活在一起，没有举行结婚仪式。恩池的爹提出去旅游几天，我想了想，拒绝了，带着恩池不太方便，把他送到奶奶家更是不妥，我不想恩池因为我的加入，感到开始失去父亲的爱。

恩池的爹对我有歉意，甚至送我礼物。其实他不必，在选择这个身份之前，我已经很清醒地知道，我以后的幸福和这个 8 岁、头发微卷、眼睛闪亮的英俊小孩密切相关。我赢得他的爱，才算是赢。

还好，平时恩池并不刁难我，只是和我疏远。在家里恩池的话始终都不多，我喊他他就答应一声，从来不主动和我说话，洗过的衣服叠好送过去，他会说谢谢……我忽然意识到，是怕我当一个坏后妈，他才这样小心谨慎。

并且，恩池一直不称呼我。不叫阿姨也不叫别的。

如此，看起来相安无事，但，这不是一个正常家庭的气氛，连恩池的爹都察觉到儿子的变化，有时候会忍不住问我，这孩子没做坏事吧？并且尽量不留我和恩池单独相处，以免恩池会趁他不在为难我，但他也心疼儿子的这种沉默和谨慎。

于是恩池的爹在中间，也有些小心翼翼了。

这让我有失败感，我和他们生活在一起，是为了有家的温暖幸福，并不是为疏远和小心地相安无事。

3. 他的突破点

那个周末，恩池的爹公司出了点事，他必须过去。如此，家里不得不剩下我同恩池。

恩池的爹走的时候已经快9点钟，但这小孩还没有睡醒。我说好不容易周末，让他睡吧。小孩子都爱睡觉。于是就让恩池继续睡，但后来我觉得有些不对，已经快上午11点，恩池还没有出来。

我轻轻推开他的门探身去看，恩池已经起来了，在电脑前玩游戏。

以前周末，他醒了会先喊他爹，是一种习惯。看来，他是听见他爹不在家，所以，宁肯起床自己偷偷玩游戏，也不出来吃东西。

我退回来，拿了湿巾、烤好的面包和热牛奶再次送进去。

我先敲了门，然后就进去了。恩池看着我，有点吃惊，也有些尴尬，说，我……

我笑，吃饱了再玩，你爸今天加班，你可以多玩一会儿，我保证不告诉他。平时，恩池的爹是限制他玩电脑的，周末最多可以玩两个小时。

恩池拿了湿巾擦手，他实在不知道这样的情形下该同我说什么，我也不同他多说什么，在他吃东西的时候，坐下来接着玩他玩的游戏。

这并不高明的游戏，我玩起来实在比他熟练很多。

恩池吃东西的速度渐渐慢下来　我感觉到他的身体慢慢靠过来，眼睛开始盯在电脑屏幕上。我很快就过了他一直没有打过的关，并继续向前。恩池忍不住了，感叹，好棒。我不看他，继续熟练操作，恩池开始发出连串的惊呼。

我顺利全部过关，转回身来，怎么样，还行吧？

你真厉害，比我们所有同学都厉害，你怎么练的呀？这小孩满眼都是崇拜。

我怎么练的？我当然不能告诉他我背着他找到了他经常打的游戏，然后利用上班时间拼命练习，为此还被抓住两次扣掉了当月奖金。再加上我比他多吃的几年饭长出来的智慧，让他小小崇拜一下还是绰绰有余的。

那你教我。恩池依然兴致勃勃，看来这游戏对他诱惑极大；或者说，胜利的感觉在诱惑他。

我装作想了片刻，点了点头，我保证让你打败你们所有同学。恩池高兴得差点跳起来。

4. 爱一个孩子的方式

就这样我同恩池打了一上午游戏，直到恩池的爹打电话说快到家了，恩池有点紧张起来，我从容地指挥他关了电脑，把桌面简单收拾了一下，铺开他的作业，我说，你可要保密啊，不然，你爸会吵我的。

我这样一说，恩池放心了，拍拍小胸脯，放心，我肯定不说。

由此，我同恩池有了共同的秘密，这让他有点小兴奋，看我的时候，眼神里多了一点含义。想来，他认定我是害怕他出卖我的。这小孩，到底是单纯的。

恩池明显快乐起来，有时吃饭的时候，也会叽叽喳喳，那天他对我说，别的同学都在学钢琴、学画画，还学书法，他们烦死了。

那是因为他们的爸爸妈妈希望他们成才，我对他说。他愣了一下，然后看我一眼，那你不希望我以后成才吗？

我更希望你快乐。我转头看一眼恩池的爹，你爸也是。

恩池的爹用力点头——恩池也不知道，在这件事情上，我和他爹有过好几次争执，他爹也是更倾向于让他去学那些所谓的高技能，但是我知道，恩池的爱好不在那里。对于一个孩子，我觉得快乐比成才更重要。

有一次，我们甚至为此吵起来，最后我同恩池的爹说，即使恩池是我亲生的，我也会这样做，这是我爱一个孩子的方式。

因为这句话，恩池的爹不再和我分歧，顺从了我的意见，于是，恩池没有成为坐在钢琴房、奥数班和拿着画笔或毛笔的孩子。

再说，不学钢琴、不学画画也不一定不能成才，没准，你以后会成为动漫高手呢，我鼓励恩池，也鼓励自己。

恩池咧开嘴笑起来，他们都很羡慕我呢。我摸了摸他毛茸茸的小脑袋。

这次，他没有躲开。

5. 真的很帅

那一年，恩池明显高了也结实了。

寒假，带他去买新衣服，很巧，在商场，遇见恩池的同学和父母。那小男孩看见我很惊喜，阿姨，恩池说你打游戏特别厉害，恩池说你最好了，老带他玩，从来不逼他学钢琴什么的，恩池说你做的鸡翅比肯德基的还好吃……

恩池还说我什么了？我笑着问那小男孩。他想了想，恩池还说，你很漂亮。

正说着，换了新衣的恩池从更衣室里走出来，穿白色羽绒服、军绿色运动裤。

好看吗？妈。

我笑着点头，9 岁的男生，已经长过我肩膀有模有样了。这小子眉眼像他爹，真的很帅，尤其，他叫我妈的时候。

泪饰红妆

千里离忧之桃夭之烦

■ 木沫

1. 不眠之夜

黑夜无光，京都大部分的百姓都早已熟睡，只有几户官家贵族犹自灯火通明。不远处的一片荒山飘来几点星火，粉红色的火光微亮闪烁仿佛有眼睛似的往那几户灯火通明处飘去，滚滚乌云从天边而来，瞬间遮盖了半个天空，沉沉的夜色更加寂静。

“少爷，少爷，你怎么了，你怎么了?”城东王大人的府上传来丫鬟惊恐的叫声，很快王府便热闹起来。

王老爷王夫人急急忙忙地赶过去，只见自己的儿子抱着一人高的装饰花瓶在那傻笑，嘴里还嘀咕着：“这个真大，一定很值钱，嘿嘿。”王夫人吓得差点没晕过去，她那仪表堂堂，知书达理的乖儿子怎么会变成这样，莫不是中邪了?

王老爷喝道：“这怎么回事？少爷怎么会变成这样?”

管家见这个情况，偷偷地靠近自家老爷的耳边轻轻说：“看少爷这个样子应该是被什么不干净的东西给缠上了。国师千里大人就在京里，老爷何不让他过来看看?”

“好好，快快备轿随我去国师府中。夫人留下好好照顾孩儿。”

“是，老爷。”下人连忙赶去备轿了，王夫人也急急的指挥家丁将儿子拉到椅子上坐好。

城西的公主府传出驸马不可置信的叫喊声，担忧的劝诫声。“如儿，不要再吃了，你吃得太多了。”“如儿，你怎么还吃，你已经吃了那么多了?”“如儿，你没事吧，你别吃了。”

没想到深更半夜公主突然要吃东西，这本来不是什么大不了的事情，但是当公主吃了平时三倍的食物那就另当别论了，而且还是不停地吃，那样子绝对是不正常的，莫不是中邪了?

“驸马，公主还要吃，你看……”公主的贴身丫鬟绿儿担忧地问驸马，

“公主好像真的不太对劲啊？”

年轻的驸马皱着眉叹道：“我也不知道该怎么办，恐怕得请御医。”

“公主的状况，普通的御医能治得好吗？”

驸马一拍额头，喜道：“对了，我知道国师回来了，不如去找他来。绿儿，你快让人备马，我立刻去请国师。”

“好的，驸马。”

城南的国舅府，“小姐，小姐，你怎么了？”

“呵呵呵，呵呵呵，呵呵呵，我又有身体了，感觉真好。”向来以贤淑温良著称的张小姐此时哪还有半点平时的影子，衣衫不整，发髻松乱，自言自语状似疯癫。

丫鬟的叫声惊动了国舅张大人，急忙赶过来，看到女儿这副样子一时呆了，反应过来愤怒地朝跟过来的家丁丫鬟吼道：“都给我滚出去，没有我的命令谁也别进来。”

“倩儿，倩儿，你怎么了？”关心焦急的语气，这个女儿下月就要出阁了，可不能出什么事啊。

名叫倩儿的张小姐只是傻傻地笑着，嘴里说着别人听不懂的话语。

张大人慌张的不知如何是好，边叹气边来回走动。

“老爷，你看这该如何办啊？”刚刚跟过来的小妾坐在桌边问道，见老爷没有要回答的意思便接下去说，“倩儿的样子似乎是被什么不干净的东西缠上了。”

“不干净的东西？那该怎么办呢？”

小妾胸有成竹地笑了：“老爷应该是信不过那些沽名钓誉的和尚道士，不如请国师过来看看。听说国师可是专门管这事的。”

一听这话，国舅犹如久旱逢甘露，马上变哭脸为笑脸：“好，我立刻去国师府。来人，备轿。”

“是，老爷。”

城中贾大人府上，城西严大人府上都传出了不可置信的惊叫声，哭天抢地的呐喊声，几只鸟雀从天空飞过，低低叫着，这个夜晚，注定是一个不眠夜。

2. 不胜烦扰

国师府位于京都西面，那里本是江南首富在京城的别院，后来送给了国师大人，国师千里离忧每次回来就住在这里。

“公子，该休息了。”贴身侍童灵清捧着一杯清茶推开门，看到里面还躺在竹榻上的人，不由得提醒道。

“灵清啊，你去前院候着，要是有人来就让他等着。”国师大人一身薄衫，长发未束，赤足斜躺在榻上，抬起俊美的脸说道。

“是”。虽然不觉得这么晚了会有谁来打扰，但是灵清还是本着良好的职业道德出去了。

千里离忧无奈地摇摇头，做了这个麻烦的国师，乱七八糟的烦人事也就跟着多了起来，真后悔当初答应了明玥。想起明玥，离忧又是苦笑。

要不是在江南游湖时碰到他，以酒会友，酒逢知己，然后同游江南结为兄弟；要不是看他错过美人，失魂落魄，而又重责在身，难以逃离，离忧也不会答应成为国师，不会答应他帮他皇兄守护这个国家，让他可以高枕无忧的在外逍遥散心。

“国师大人在吗?”门外响起了重重的叩门声伴随着叫喊声，想不听见恐怕也很困难吧。灵清好奇的打开门看看这么晚了究竟是谁还真的来打扰自家主人休息。打开门一看，灵清连忙行礼：“驸马，我家公子吩咐让您在外面等会儿。”

驸马皱眉焦急的说道：“麻烦你再去通报一下，我有急事找国师。”

“不知驸马大人何事找在下，要在这深夜啊?”清冷的声音从里面传出来，声未落已看见一身的白袍，长发四散的千里离忧缓步走出来，举手投足间都透出着优雅慵懒。

驸马一愣，马上回过神说道：“是公主，不知怎么回事突然狂吃不止，我怕有意外才来找国师。”

“那么就走吧。”离忧懒懒的挥挥手。

来到公主府，驸马引千里离忧来到公主的房间，推开门，只见桌子上摆满了空盘子，层层叠叠的盘子后面是公主娇小的身影，旁边的侍女一脸苦相地缩在角落里。

靠近这个房间离忧就闻到一股香味，淡淡的似有似无，一般人绝对不会发现。走进房间，公主身上的那股香味更加浓烈。微微一笑，原来是一个鬼魂的意念附着在公主的身上。

驸马担忧地看着离忧，他安抚地点点头，从怀里掏出一张符纸夹在两指之间，默念几句，挥手将符纸贴在公主的身上，一团白色的雾气从公主身上冒出来，渐渐变成一片花瓣，花瓣升到空中碎成两半掉落地上慢慢消失了。

公主逐渐清醒过来，看到离忧的一刹那脱口而出："不求富贵连年，只愿千里离忧。"说完自己也愣住了，难以置信地捂着嘴巴红了脸，睁大一双杏眼，随后才摇头对驸马解释，"这不是我想说的，我只是之前一直听见这个声音而已，轩你要相信我。"

"公主刚才所说的确非本意，我想是有人将意念留在那个饿死鬼的意念之上导致的。公主放心，我已经将它驱逐。"千里离忧的声音平静而有说服力，公主安下心，看见驸马关心的眼神，羞涩地笑了。

从公主府出来还未回到府上，在半路便被急匆匆赶来的严大人拦住了，说是自己的女儿突然变得六亲不认，拿着一把剪刀追着人喊打喊杀，很不正常。于是千里离忧无奈地跟着来到了严府，刚到后院门口便听见丫鬟家丁的求饶声，花盆茶盏的破碎声。严大人有些恐惧的说道："请国师一定要救救小女。"

离忧走进院中，看到散着头发赤着脚的严小姐疯狂地追着到处躲藏的丫鬟家丁，手拿剪刀无人敢拦。

离忧歪着头看了一会儿才缓缓走近严小姐温柔地说："不知你从何而来又因何而来?"发狂的严小姐一见离忧立刻停止了疯狂的行为，嘿嘿傻笑两声，慢慢道："不求金银满园，只愿千里离忧。"

院中的其他人听见小姐的表白都呆愣在原地，脑袋反应不过来。离忧双目一瞪，一张符咒离手："从哪儿来回哪儿去，走。"

一股白烟从严小姐的身上浮现出来，化成一片桃花花瓣碎成两半消失了。严小姐体力不支昏倒在地上。

结果第二天就传出了严小姐暗恋国师多年的小道消息，而且据说还是从可靠的途径得知的。当然这只是后话。

从严府出来不久就遇到了国师府的另一个侍童灵澈，说是城东的王大人和城南的国舅爷、城北徐大人、城中贾大人都在国师府等着。千里离忧咬牙轻抚额角，周围的空气莫名的有些凝滞，灵清、灵澈知道那是他们温柔优雅的国师大人生气前的预兆。

回到国师府，面对那些期望自己去救命的朝中大臣，离忧拿出几张符纸递给他们，然后坐在椅子上喝着茶，道："这些符纸可以帮助你们，将它们贴在令郎令千金的身上就没事了，他们可能会说一些奇怪的话，你们千万别放在心上。”

那些个大臣拿到了救命的东西都急急忙忙地赶回去了，国师府一下子就又冷清了。

千里离忧紧抿的薄唇吐出几个字：“等着我的报复吧。”

3. 桃花妖

三天后千里离忧根据自己用血占卜得到的答案来到这片荒山，这里离京不是很远，而且是难得的风水宝地，所以很多人都选择将坟建在这里。千里离忧一身蓝色的长袍，手拿一块翠玉，面如美玉，和这里阴森森的气氛一点也不和谐。

他冷眼瞧着这片鬼气妖气冲天的坟地，微微皱着眉。继续往里走，大约一盏茶的工夫，前面突然弥漫起浓浓的雾气，伸手不见五指。离忧转动着手里的翠玉，轻轻说了一个字“收”，雾气慢慢聚拢，渐渐涌进翠玉中，碧绿的玉佩变成了灰色，萦绕的光彩也暗淡了。千里离忧毫不在乎地继续往里走，没过多久就看到整片的桃花林，桃花盛开粉，嫩嫩的挂满枝头，树下也铺满桃花，隐隐的香味传入鼻中让人身心舒畅。

“出来吧，何必再躲，你做这么多事不就是为了让我出来见你吗？”清冷的声音清清楚楚的响在桃花林中。

一阵悦耳的笑声传来，一株桃花树下出现了一个身着粉红色长裙的女子，梳着流云髻，长长的金步摇绘着桃花的图案。她俏生生地站在那里，风吹动衣裙，仿如云中仙子。“国师，千里离忧，离忧我可是专门来找你的。”娇滴滴的声音让千里离忧皱着的眉皱得更深。

“姑娘找在下何事？”

“我爱慕你已久，你怎么可以这样对我？”潸然泪下，娇弱的模样让人看着都心疼，但国师显然不是普通人。

依旧是淡淡的声音：“姑娘如果再废话下去，那在下就离开了。”

女子不死心的继续说：“难道我这样都不能让你动心？”

千里离忧笑了，连眼底都露出几分笑意：“如果姑娘愿去在下府中做客，那么在下自然欢迎。”

女子奇怪道：“你怎么知道我想去国师府？还有如果我说想去你就让我跟你回去？国师大人未免太好说话了吧。”

千里离忧眨眨眼："我为什么不愿意，姑娘貌美如花，在下也是惜花之人，何必推辞?"

"你!"女子气愤的大骂，"也是混蛋，不是说千里离忧无欲无求的吗?"

"这片桃花林花了姑娘不少的妖力吧，真的是妖气冲天，姑娘收了吧。"

女子撇撇嘴，不甘不愿的收回了维持这副模样的妖力。本来是为了营造良好的气氛，所以才花了大力气用自身的妖力幻化出的桃花，现在没用了只好收了，况且真的是太费力气了。"我叫夭夭，修炼七百年的桃花精。反正我不说你也应该知道，我就先自报家门了。我来自桃源镇，居此地五百三十里。"

"那么夭夭姑娘何事找在下，还牵扯到这么多的达官贵人之子女?"一想到昨晚的奔波劳累，离忧就觉得自己的好脾气快用尽了。

名叫夭夭的桃花妖嘿嘿傻笑了几声才讨好地问道："有个妖精在追我，可不可以让我去你家中躲藏几天?"

国师府中有结界，可以隐藏妖气，的确是好地方。千里离忧温柔地笑道："姑娘能够光临寒舍，在下自然扫榻以待。不过昨晚的事可是你自己想到的?"

"这个，当然。"有些吞吞吐吐。

离忧也没有接着问，只是点点头道："这颗珠子你拿着，可以避开府中的结界。"边说边拿出一颗透着蓝色光泽的鸽蛋大小的珠子递给夭夭。

太好了，夭夭伸手接过，心里高兴，只要待在国师府，那个呆子就找不到了，哼哼，敢得罪我，我就让你着急。不过那个出主意的东西还是不要告诉国师了，夭夭暗自思量。

于是当灵清、灵澈再次看到国师时，他的身后就跟着一个千娇百媚的大美人，而且他们还发现这个美人还不是一个人，是一个妖怪。天啊，堂堂的国师大人居然喜欢上了一个妖怪，而且还带回了国师府？那是不是说明他们很快就要有一个国师夫人了？

千里离忧可不管他的侍童是什么想法，他只是喃喃自语：敢让我这么不得清闲可是要付出很大代价的，不然让别人以为我好欺负就完了。

夭夭过了不久以后就知道自己当初轻信别人的话决定惹千里离忧这么一个看上去温文尔雅的贵公子是一个多么大的错误，让她后悔莫及并且发誓以后见到他一定有多远就躲多远。

4. 又是麻烦

这几天京城里颇不安宁，据说是有人看见黑夜里突然漂浮在头上的一个人，张牙舞爪的将他吓晕过去；有人说半夜里会觉得阴风阵阵，好像有人在走动；也有人说连大白天都会有妖怪出没。于是酒楼茶馆成了最好的宣扬此事的地方，百姓人心惶惶。京城太守无奈只好将此事上报朝廷。

千里离忧虽然是国师，但并不需要每天上朝，安安稳稳地躺在一棵樟树下独自下着棋。他有些无奈地看着一直在打扰他的夭夭，后悔把她留在院子里，心里考虑是不是将她封印在玉佩里比较好。

灵清进来的时候刚好看到自家公子懊恼的样子，不禁偷笑，差点连正事都忘了。走到离忧面前道："公子，宫里的德公公奉皇上的旨意请公子进宫一趟。"

千里离忧起身拿出七枚铜钱卜了一卦，抬头很有深意地看了胡闹的夭夭一眼，站起来整理了一下自己的衣服，说道："我们出去吧。"只留下一脸奇怪的夭夭，还在反思自己是不是在不知道的情况下又狠狠的得罪了他。

来到富丽堂皇的皇宫，千里离忧跟着德公公来到甘远殿，皇帝陛下和几个重要的大臣都在里面等着，因为千里离忧这个国师是个闲职，而且不属于任何派别，再说要是有个什么也需要他的帮忙，所以各个大臣也都选择不去招惹他，和和气气地跟他相处。

一进大殿，千里离忧先给坐在正中间的皇帝行礼，然后是和那些大臣虚与委蛇。

"许久不见国师，真是越来越俊美了，怪不得那么多的大家闺秀都在心里记挂国师啊，呵呵呵，据说连几家的小公子都不例外，哈哈哈。"皇帝一开头就说了让千里离忧头疼的话，他也知道外面的流言，可那是他愿意的吗，要不是夭夭这个桃花妖，他怎么会被人传成这样，看来真是对他们太好了。面上还是半点颜色都不变，淡淡地说道："那只不过是妖怪作祟，微臣已经查清了。各位小姐公子被控制了心神，说的话岂能算真？"

皇帝也不过是无聊之时听人说的而已，再看到离忧面容俊美所以开了一个玩笑，说完后自己也有些后悔，毕竟那些大家闺秀也包括了在场尴尬的几位大臣的家眷。于是引开话题："最近京城不大太平啊，据说是有妖怪肆虐，国师可有察觉？"

千里离忧不动声色地说道："微臣来之前算了一卦，大概知道一些，请陛下给臣一点时间，臣定解决这件事。”

“哦，看来国师是有眉目了，那么我就给国师五天的时间，希望国师不要让朕失望啊。”

“臣明白。”千里离忧行礼准备退下了，皇帝突然说了一句，“明玥快回来了吧，出去玩了三年。唉，这三年多亏你守着，他才能毫无顾忌地去外面散心，如今心结已解也该回来了。”

千里离忧一向少有表情的脸上也透出几分喜色，自己的三个好友各有路途要走难得一聚，现在一个终于要回来了，是不是表示又有几天相聚的日子了？三年来始终是寂寞的，只有那几个好友是同一个世界的人，所以分外珍惜这份友情，现在终于快回来了啊。

5. 不是冤家不聚头

一回到国师府，千里离忧就偷偷地将夭夭的妖气放了一些出去，让那个妖怪能够尽快地找过来，本来还想着好好玩玩的，毕竟太无聊了，可是居然惊动了皇帝，看来不速战速决是不行了。

夭夭仍然每天过着清闲的日子，不知道自己已经被出卖了。

又是一个晴朗的午后，蓝天白云阳光灿烂，灵清、灵澈也搬了凳子坐在小院里，这个院子里有着四个季节的繁茂花草，春天的桃花梨花开得艳丽，夏季的睡莲也怒放着，秋季的桂花飘香，冬季的梅花绚烂，如今身在花海享受阳光更是妙不可言。突然，屋檐的风铃响起，灵清不情愿的噘着小嘴揉揉眼睛走出去了，夭夭在这里住了几天也知道有客人来到国师府了，但那是千里离忧的事，所以她依旧闭着眼享受阳光的沐浴。

她没有看到平时总是懒洋洋的离忧在风铃响起的时候就一阵风似的飘出去了，真是难得的积极啊。

当灵清赶到门口时便看见千里离忧靠在门上与门外的人在说话，一会儿之后那人就与千里离忧一起走进门。

“公子，这位是……”灵清不解地问。

千里离忧神秘的一笑：“可以帮我们赶走麻烦的人。”

灵清仔细地看着这个公子带进来的年轻男子，不过二十出头的样子，长得很普通，只有一双眼睛很亮很漂亮。能帮我们赶走麻烦啊，那是不错的。灵清自顾自地想着。

走进院子，年轻男子激动的跑到那株离忧带回来的桃花面前，一脸的讨

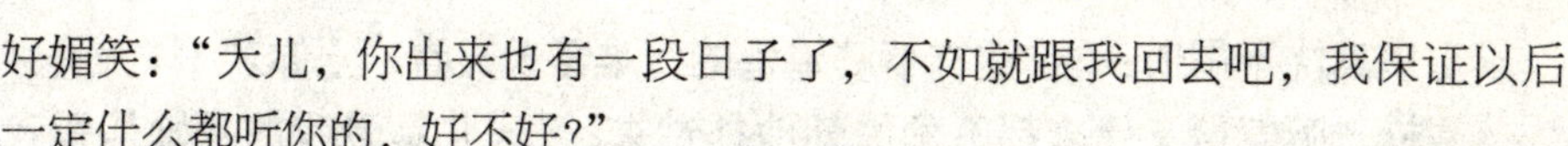

好媚笑："夭儿，你出来也有一段日子了，不如就跟我回去吧，我保证以后一定什么都听你的，好不好？"

夭夭看见他一时发愣，然后一脸惊讶地问："清松，你怎么可以找到这儿，你怎么进得来？这里可是有结界的啊。"

名叫清松的松树精老实地憨笑，千里离忧打了个哈欠慢悠悠地说："是我告诉他你在这里的，也是我带他进来的。"

"为什么？"夭夭很气愤，"我可是专门为了躲避他才来的，你什么意思啊？"

"哼，你们难道不觉得你们已经严重影响了京城百姓的生活吗？我答应过一个人会好好守着这个国家，所以我岂能再容着你们胡闹？"千里离忧的声音有几分生气又有几分无奈。

清松已经黏在恢复人形的夭夭身上，拉着她的衣角可怜兮兮地说："夭儿，跟我回去吧，我保证以后一定按时回来绝不走远，我保证以后一定不看任何女子一眼，我保证以后一定乖乖的为你酿桃花酒，你跟我回去吧。"

"夭夭，能得到这样一个男子完全的心，你还有什么不满足的呢？"千里离忧不解地问。在他看来一个女子不就希望遇到一个对自己绝对忠诚的男子吗，难道这个理论不适合妖怪？

夭夭不屑地撇撇嘴，哼了一声。清松是很好啊，可是一起相处了三百年，他还是那么无趣，而且每次都跟着自己半步不离，她才不要一直被看管没半点自由呢？所以说，清松根本没有明白自己为什么离家出走，她可不要回去，回去的话不是更糟？

无论清松怎么哀求，夭夭都不为所动。千里离忧咬牙恶狠狠地说道："是不是无论如何你都不会回去？"夭夭没半点犹豫地点头。他又转向清松问道："是不是无论如何你都要她回去？"清松更是坚定地点头。"那么，"千里离忧露出了令人毛骨悚然的笑容，"我只好用非常手段解决了。"他长袖一甩，七八张绘着诡异符号的符咒飞出去将夭夭团团围住，一层金色的光幕包裹住夭夭瘦小的身躯，任她如何挣扎都没有用。

清松一看，急了，立刻扑向千里离忧，愤怒的叫嚷："你这个混蛋干什么，快放了夭夭。"

千里离忧避开，笑道："我这不是准备将她打包送给你，这样你就可以带她回去了。而我也可以去交差了，不是一举两得吗？"

清松毫不迟疑地说："不，不是这样的，我只是想要夭儿心甘情愿地跟我回去，不是不顾她的心意。我爱她，就要为她着想。"

千里离忧不屑道："你这样婆婆妈妈的，难怪夭夭看不上你。"

清松一听气得又什么都不顾的朝他扑过去："夭儿是爱我的，她是爱我的。我与她之间的感情岂是你可以理解的。"

"不要再胡闹了，否则别怪我不客气。"离忧因为清松的纠缠不清而不耐烦了，"要么带她走，要么，哼，你也知道你根本不是我的对手。"

"解开她的束缚，不然我死也不会走。"

"那你去死吧。"千里离忧真的愤怒了，咬破自己的手指，鲜红的血液流出来，"以吾之血震吾之名，血蚀。"

被困的夭夭终于看清了两人的形势，她知道清松绝不是千里离忧的对手，不由急道："清松，你快带我回去，不要再打了。"

可惜那边两人根本没时间理会她的叫喊。

当清松身上的血色薄雾渐渐束缚住他，腐蚀他的身体，夭夭终于禁不住地哭了起来，她想起就是这个男人，在她刚刚成形的时候陪在她的身边帮她，让她这样一个小妖不至于被伤害，就是这个男人，几百年来陪着她逗她开心，无条件的满足她的胡闹。

不知什么时候夭夭身上的金色光芒黯淡了，她挣脱束缚跑到清松身边抱住他，眼泪控制不住地流下来，求道："救救他，救救他，我知道你有办法的。"

耸耸眉，千里离忧悠然地说道："你不是想摆脱他吗，那么现在你如愿了。"

"不不，我再也不要离开他了，求求你，救救他。"夭夭放开清松跪爬着来到千里离忧的面前哭道。她的手就要抓离忧的衣角，一刹那间，夭夭的身上出现了一股黑色的雾气，朝着近在面前的离忧扑去。千里离忧好像早有防备，眼中闪过金色的光彩，那股黑烟立刻受到阻碍，不能再靠近他分毫。离忧衣袖一甩，将黑烟收入袖中。然后扔给夭夭一个瓷瓶："一天服用一次，五天后就没事了，快离开，如果我发现你们再给我添麻烦，我绝不轻饶。"

夭夭被刚才的突发情况吓得有些呆滞，她愣愣地接过瓶子，眨眼，有些委屈："那是什么东西，我是不是有什么地方做错了？"

"那个就是帮你想办法的鬼魂，是吗？"

夭夭点点头道："我在京城外坟山遇到他，他说国师府可以让我躲藏，还帮我出了那个主意。"

离忧无奈地笑了："没什么，就是那个鬼和我有一点过节想要渔翁得利而已，你快带清松回你的桃源镇吧。"

看自己也没造成什么困扰，夭夭拖着昏迷的清松艰难的走出府去。清松浑身是伤，夭夭只好施法腾云带着他，可惜她的法力还低，所以到桃源镇花了她将尽三分之二的法力，不得不恢复原形修养一年。一年之后，知道了清松和千里离忧合伙骗他，咬牙教训了清松，然后怒气腾腾的朝京城的方向赶来。

6. 结局

一个白色的影子浮现在千里离忧身后，隐隐的笑意传出："离忧，没想到几年不见你还是这样，明明狡猾如狐，别人却总是感激你。"

千里离忧头也不回，翻翻白眼："宁拆十座庙不拆一桩缘，我可是做好事啊。"

"那个和你有仇的鬼是谁，你总是惹上这些麻烦。"语气中没有担心只是无奈。

离忧白了他一眼："我做什么的你又不是不知道，惹上这个东西也不是什么奇怪的事情吧。但是我和他好像也没仇啊，他无故吃人增加法力，我只不过警告了他一下，何必呢?"话中有着不解。

"他连凝形都做不到了，你对他的惩罚还算轻吗？不过如果我是你，一定直接让他魂飞魄散。"

"我想你是对的，我可不想再麻烦缠身了。"离忧托着腮，点头。

"呵呵呵。"白影渐渐消失，笑声却清晰的传来，"我先去见见皇兄。"千里离忧也笑了，一别三年，明玥你终于回来了。

一年后，千里离忧正在城中碧湖赏荷，远远地传来一个熟悉的女声："千里离忧，你这个混蛋，居然联合清松骗我，我绝不会饶了你。"

千里离忧背靠岸边杨柳，眯着眼，一身湖色衣衫随风扬起，悠闲懒散。即便天塌下来又如何，我自逍遥我自乐。

佛下冥婚

■ 斐舟

楔子

烛摇影动，五年前的记忆恍若裙底流苏，随着每一次叩首回放在睫毛深处。然而红妆笑靥、生离死别，今日走到终点。

红堂之上，何以我早该冥消烟外，却依然为你龟裂的一吻而心碎。

一

佛门清净之地，居然要大摆婚宴？一从“小保镖”唐玉口中听到这等有趣的事，梁思思便迫不及待地拉着唐玉赶往少林寺。

路上。作为当家大公子，唐玉准备显摆一下学识，模仿着“大人物”的样子长叹一口气，干咳两声说道：“十年前，江湖比现在风光多了。当时武林第一大派——赶尸派——名震大江南北，弟子众多，且为百姓、为朝廷立下过不少汗马功劳。不知是什么原因，几乎一夜之间，赶尸派成了邪派，遭到十大门派联合起来的围剿。赶尸派教主仇恨天以一人之力独挡十大掌门，力斩三人、重伤五人，最终跳崖自尽。而后十大门派剿灭赶尸派余孽又花去了整整五年。从此，江湖中无人再提‘赶尸派’这三个字……”

梁思思看不得唐玉那副神气的样子，便接过话来，说道：“然而赶尸派少主却突然重出江湖，宣布要在少林寺举行婚礼，还说在婚礼当天，会将赶尸派的不传绝学《天地秘籍》献出，交由一位德才兼备者予以保管。这个消息传得比风快，转眼间武林又热闹起来了，正邪两派集聚少林，共贺仇少主新婚之喜！”

“这事我还没说呢，你是怎么知道的？”

“你笨啊，你不知道天底下知道消息最多的人是谁吗？”

“江湖百晓生？莫非你认识他？”

“当然不是他！天底下知道消息最多的是店小二！武林高手都喜欢到馆

子里来一壶浊酒，二两牛肉，侃侃江湖上新发生的事。而我嘛，就恰好认识那么几个店小二！”

……

两人到了少林寺，发现整个寺内寺外都围满了人，根本到不了殿堂。唐玉拉着梁思思的衣角往后拽，梁思思不予理会，正琢磨着怎样才能钻过这一道道“人墙”。一刻钟过去了，他俩一动没动，却已在人墙之中，原来在他们之后又来了好些人堵在后面。

梁思思也开始满脸丧气，武林十大门派掌门也到了七个，分别是究极堂雷动堂主、形意八卦门司马悠门主、正气山庄慕容月庄主、灭天门吴作掌门、点苍派千龙掌门、武当派无尘道长、华山派银剑掌门。众掌门一早便到了大雄宝殿之内，互相寒暄客套起来。一见到失禅方丈都表示自已前来只为道贺，至于秘籍，倘若有幸得之，也只是参研学习，以御外敌。一旦国泰民安、武林没有纷争自会将秘籍交还方丈予以保存。

正说话间新郎和新娘已身着红衣，缓缓走入大堂。今日的大雄宝殿四周挂满了红纱，就连我佛如来也披上了红色的丝绸，恍若“佛”也成了一次红娘。祥和喜庆的颜色之下，是一对红烛在如来佛像之前轻轻摇动，影影绰绰，仿佛有什么欲说还休的爱情潜藏在垂落的红泪之中。

少林方丈失禅大师见新人走到身前，便在我佛如来面前烧下冥纸和两人的生辰八字，随后主持两人进行三拜之礼。围观的众人虽然明知新娘只是一具尸体，但都探低着头，想看看那红巾之下会是怎样的一张面庞。

然而就在夫妻交拜之时，新郎却突然捂着胸口吐出一口鲜血，随后软绵绵的倒在地上。

“出事了!”梁思思迅速往新郎身旁跃去。她一把扶起新郎，这才真正看清他的样貌，那文雅宛若书生的感觉居然会在一个邪派少主身上出现。可是谁能在少林寺的大雄宝殿，在少林方丈身边，在武林七大派掌门面前，在殿外上千武林人士、天下群雄眼皮底下，将正举行冥婚的赶尸派仇少主一招击杀?

“先看看什么伤?”梁思思的“小保镖”唐玉上前揭开仇少主胸口的衣襟一看便叫了出来：“五雷轰动!”

唐玉话语一出，究极堂堂主雷动不觉浑身一怔，他冷眼一看便跃出了大殿，其他六大掌门互望一眼也相继冲了出去。

此时不知谁喊了一声：“人死了，快抢《天地秘籍》!”

霎时间整个少林寺乱作一团。殿外的人拼死拥挤着往殿内冲，不到两个

弹指工夫，已有多名武林人士受伤。

“少林众僧听令，用达摩阵守住出寺各出口，任何人等不得下山！”失禅方丈的“狮子吼”在此时响彻整个嵩山！霎时间，出寺的路口已全被少林众僧守住。

少林一百零八棍僧分为六组，每组恰好十八人，施展出十八罗汉棍阵镇守六个出口，另外还有达摩院首座的九大弟子把守。谁都知道这九大弟子中任意一人，均足以在武林中开宗立派。再加上传说中武功高过方丈的达摩院首座失言大师立在院中，即使未曾移动，那震慑天下的威严也早已令殿外所有武林人士胆战心惊，不敢妄动。

殿外的骚动平息了，刚才狂奔出去的七大派掌门也垂头丧气地回到殿内。梁思思一看便知他们刚才是去找《天地秘籍》了，不过看样子似乎并没有找到。

梁思思望着倒在地上的赶尸派仇少主和依然跪在地上等着最后一拜的女尸，心里不由得酸疼起来。这是少林寺建寺三百年来举行的第一场婚事，也必定会是最后一场。

她赶来少林寺，最主要还是想亲眼看看仇少主的婚事。即使成亲的是一个活人和一个尸体，只要相爱，只要在一起，这就是幸福的。可是就在婚事举行到最后一步时，仇少主却因胸口一掌“五雷轰动”轰然倒地，梁思思心头酸楚，难道有情人总是难成眷属?

三年来，仇少主细心呵护着他的“新娘”，用爱浇注着她的生活，只为了这一刻。可是在这一刻即将完成时，他却突然倒下了，他浇注的生活也随之结束。想到这些，梁思思悲从中来。

新娘依然跪在地上，只是头上红巾已然在混乱中丢失了。那是一张惨白龟裂的脸，没有任何表情，没有任何动作。从她空洞的眼神中看不出任何含义。

仇少主的尸首和“新娘”很快便被几个和尚抬到了地下室，这已经不是属于他们的世界了。

梁思思忍住眼眶中滚滚欲出的眼泪大声说道：“方丈，请保证任何人都不得离开少林寺，待查明凶手之后，再放人下山！”

“梁少侠，老衲亦有此意。仇施主不着名利，为国为民甘愿献出《天地秘籍》，为圆其心事，老衲答应了仇施主的请求，在少林寺举办了这场冥婚，没想到……老衲深知仇施主仇家众多，本想借少林之微名帮他挡下些劫数，却没想到反而是害了他。罪过罪过……”

“梁少侠，为何不让我们离开少林寺?”殿外众人颇为不满的大喊。

“你们又为何要离开少林寺?”

“谁知道凶手下一个是不是要杀我们。”

“难道七大门派掌门也是因为这个原因才走的吗?”梁思思没有理睬殿外的众人，而是对着刚一发生命案就往殿外跃出的七大掌门说道。

“我们是出去追拿凶手了。”正气山庄庄主慕容月说道。

“追拿凶手？雷掌门你方才也是因为这个原因，才第一个跃出去的吗?”

“这……当然!”

“那掌门怎么解释仇少主身上的致命伤是雷掌门你的独门绝技‘五雷轰动’呢?”

“哼！我雷动成名已久，‘五雷轰动’确实是我绝学，不过死在我‘五雷轰动’之下的俱是穷凶极恶之徒，从来没有这种无名之辈!”雷动的络腮胡配合着颌骨上下移动，气势汹汹。

“真的没有?”

“真的……”雷动说到此处突然想起什么似的，语气逐渐弱了下去。

梁思思看在眼里继续追问道：“是真的？雷掌门你真没用‘五雷轰动’伤过今日的新郎仇少主?”

“这……我刚刚才想起来。大约三年前有人给我寄了一封复仇信，说是要报什么仇。我雷动仇敌何其多，自然没有放在心上。不久这个男人就来找我，说了一堆乱七八糟的话。还出手暗算我，所以就被我击了一记‘五雷轰动’……”

雷动刚说完的时候，形意八卦门门主司马悠、正气山庄庄主慕容月、点苍派掌门人千龙和灭天门掌门人吴作都是一怔，且表情诡异。梁思思看在眼里，继续问道：

“三年前？雷掌门你贵为一派掌门，日理万机，怎么还记得三年前一个无名小辈的样貌？更何况，看仇少主现在的样子，三年前他不过十多岁，这三年来应当有相当大的变化。这种情况下，雷掌门还能一下子认出来，雷掌门实在是好记性!”

“我记得他……是因为他的样貌根本没有变化!”

这时候一个小和尚跑过来说道：“糟糕了，方丈，之前仇少主放在你房内的《天地秘籍》不见了。”

“善哉善哉。”方丈略有所思。

梁思思冷冷一笑说道：“好了，现在谁还坚持要出去我绝不阻拦！不过

我保证这个走出少林寺的人，绝对活不过一个时辰。因为现在整个武林的人都知道，《天地秘籍》就在那个急于走出少林寺的人手中！”

七大掌门对望几眼后，吴掌门冷冷地说道：“仇少主是在大雄宝殿内遭人暗杀的，还请方丈大师主持公道，找出真凶。”

“梁少侠聪明才智冠绝武林，早为整个武林人士称道，老衲觉得此事交由梁少侠来处理更为妥当。”失禅方丈说出此话时似乎另有所指，这让梁思思深感疑惑。

“哼，她不过一个小丫头，能处理什么事情！这种事情交给她处理，说不定等个几十年都找不出真相，难道我们要在这里住几十年！”雷动在一旁摸着自己的络腮胡子十分不服。

“人小怎么了！”梁思思还没反应，唐玉已经冲了出去大声喊道，一冲出去他才发现自己像极了梁思思的小保镖，难怪她一直戏称自己为“小保镖”。

“你又是谁？一个小屁孩竟敢在此放肆！”吴作不改阴冷的面容，冷冷地说道。

“放屁！”

众人皆是一愣，吴作有点恼火道：“刚才是谁出的声？给我站出来！”

大家都知道灭天门虽然贵为十大门派之一，不过这个门派作风和掌门人吴作一样，阴冷狠毒，狡诈多疑，看到吴作如此阴恻恻地询问，众人纷纷摇头，原本在外喧闹的人也都噤若寒蝉。

“又放了，好臭！”声音很清脆，宛若银铃，明明说的是脏话，可听来偏偏悦耳得很。

这次吴作和众人都听清了声音来源，循声望去，居然是站在少林方丈旁边的梁思思。梁思思和唐玉都在那里故意捂住鼻子，一副臭不可闻的样子。

吴作恼羞成怒喊了声“找死”，便抽出了随身佩戴的灭天刀，一刀“灭天裂地”就砍了过去。

看到吴作恼怒之下居然直接使出了灭天刀法中最霸道的“灭天裂地”，众人的脸色都变了变，也都只来得及变一变！因为那刀太快了，快的只够他们变了下脸色，就已经架到了梁思思的颈前。

失禅方丈知道梁思思几乎不会武功，刚想出手相救，却看到一根青葱一般的手指已经伸了过去。看到那根手指的时候，他就知道自己根本不用出手了。

那根手指就这么轻轻地伸了过去，在灭天刀上轻轻那么一点，吴作的那把刀就突然没了。

刀当然不会突然没了，其实是被这一指之力，点的飞到了大雄宝殿之外。

所有人都怔住了，包括吴作自己，没有人能想到灭天门掌门人吴作跟人交手只一招就被打掉兵器。不过看起来这根手指的所有者唐玉貌似也不相信的样子，依然怔怔地盯着自己的手指。

“我杀了你们!”吴作气急败坏，打算再施杀手的时候却发现失禅方丈已经挡在了面前。

“方丈大师，这两个小孩到底是什么人物?”慕容月赶紧出来打圆场。

“阿弥陀佛，这位女施主是大侠梁斗的独女梁思思，而这位小施主则是蜀中唐门唐老爷子的独孙唐玉。他们就是近段时间在武林中屡破奇案的两位少侠。”

失禅方丈话音刚落，殿内殿外纷纷赞叹起来，大侠梁斗，蜀中唐门，无论哪一方都足以令武林人士仰视。

司马悠这时爽朗的大笑两声，冲着吴作说道：“吴掌门，不如看在司马悠面子上，不要和这些后辈计较了。”

“唐门擅长的是暗器，我是被暗器所败，不是什么指法!”吴作怒上心头，根本不听劝告，当众被这么一个毛头小子一招击败，他当然不肯轻易罢休。

“没人说过唐门的指法不厉害，只是唐门暗器太过有名所以弄的武林人士都以为唐门的人只会暗器罢了。再者说，暗器出招时无形，出招完便是有形，你要是能找出这个暗器，我就承认你不是被这一指所败。”

“你……”吴作面红耳赤，哑口无言。

“还有，我们在殿内发现仇少主倒下，不代表他身上的这一掌就是在殿内所受，也可能在殿外他已经被伤，随后勉强走到殿内而死。如果我没记错，刚才吴掌门已经认定仇少主是在殿内遭人暗算的，为自己狡辩时头脑倒是灵光，但是啊……嗨……”梁思思还故意做出叹息状。

失禅方丈见状适时的扯开了这个话题，说道：“无论如何此事甚有可疑，就请各位在少林寺稍待片刻，本寺自当尽快查明真相。来人，带几位掌门去厢房休息。”

众人散去后，失禅方丈问道：“梁少侠对此事有何看法?”

“方丈大师，你刚才烧的可是仇少主的生辰八字?”

“正是。”

“仇少主现在多大年纪?”

“按生辰看，今年应当是二十一岁。”

梁思思摸着腮帮子，喃喃自语道："那就奇怪了，方才扶起他时，看那样貌顶多十七八岁……雷动说三年前见过他，并且记得他的容貌，原因是仇少主的容貌根本没有改变，岂不是等同于仇少主三年来没有变老，难道赶尸派有不老神功？小保镖，你还记得三年前在芙蓉镇上有人抢你烤鸭吃吗？"

"记得！"唐玉铁着脸，"那人真可恶。"

"那你还记得他的样子吗？"

唐玉仔细想了下后说道："样子我却是记不起来了，不过那事情我记得很清楚！"

"这就对了！"梁思思恍然，小声对唐玉道，"即使赶尸派有不老神功，即使仇少主的样貌跟三年前一模一样，雷动也不可能记得三年前的一个毛头小子长什么样子，雷动真正记得的原因不是样貌，而是三年前的那件事情！可以肯定，三年前在仇少主和雷动之间一定发生了非常特别的事情，绝不仅仅是上门寻仇这么简单。还有，雷动说起三年前的事情时，司马悠、慕容月、千龙和吴作四人的脸色都有些奇怪，难道他们也知道三年前发生在雷动身上的事？看来此事非同小可，由此入手或许能有意外收获。"

"那我们赶紧去找他们问清楚吧。"唐玉迫不及待的献计。

"笨蛋！"梁思思扔下一脸茫然的唐玉，转身就往地下室走去。

二

"思思，我们真的要进去啊！"唐玉一想到这个门后面有两具可怕的尸体，就浑身发软。

"不检查尸体，怎么找线索？不过有一点你错了——不是'我们'，而是你！是你要一个人进去，然后再告诉我查到了什么。"梁思思认真说道。

"我不要！为什么是我一个人进去？"

"因为我是女孩子，还是一个非常可爱的女孩。难道你忍心让一个这么可爱的女孩和你一起走进一间装着尸体的房间吗？"

看着梁思思那泪眼汪汪的样子，唐玉唯有闭着眼睛、硬着头皮推门进了地下室。梁思思当下觉得唐玉还是有那么一点点男子汉气概的。

可是唐玉刚进到地下室关上门，那门又突然吱的一声开了，唐玉面无人色地跑了出来。

"怎么了？小保镖，你看到什么了？"

"鬼……"唐玉说完就直接倒在了梁思思的怀里，她一摸脉搏便决定收回

刚才对唐玉的夸奖，因为他是吓晕了。

唐玉晕了之后，梁思思开始犯难了，她很想去检查尸体，可又不敢一个人进去，正在门口徘徊之际，听到了一声震天的惨叫声，而那个字也是“鬼”。叫声是从离地下室不远的厢房内传来，听声音像是雷动所发。

梁思思将唐玉丢在一旁，急忙往那个房间跑去，快到门口时她听到雷动呻吟了一句，“……我们错了”，随后声音戛然而止。梁思思一怔的同时看到失禅方丈和武当派的银剑掌门正从走廊另一头飞快跑来。

梁思思顾不得等他们了，立即推门，随即看到雷动倒在血泊之中，他的胸口插着一把看似普通的剑。梁思思知道这把剑并不普通，因为它是正气山庄庄主慕容月的成名兵器“黑白双剑”中的黑剑。梁思思扫视屋内，见窗户开着，凶手应该是从窗口逃逸了。

六大掌门也都赶到了这里，一见雷动已死便立刻翻找起房间来，最后谁都没有发现《天地秘籍》的踪影。

“慕容庄主，不知道你的黑白双剑呢？”

“我……我……丢了。刚才各自回房时‘黑白双剑’我还带在身上，后来因为肚子有点饿，便去找方丈看可有地方吃点消夜，那时我把剑留在了屋内。结果回来时便发现剑不见了，不仅黑剑，连白剑也不见了。”

“白剑也不见了？对了，仇少主死后，你可曾来找过雷掌门？”

“我……我确实去找过他，不过是在去找方丈之前，当时黑白双剑都随身佩戴着，和雷掌门聊了会儿之后就直接回房了。”

“哦？你们聊的是什么？”

慕容月满头大汗，颤巍巍地说道：“我以为是他拿了《天地秘籍》，所以过去询问了下。”

“他怎么说？”诸位掌门同时急切地问道。

“他说他没拿秘籍，仇少主胸前那一掌也不是他打的。”

“慕容庄主不要狡辩了，事实肯定是你用黑剑杀了雷掌门之后，抢走了《天地秘籍》，为了洗脱嫌疑才故意捏造剑丢了黑白双剑这样的事！”听到慕容月不承认拿走《天地秘籍》，千龙掌门怒喝道。

“大家看黑剑插入雷掌门体内的方式，用的并不是剑法，而是刀法，凶手应该是个用刀的高手。”梁思思指着插在雷动身上的黑剑说道。

“这是慕容月故意用刀法使剑，妄图以此来迷惑我们！”

“刚才雷掌门死前喊过两句话，大家可有听到？”梁思思看着方丈说道。

“老衲听到雷掌门大叫‘鬼’之后就跟银剑掌门赶过来了，没有听到其他

的声音。”失禅方丈说道。

“不对，雷掌门死前还说过一句话，当时我就在门口，我清楚地听到他说‘我们错了’！”梁思思坚定地说道，有种不容置疑的神态。

众人开始在后面议论起来。

“大家莫急，我认为凶手应该不是慕容庄主。首先，相信各位都是奔着那句非常响亮的‘鬼’而来，很明显雷掌门确实看到了‘鬼’，不过当然不是真的鬼，而是有人假扮仇少主。凶手利用仇少主刚刚中掌身亡，中的又是‘五雷轰动’这一事实，故意造成仇少主冤魂索命的假象。如果真是慕容庄主所为，他大可以不用自己的绝学趁其不备将其杀死，又或者嫁祸给别人，又何必如此大费周章呢？很明显，是有人抢了秘籍企图嫁祸给慕容庄主，并且此人非常阴险狡诈，他用刀法使剑看似是在帮慕容庄主洗脱嫌疑，实际上却是一种障眼法，大家不是已经因此认定慕容庄主就是真凶了吗？还有，扮一个死人很容易也很不容易，样貌和衣物容易装扮，可身材却无法改变，所以凶手应当是和仇少主身材相仿之人，不管怎么看，慕容庄主都要比仇少主高上一头。”

梁思思的话句句在理，因为当“刀法使剑”被揭穿之后，众人确实更加认定了慕容月就是凶手。同时，不可否认的是慕容月确实没法扮鬼，能有这个身材和一剑击杀雷动的能力的也就只有灭天门吴作掌门了。再加上他擅长刀法且在众人眼中的阴险形象，所有人的目光都集中到了吴作身上。

吴作如坐针毡，往后退了两步，赤红着脸说道：“不是我！我没有杀他！”

梁思思本就不喜欢吴作，所以故意让吴作难为了一会儿后才不紧不慢的说道：“其实当下的证据也不足以证明吴掌门就是凶手。凶手究竟是谁我尚无法确定，还是先请各位回自己的厢房休息吧。不过凶手可能是任何人，所以大家一定要多多提防。”

众掌门犹豫了下后纷纷点头抱拳离开了，吴作左右张望了一下也无奈地回去了，只有失禅方丈还留在房内。

梁思思看着屋外那一轮明月，喃喃说道：“方丈大师，我觉得吴作行凶的可能性很大。仇少主中‘五雷轰动’身亡，《天地秘籍》又不翼而飞，不管这两件事与雷动是否有关，但众人都认为是雷动杀人夺宝，所以吴作的杀人动机就有了。吴作杀雷动之时，雷动说了一句‘我们错了’，表明他还有同谋，吴作没有从雷动这里夺得秘籍而后又听了这句话，于是认为秘籍在雷动的同谋手中，所以再动杀机，便把白剑藏了起来。这样理解的话，整件事就讲得通了，我们只要找到白剑，也就能够指认凶手了。”

失禅方丈轻叹一声：“善哉善哉，这本《天地秘籍》又将掀起一番波澜啊。”随后便走出了房间。

梁思思看着失禅方丈的背影，心里却在想：“难道‘我们错了’仅仅是指雷动有同谋？他又为什么要认错呢？总觉得有什么不对的地方，到底是哪里不对劲呢？”

三

司马悠回房后仔细检查了一遍，没有发现可疑之处，这才坐到床上沉思起来。雷动自入寺到死之前跟他走得最近，他觉得雷动手上应该没有《天地秘籍》，拿走秘籍的大概另有其人。此时，门前突然响起走动的声响。

“是谁？”他轻声问道。

没有人回答。

“是什么人在外面鬼鬼祟祟的！”司马悠大喝一声。

门外的响声霎时消失了。

司马悠心头一紧，难道……是吴作？他小心翼翼地走到门口，靠在门上听了好一会儿，确定没有奇怪的声响了，刚想开门查看时，他忽然觉得胸口一痛，待他低下头来，却看到一把剑从门外穿过，正中自己胸口。而这把剑正是慕容月的白剑！

他反应过来，正想用手去抓住剑身时，剑上突然光芒一闪，门一下子就裂开了。紧接着一股强大的推力透过剑身将他直直的推到了墙上。

这时他终于看到了对方的样子，但他的肺已被白剑刺穿，根本无法发出声音，对方也正一步步逼近。绝望之际，他似乎看到了一个发光的物体，于是拼力去抓。

“你进来的时候就是这样子吗？”梁思思问道。此时司马悠的房内已经聚集了失禅方丈和几大掌门，当然少不了小保镖唐玉。

发现司马悠尸体的形意八卦门弟子已经吓得脸色惨白，听到梁思思的问话，慌张地点了点头。

“梁少侠，司马施主的表情……”方丈突然说道。

梁思思赶紧上前查看。司马悠的头正努力歪向一边，看起来像是要极力躲避什么，他脸上的表情跟这个动作极不相称，梁思思这时突然意识到雷动的脸上似乎也是这个表情。

“咦，他这是在抓佛珠……”梁思思发现司马悠的手此刻虽然悬垂着，可是右边佛珠旁边的墙上却有着血迹。

梁思思转头去看吴作，吴作已是满头大汗。

“方丈大师，司马门主所受这一剑确实吓人，单凭剑势之霸道就足以令常人胆战心惊了，凶手也确实用了慕容庄主的白剑来杀人。不过令我疑惑的是，一个人扮鬼真的可以扮得这么像吗？司马门主被一剑贯穿到墙上之后，第一反应居然是抓佛珠！无论如何，还是请方丈先将几大掌门齐聚到一个厢房之内吧，我可不想再出什么事端。”

“梁少侠，现在少林寺内已经闹得沸沸扬扬，听闻还有很多施主正往少林寺赶来。老衲若是此时将几位掌门同时软禁起来，大家便会知道还没有找到真凶，这样一来，势必会引起寺内更大的恐慌。”

失禅方丈说完之后，梁思思许久没有应声，唐玉以为梁思思生气了，赶紧上前说道：“思思你之前不是说过吴作的嫌疑最大吗，直接把吴作关起来不就行了？”

此时的梁思思当然不是生气，而是她想到了一个很关键的问题：不管秘籍被谁拿走，那人肯定是先将秘籍藏起来，等到可以下山时再带上秘籍下山，几位掌门来到雷动被杀的房间时做的第一件事是到处翻找《天地秘籍》，证明如果凶手是冲着秘籍而来的话，肯定会将被害者的房间翻个底朝天。雷动死时，由于好多人闻声而来，凶手没来得及翻找就仓皇逃走，可是司马悠死时并无旁人，为何他身上和房间里都没有翻找过的痕迹呢？

慕容月汗如雨下，突然疯了一般咆哮起来：“不要杀我，真的不要杀我！”随即跑出了房间。

吴作看情形也转身想走，却发现失禅方丈正挡在面前。

“吴施主，就有劳你先跟在老衲左右了。”

眨眼的工夫，梁思思已经拉着唐玉走出了司马悠的房间。

四

地下室里火把发出的光似乎要暗一些，短一些。

梁思思是这样的感觉，唐玉也是这样的感觉。

“喂，你在做什么？”梁思思问。

“我，我在帮你查看尸体。”

“查看尸体不用一直拉着我的衣服吧。”梁思思气鼓鼓地问，这个唐玉，亏他是蜀中唐门的继承人呢，居然如此胆小。

“那你一直抓着我手做什么？”

“谁抓你了。”梁思思甩掉唐玉那修长白皙的手，“你去看看那具女尸上面有什么线索。”

“女尸……听说那女孩已经死了好几年了呢。”唐玉结巴着。

“赶紧去看啦！”梁思思说完，借着火把那微弱的光芒开始检查起仇少主的尸体来。尸体确实被人以“五雷轰动”震裂内脏而死，不过奇怪的是伤痕内部却不似其他皮肉那样新鲜。

唐玉突然尖叫起来：“鬼呀！”

鬼？梁思思怕尸体但不怕鬼。她怕尸体是因为女孩子都会怕死掉的东西，她不怕鬼，是因为在她的逻辑里面这个世界是不存在鬼的。对于不存在的东西，为什么要怕呢。

唐玉慌张地跑过来，一把抓住梁思思的手就往外跑。

“哪里有鬼了？”两具尸体明明都没有变化，还是和在大殿成婚时一样的装扮，一样的容貌。唯一的差别是，当时还有仇少主能使她像个活人般行动自如，当时还有仇少主深爱着她想要和她共结连理。

而现在她只是一具尸体，一具不会再动的尸体，一具不会再有人记得的尸体。

梁思思陷入伤感之际，唐玉缩在她身后，不解风情地喊道：“不是她呀，是在她的脚下……”

“她脚下？”梁思思视线下移，才发现女尸下面确实还有一具尸体，一具没有头的尸体。原本应该连在尸体上的头，此刻正躺在女尸不远处。

“那不是他的头吗？看你怕成这个样子。”梁思思还没来得及仔细看，先急着转过头讽刺她的小保镖了。

“慕容庄主怎么会……”唐玉颤颤巍巍的说不出话。

“啊？是慕容月？”梁思思这才正经起来，她蹲下来仔细查看慕容月分处两地的尸首。慕容月倒下的姿势，像是跪着被人一刀砍掉了整个头颅，他的脸上也是那个奇怪的表情。司马悠死后，慕容月第一个冲出房间，当时还大喊着“不要杀我”，之后吴作便一直由方丈看守着，吴作没有机会行凶，难道凶手另有其人？还是我一开始就调查错了方向呢？

“小保镖，刚才在司马悠房内，你看到千龙了吗？”

“好像没看到他，思思，难道千龙才是真凶吗？”

“就你最多事，哼！”梁思思拉着唐玉跑出地下室，“我先去找千龙，你去叫方丈他们快点过来。”

梁思思跑了好一会儿才到千龙的房间，因为他的房间在最末端，跟其他房间的距离有点远。她急匆匆地推开门后随即捂住眼睛，原来千龙已经死了。他躺在地上，裤子半褪到膝盖，下体完全裸露在外，而他的脸上也是那个表情。

唐玉领着失禅方丈、吴作、银剑和无尘道长一起赶了过来，几人一见千龙的尸体，都惊慌了起来。

失禅方丈双手合十说了声“阿弥陀佛”。

唐玉半捂着眼睛，说道：“这千龙掌门怎么是太监啊！”

“唐施主莫惊呼，不可将此事传扬出去。老衲和诸位掌门早就知晓，千龙施主于两年前下体受伤，不得已才切除了以保性命……”

梁思思脸颊一片绯红，虽然不是很明白，不过大体知道他们在说什么。

“好了好了，那不是重点……”梁思思气鼓鼓地说，“重点是千龙掌门的手，是往下脱裤子的动作，而不是提拉裤子，这说明裤子是他自己脱下来的。”

“千龙掌门为何……”没等唐玉说完，梁思思就打断了他的话，向失禅方丈急切地问道：“方丈大师，吴作呢？”

失禅方丈这才发现，吴作已经不在身边了，尴尬地说道：“老衲刚才一时疏忽，吴施主不知去哪里了。”

梁思思立马赶到吴作的房间，吴作并不在房中，但他房内却一片狼藉，显然是被人翻找过。

“糟了，快去地下室！”

几人又跟着梁思思跑来地下室，却发现地下室只剩下了慕容月的尸体，仇少主和“新娘”都不见踪影。

银剑掌门惊呼：“尸变了！”

梁思思冷眼瞧了他一眼，“不是尸变，只是被吴作带走了一具，追着吴作又跑出了一具！”随即转身问失禅方丈：“方丈大师，少林寺有比较高，平时又很少人去的地方吗？”

“藏经阁七楼！”

“好，我和唐玉现在过去！方丈大师，劳烦你带领寺内的武林同道到藏经阁下面去！”

“梁少侠，为何要如此劳师动众？”

“方丈大师，劳烦了……”梁思思和她的小保镖已不见了身影。

五

藏经阁其实是一幢高耸的木塔，塔高七层。不过少林寺的武学秘籍一般都放在一二层，并且都有少林高僧把守。至于七层，则是一处空阁，主要是供少林高僧日常清心养性、参习佛法用的。

七楼之上，吴作正抓着仇少主的尸首，对着面前那具皮肤已经开始龟裂剥离的女尸淫笑着。

“你放了展白！”女尸艰难的挪动着嘴唇，发出僵硬的声音。她的皮肉已经尸化，要说话十分困难。

“呦呦，原来这位是展少侠啊！要放了他可以，但你得答应我两个要求。”

“什么要求！”

“第一，你把《天地秘籍》交出来；第二，你自封穴道，在天下英雄面前承认四位掌门都是你杀的！”

“卑鄙小人！在你面前自封穴道？那和自杀有什么分别！”

“我不会杀你，我要的是《天地秘籍》。只要你按我说的去做，我便把你的情郎还给你，我还会央求方丈大师给你们完婚……你若是不肯交出秘籍，我现在就将你的情郎碎尸万段！别浪费时间了，快自闭穴道！”吴作咧着嘴说道，见女尸还在犹豫，便一刀砍掉了展白的两根手指。

“不要！”女尸感觉体内一阵疼痛，一口鲜血喷了出来，同时身子一个踉跄跌倒在地。她知道功法反噬已到了极限，不由得盯着男尸喃喃自语：“展白，展白……对不起，是我害了你，害你受这帮禽兽的折磨！我真没用……展白！”

说完之后，女尸的表情再次变得坚毅，她那原本毫无生机的眼眸突然绽放出光泽：“好，我答应你的要求！秘籍就在我身上，我现在就自闭穴道！怎么说你也是正道人士，是一派掌门，说话要算数！”

“当然！”吴作的眼睛闪着狡黠的光芒。

“好！”女尸举起僵硬的手指在自己的穴道上一点，之后就再也没有动弹。

吴作见状嘿嘿奸笑了起来，他丢下展白的尸首，走到女尸身旁说道：“真没想到啊，你就是五年前我们在江南小筑碰到的那个小妞啊！当时被大爷们伺候的可舒坦吧！哈哈……可惜了你当年的容貌啊，现在变成这副样子，不然大爷倒是可以让你再舒坦一回的！”

"吴作你……你要说话算数!"

"我说话当然算数!不过不是对你,你是邪派余孽,这次又杀了四大掌门,我吴作早已向全天下英雄保证要将你这样的歪魔邪道诛杀殆尽,所以我会对全天下的英雄说话算数,至于你,就等着受死吧!"吴作绕着女尸淫笑着说道。

突然响起了一阵掌声,吴作一愣急忙四处扫视,结果看到梁思思正坐在栏杆上冲自己拍手!

"灭天灭天,无法无天;吴作吴作,无恶不作。江湖儿歌唱的还真是贴切啊!不知素来以栽赃嫁祸、杀人越货为乐趣的吴掌门,第一次被人栽赃嫁祸成凶手,是何感受呢?"

"你!你找死!"吴作看到又是梁思思在捣乱,登时怒上心头,提起刀就要冲过去将她斩杀。

梁思思身后马上又探出个头来,指着男尸说道:"我们不找死,我们只是在找死——尸!你把他给我,我就不打你!"

唐玉嘴上说的利索,心里可是害怕的很哪。当然,他倒不是怕吴作,他怕的是那具女尸,他连正眼看她一眼都不敢。

吴作知道自己不是唐玉的对手,马上就放弃了杀梁思思的念头,而是一边拉着女尸后退,一边观察着地形。这时候他听到了楼下响起了熙熙攘攘的声音,他看到藏经阁下围观的武林群雄。

突然,唐玉朝着吴作冲了过去。吴作一踢旁边的木门,木门便直冲唐玉而来,唐玉不慌不忙再次伸出了他的手指,那青葱一样,比女人手指还要漂亮的指头,对着大门又是轻轻一点。

厚重坚硬的橡木大门突然就好像变成了豆腐一样,在指头刚碰到的时候就破碎开来。但指头的力道却没有停住,而是继续朝着吴作点去,速度之快,吴作已是避之不及,匆忙间他一拉身前的女尸,挡了唐玉那惊神一指。

"还好,没有被击中。"吴作总算舒了一口气,却看到唐玉的脸上浮现出了怪异的表情,那表情像什么?那是……嘲笑!

吴作还在诧异时,突然觉得眼前一花,自己的刀已经到了女尸手里。女尸一刀挥下,自己的右臂就像一个和自己几百年来毫无关联的木头一样飞出了藏经阁,引来众人一阵唏嘘。

吴作这才明白,唐玉那一指根本就不是要打自己,他是要解女尸的穴道。想不到自己居然被一个十多岁的毛头小子给耍了!

吴作的脸因为恼怒和疼痛变得血红,刚想反击就被女尸一脚踢倒在地!

小保镖已经退到梁思思的身边，和梁思思一起静静地看着眼前即将要发生的事情。

“梁少侠，梁少侠救命啊！我不想死！梁少侠救我！杀死四大掌门的不是我，是她！”吴作完全不顾自己的颜面了，他看到女尸眼中凌厉的杀气，知道自己一旦落在女尸手里，断无生还机会。

吴作拼命朝着梁思思爬去，这时月亮刚好出来，月光斜斜照到梁思思附近。而在吴作身后一步步靠近的女尸也终于在月光下露出了面庞，她脸上的皮肉已经斑驳，有些地方甚至可以窥看到头骨。

“仇少主，就此罢手吧！”失禅方丈的声音如洪钟般响起，武林群雄一片沸腾。

六

“怎么她是仇少主？她不是仇少主死了三年的爱妻吗？”

“那大婚上死掉的又是谁？”

“仇，仇少主，是个女的？”

……

女尸也是一怔，随即脸上露出古怪的笑容。

她僵硬的继续朝梁思思的方向跨出一步，嘴里一口鲜血喷了出来：“你也知道我是真正的仇少主？”

“刚刚知道。大婚之时，展白以‘仇少主’的身份出现，所以我一开始就认定了他是仇少主，而且潜意识里也觉得赶尸派的仇少主一定就是个男人。我第二次跑到地下室去检查尸体时，发现展白身上‘五雷轰动’的伤口其实是几年前所致，再加上慕容月跪倒在地的死状以及三位死者脸上出现的那个表情，我才明白了真相，赶去救千龙时已经来不及了，他的死状也更让我确定了真相。所谓的“仇少主”，其实是一具死了三年的尸体，是真正的仇少主用赶尸派的秘法强行给他制造了血肉，并且为了能让尸体行动，真正的仇少主也一定要在近处操控着尸体。大殿之上，众多武林人士面前，什么人才能够既控制着尸体，又不会被发现呢？答案只能是你——冥婚的女尸！”

“既然你已经知道了我是仇少主，我也不做抵赖。不过这个吴作恶事做尽，死有余辜！这次他又残杀了四大掌门，还企图将杀人罪责嫁祸给我！”

“哎，在发现你是真正的仇少主以前，我也一直觉得吴作的嫌疑最大，不过那时有很多疑惑我解不开，特别是杀人动机上。但当我知道你的真实身

份时也就都明白了，你确实是杀死四大掌门的元凶！”

塔下众人一片静寂，随后又因为四大掌门已死之事而一阵骚动。

“难道所谓的正派人士都如同吴作一般，只懂得血口喷人吗？”仇少主冷讽道。

梁思思微微一笑，没有理会她的讽刺，继续说道：“在吴作刚刚讲出五年前的事情之前，我一直认为你是为了十年前的灭门惨案和三年前展白被杀而报仇，没想到五年前还发生过这样的事情……吴作口中的‘大爷们’应该还包括雷动、司马悠、慕容月和千龙吧。”

“他们……”仇少主的声音哽咽起来。

“但是仇少主，你也确实杀害了四大掌门，而且你要的并不仅仅是取他们五人的性命，还要让他们五人在江湖上身败名裂，所以你策划了这场借冥婚和献出《天地秘籍》为由的屠杀。”

“你先偷取了黑白双剑，用黑剑杀死了你设计好的杀人夺宝最大嫌犯雷动，使众人误以为这是一场为《天地秘籍》而展开的争夺纷争，因此使得所有的武林人士都将目光集中到这件事上。”

仇少主大怒：“胡说八道！”

观望的众人竟然跟着起哄，梁思思便气不打一处来，狠狠地瞪了一眼下面的人。

“仇少主，请不要动怒，我梁思思不会故意冤枉人的，况且我对你……”梁思思使劲咽了下口水，转开话题说道：“你知道展白的‘死’和《天地秘籍》的丢失会让雷动成为众矢之的，紧接着你便杀死了雷动。雷动死前喊了‘鬼’和‘我们错了’两句话，并不是因为有人扮成了展白的样子，而是因为他看到了你！他之所以说‘我们错了’，并不是承认自己偷了《天地秘籍》，也不是承认还有同伙，而是向你承认十年前、五年前以及三年前所犯下的错误！

“你杀的第二个人不是司马悠，应该是千龙。因为司马悠死后立即被他的徒弟发现，我们随即赶到现场，那个时候千龙已经没有出现了，很快慕容月就冲出了房间，应该是直接来到了地下室，随后我和小保镖也到了地下室，便发现了慕容月的尸体，那时你还在地下室，之后我立即跑去了千龙的房间，他已经被杀了，这就证明千龙死亡的时间应该是雷动之后，司马悠之前。当时，千龙情急之下脱下裤子向你证明他已经是个太监，已经得到了报应，本以为这样你会饶恕他，没想到更加激起了你的愤怒。你杀的第三个人便是司马悠，他死时拼命想要抓佛珠，显然是因为看到了你，而且他的头拼命歪向一边，应该是你靠近他耳边说话的缘故。慕容月作为五年前的当事人之一，见此状况或许是想到了什么，所以匆忙冲到地下室，向你下跪求饶，结果还是被你一刀砍下头颅。之后便是我和小保镖到地下室查看尸体，待我们离开后，你就出去寻找吴作了。从方丈身边逃走的吴作刚好趁此机会溜进地下室偷走了展白的尸体，带来了藏经阁之上。当你发现展白的尸体不见时，便去吴作的房间翻找，所以吴作的房间才被翻了个底朝天，在那里你当然找不到，于是你就在寺内疯狂地找，最后找到了这里。”

众人听得一愣一愣，小保镖的脸上也现出了崇拜的神情，但梁思思无暇理会。

“几大掌门都知道千龙是太监的事情，所以从千龙自己脱下裤子这个举动上就能排除各个掌门人的嫌疑，从而将凶手锁定在你身上了。但是明明第二个就死掉的千龙，却最后被发现。可惜啊，可惜。如果，如果能早一步发现千龙尸体的话，或许可以阻止司马悠和慕容月的惨案了。”

梁思思冷静地看着眼前这个在月光下如鬼魅般妖艳的仇少主，心潮澎湃。这是她第一次遇到这样令人痛心的案件，虽然她确信整个推理过程与真相相差无几，但一想到仇少主这么做的原因，便心痛不已，她甚至开始觉得自己或许不该无情地揭露真相。

“阻止惨案？这不是惨案，他们都是罪有应得！真正的惨案已经无法阻止了，十年前、五年前、三年前发生的才是惨案，你如何阻止？谁能阻止？”仇少主说完，仰天长笑起来，可是那笑声到最后却变成了哭声。

“这三年来，我日日用《天地秘籍》的秘法帮展白修复腐烂的血肉，但始终无法修复胸前伤口处的坏死皮肉，所以唯有那伤口的痕迹……展白，这三年来我改变不了的地方，又岂止是那个伤口……”女尸柔情的望着展白哽咽着说道。

然而塔下众人却因为女尸讲到了《天地秘籍》的神奇功效而骚动起来。这时候所有人关心的依然只是那《天地秘籍》，梁思思因身为武林人士的一分子而感到深深的耻辱。

“《天地秘籍》真的有这等奇效！”

“赶尸派的武功竟然可以生死人肉白骨！”

……

仇少主说完又往前用力一踏，刚好踩在吴作的腿上。这一脚相当用力，吴作的腿骨顿时断成两截。

吴作惨烈的嘶喊了一声后晕厥了过去。同时，随着这用力的一击，女尸脸上龟裂的皮肤又掉落了几块下来，露出了森白的头骨。

唐玉和一大群武林人士再次吓得尖叫起来。

“哈哈，哈哈……你看到了吧？这就是所谓的正派！”仇少主不耻地望了眼塔下众人。

“仇少主，你为何要让自己受这般折磨？你这样做，展白也无法投胎转世了啊。”梁思思哽咽地问道，她第一次觉得眼前的女尸一点都不恐怖，相反，相对于塔下那群道貌岸然的武林人士，那女尸的白骨森森反而显得纯洁而美丽。

“投胎转世？为什么要转世？转到这个残酷的人世间再受一番折磨吗？而且我也不能让他就这样离去，因为他答应过要娶我为妻的……我们本应该过着神仙眷侣般的生活……但是这五个死有余辜的‘正派掌门’却害得我们本该神仙眷侣般的生活变成了……地狱！”说到这里，仇少主突然大笑了起来，每一次笑都牵动着龟裂的皮肤，让人害怕再掉下几块皮肉来。妖艳的容貌，惨白的皮肤和皮肤下的白骨在月色下显得异常阴森！

仇少主捡起地上的灭天刀，一刀砍在吴作的另外一条腿上，不过力道控制得恰到好处，只是砍到骨头，却没有断了筋脉。

吴作发出惨烈的叫声醒了过来，趴在地上泣涕涟涟哀求道：“你放了我吧，饶我一条狗命吧！我知道我们做了傻事，我们是禽兽！但是不要杀我，真的不要杀我啊！”

看到灭天门掌门居然这样苦求，有些武林人士露出了鄙夷的神色。

“你想要活命？哈哈，真是个只知道活着的畜生！也罢，你只要当着众人的面，把你们五年前所犯的罪行说出来，我就饶你不死！”

“好，好……我说，我说……是不是我说了，你就不杀我？”

“说！”女尸一咬牙又抖落下几片皮肤，半个脸的白骨几乎都露了出来了。同时女尸刀上再一用劲，吴作再次凄厉的惨叫。

“好，好我说……五年前，我和千龙掌门、雷掌门、司马门主和慕容庄主在江南小筑讨伐赶尸派余孽，路上碰到一对年轻男女。那个女孩长得非常漂亮，我们不觉动了心，就一起……就一起当着那个男孩的面，轮番强暴了她。”

“……我当时还只是个16岁的小姑娘，我根本不想管什么赶尸派的事情，只想着和展白一起浪迹天涯，做一对神仙眷侣，可是却被这群禽兽给毁了！”仇少主望着展白的尸体，眼中流出红色的血水来。

梁思思看到此时的月光刚好照到展白的尸体上，那宛若活着似的面庞深深触动了她的心。

“阿弥陀佛……”听到这里，失禅大师也重重地叹了口气。

“当时我们不知道你就是赶尸派的仇少主……我们以为……啊！”吴作还没说完，女尸刀上一用力，吴作的腿便飞到了一旁。

“在那之后，我终日以泪洗面，每天都试着了结自己的生命，却每次都被展白救活，这样的日子整整持续了两年。两年后，展白说如果要死，他便陪我一起死，但死之前要先报仇，之后他就给那五个畜生分别寄了一封战书。展白说过，即使是报仇，也要光明正大地去报仇，不能用一些见不得光的手段，否则也就和那些‘正派人士’一样了。他第一个找的是雷动，等我找到他的时候，他已经死了。那时我就发誓，不管用什么方法，我都要让他们五人身败名裂！”

仇少主说着说着，又是一口鲜血喷出，“眼看着他的尸体开始腐败，我不得不运用了《天地秘籍》的秘法，每天把自己的灵肉炼化到他的体内，我要让他跟活着的时候一样，然后再当着所有人的面跟他完婚……没有人能够明白融合灵肉的过程是怎样的痛苦……每次都要将自己的灵魂融入到他的躯壳内，每次都要忍受展白死去时那撕心裂肺的疼痛，炼化完之后还要承受自己皮肤尸化的疼痛。三年，我忍受这样的痛苦整整三年，现在终于到尽头了！”

“阿弥陀佛，仇施主，既然你大仇得报，就请放下屠刀立地成佛吧！”失禅大师沉声道。

“大仇得报……我的大仇得报了吗？当年赶尸派被灭门的仇呢？当日我父亲邀十大门派掌门共聚，是要献出《天地秘籍》让整个武林参学以便造福苍生。但十大掌门见宝时却起异心，反而偷袭我父亲，并把赶尸派诬为邪派进行围剿！大师，难道就这样算了吗？我可以算是报仇了吗？哈哈……”

“阿弥陀佛，冤冤相报何时了。”

“呸！我一死，赶尸派再无传人，怎么冤冤相报了？我今天要做的，就是把整个江湖欠我们赶尸派的、欠我和展白的东西全部要回来！”女尸说完，从衣服中抽出了一叠纸往梁思思身后上千武林人士中一抛，说道：“这便是《天地秘籍》，你们要，我就给你们！”

武林群雄一见纸张飘落纷纷争抢起来，随即有人大喊起来：“真的是《天地秘籍》！”

原来的争抢霎时演变成了厮杀，连无尘道长和银剑掌门也加入其中。不多时，已经有多人为了抢夺《天下秘籍》而惨死了。看来武林中，为了这零散的《天下秘籍》又将是一场腥风血雨！

看着后面那群如狼似虎的武林人士，失禅方丈无奈地叹道：“哎，冤孽

冤孽……”梁思思和唐玉则对望了一眼，从心底感觉到了恐惧：难道这就是江湖吗？

等梁思思转过头再去看女尸的时候，却发现吴作已经被斩掉了头颅，而女尸也消失了踪影。她不用想也知道女尸肯定去了地下室。

果然，地下室中已经点上了两支红烛。烛光之下，女尸正深情地抱着男尸一边泣血一边温柔地说道：“展白，我们的仇终于报了。这三年来，委屈你了。我很自私的强行把你留在身边，都不让你去投胎。不然你现在应该已经是一个英俊的小伙了……不然说不定我们可以以‘人’的身份见面，不过……我已经这么丑了，不再是你口中的那个漂亮丫头了……”

看到失禅方丈和梁思思等人过来，女尸的脸上第一次露出了温柔的笑容，尽管脸上已经只能看到白骨了，可是梁思思还是被那种温柔所感动。

“展白，你看，有人来参加我们的大婚了……”

七

梁思思看着眼前依偎在一起的两具尸体，心情无比沉重。原来这就是生死与共的爱情，这是她十六年来第一次感受到爱情那强烈的冲击。

“方丈大师，我可不可以求你一件事？”

“梁少侠请说。”

“帮他们完成这场冥婚。”

“老衲正有此意。”

梁思思感动地冲着失禅方丈一笑，随后抓了下头问道：

“方丈大师，你是不是早就知道仇少主的意图？”

“善哉善哉……”失禅方丈笑而不语。

经过这场风波，唐玉心中的江湖形象彻底被颠覆，他不解地问道：“方丈大师，我可不可以问你一个问题，江湖上什么是正派，什么是邪派？”

“阿弥陀佛……正亦是邪，邪亦是正。正派之人亦会心生邪念遁入魔道，而邪派之人亦会帮助弱小行善积德。所以江湖本就无所谓正派，也无所谓邪派。”

唐玉陷在失禅方丈的话语中，良久未语，甚至连方丈自己也似乎难以释然。梁思思想要说点什么，却又哽咽不语。三人就这样僵持了许久。

“不过我倒觉得，但凡江湖便总会有正邪派系之分，没有人能够制止这种规律。正派因行侠仗义的英雄而起，不相而立的是大奸大恶之徒所创的邪派，并不是应正派人士需要而被诬以‘邪派’的门派。十年前的赶尸派锄强扶弱、斩杀外敌，一时间威名响遍天下，转眼间因十大门派觊觎《天地秘籍》而群起攻之，正邪之分也就变得扑朔迷离了。但江湖需要一种信念，芸芸众生需要一种希望，正如我爹爹所言，正义需要正派这套外衣才能化无形为有形，变成大家心中的信念和希望。”

听到梁思思略带自语性质的话语，失禅方丈露出了释然的笑容。

第二日，少林寺大雄宝殿内再次举行了冥婚。这次的冥婚依然由失禅方丈主持，和前一日不同的是，这次是真正的冥婚。因为新郎和新娘都已经死了。也正是这个时候，梁思思看到了方丈所烧的生辰八字上写着女尸的名字：仇笑笑。

一个一看就会让人觉得应该是一个爱笑的女孩拥有的名字。

离开少林寺的时候，唐玉挠着头，似乎有什么问题想不通。

“思思，你说如果当年仇笑笑和展白没有遇到五大掌门，他们会过着怎样幸福的生活呢?”

梁思思看着血红的夕阳，再一看旁边挠着头的唐玉，突然有一种说不出的幸福感觉。

“一定很幸福吧。毕竟两个人一起活着。”

“这真的是江湖吗？怎么和书里看到的完全不同?”

“江湖……大概是吧……”

西游小妖泪

■ 奔走红尘

我是一名默默无闻的小妖。无事的时候总喜欢仰望那茫茫无尽的太空。我知道妖界只是乾坤六界(仙、魔、佛、妖、鬼、冥)之一，但妖界那气势苍茫的空间已足以使我仰望，更何况，在我们妖界，还有我的偶像，那个笑傲天地的传奇——悟空前辈的存在。

在我还是刚能听懂言语的小妖时，就听到整个妖界关于悟空前辈的传说。我小时候最喜欢听悟空前辈大闹天宫的故事。那时的我迫切希望长大，最大的愿望就是跟在悟空前辈的身后，跟着他向前冲，冲向前方，打败敌人，带着光彩的荣耀归来。我希望在那个时候看到悟空前辈举棒高呼，意气风发；我们众小妖齐声呐喊，要把灵霄殿都震得颤动起来……在我八岁那年，我看到父亲悲愤的脸和愤怒的眼神，同时也看到了二叔的尸体。我们的传奇——悟空前辈，在大闹天宫后被一个叫如来的神压在五行山下。我们妖界从来就没有停止过探视悟空前辈的行动，但是如来不仅设下了五行山这样高深无比的大法，玉帝还派了天兵天将看守悟空前辈，我们妖界前去探视的妖们，无一例外地失败了！不是被天雷打得残疾重伤，就是被天兵天将杀得魂飞魄散。那一次我的父亲、二叔和村里的几个青壮年妖去探视悟空前辈，我的二叔却被天兵天将活活打死。那时候我就恨起一个神来，那便是如来。他为什么要束缚我们的英雄？还不许我们去探视？

没人能救得了我们的英雄！至少我们妖界救不了！哪怕是苦练四百多年！

自从悟空前辈大闹天宫之后，玉帝就颁布了禁武令：凡六界要员收徒，必须要经天庭严格审核。于是我就自己苦练，向我妖界的父辈兄长们学习，我要救我心中的英雄出来！我的法力稍有进步，我就去闯五行山。好几次都是死里逃生，于是我就继续苦练。这样的战斗持续了四百多年。在第四百九十七年时，我的功夫终于有了小成。在五行山下一路杀上去，非常惨烈！数不清的枪尖在我眼前扎来，四面八方都是兵器，我浑身冒血，没有了一丝力气！我夺过敌人手里的一支长枪，撑在我的后背，不远处就是囚禁悟空前辈的洞口啊！我扭头，透过密如林的兵器和敌人的身体，我终于看到了一双充满灵性的眼神。那是多么调皮、无羁的啊！

它明亮，闪耀出让人不可遏止想要亲近的光彩；它沧桑，经历大起落后沉淀出看透一切的沉稳。

他看到我了！看到他认同而又悲伤的眼神，我终于确定悟空前辈看到我了！

悟空前辈，对不起！我四百多年的努力，到最后也不能救你出来！但我至少看到了你，这已是我能迈出的最远脚步！

原谅我的无能与愚蠢，明明没能把你救出来，为什么我的心里反倒为能走到这段距离而感到满足？

当我醒来的时候，观音菩萨慈祥地望着我。在那一刻我明白了，原来观音菩萨才是去五行山最频繁的！从某种意义上讲，她始终在这儿。她心系悟空前辈！在以前的冲杀中，就是观音菩萨好几次在暗中救了我的命。

“你是幸福的，有清晰的目标，义无反顾地战斗，对吗?”观音菩萨幽幽地问。我则静静地看着观音菩萨。

“可我不行！并非我贪图天界的位子与权势。如果我也反抗，那只会更加害了悟空。只要我在天界，我就总有机会救悟空出去。”

我的心一阵阵地疼。我知道观音是个善良的神，她幽静的背后肯定有无尽的凄凉……我只好问她：“你找到机会了吗?”

观音若有所思道：“这次有个机会。如来欲授经于中土，中土取经者需要保护，我会力荐悟空。我已请了许多朋友帮忙。”

我大喜过望……事情果如观音所说，如来听取了观音的意见，派悟空前辈担任取经和尚——唐僧的保镖，说是戴罪立功。

在取经和尚释放出悟空前辈的那一天，观音告知我天庭对悟空前辈仍然疑虑重重，只有如来并不在意。并说她总感觉有什么不对劲的地方，还告诫我说不要搞什么庆祝活动。

关于最后一点我另想了个办法，我把妖界推选我作为妖界之主的日子推迟到了这一天。我带领妖界群妖明着是庆祝就任，实际是庆祝悟空前辈的解脱，着实狂欢了一番！那一天整个妖界是前所未有的兴奋。没有什么心情比那天更喜悦！我们以自己的方式为我们的英雄打心眼儿里欢呼！

观音菩萨的不祥之感终于得到了验证。我找机会偷偷去看悟空前辈和取经和尚一行。就在我靠近他们时，悟空前辈便发现了我。令我惊呆的是：悟空前辈的眼神完全变了！此时的他更像是个没有思维的战神！我立即用法器远遁了去。我终于明白，一定是如来使了手段蒙蔽了悟空前辈的神志。

翻遍了妖界的远古典籍，我知道了如来用的术法叫“同族血咒”，但解法却让我瘫坐在古老的妖界资料室里。

“同族血咒，至毒之咒。唯杀同族、见血腥，刺激其大脑，可愈。”

在黑暗的房子里待了三天，我决定做一件事，我不在乎妖们会怎样看我了！走出大殿，我对手下群妖说：

“取经和尚唐僧乃十世修行之人，吃其肉，可长生。各位倘能得之，本主概不责罚!”

这也是整个《西游记》的一大谜案——究竟是谁说吃唐僧肉可长生不老的真正答案。

我是妖界之主，我爱我的子民，哪怕它是一只狐、一头鹿。但我又是如何爱它们的呢？我一句话就把它们送在悟空前辈的棒下，我眼睁睁地看着它们鲜血喷洒着倒下，在取经路上，我甚至提早就命令一些妖去等待唐僧!

传说中悟空前辈们一行要经历九九八十一难。我等不到了！在妖界的大殿上我整日坐立不安。终于有一天，我再也忍受不了小妖们所报告的死伤消息了！我崩溃了!

我向长老会提出辞呈，并向所有的妖们当面陈说了事情的原委，最后请求群妖给我一次机会，允许我在唤醒悟空前辈的事情上做最后的努力——我用自己的生命去刺激悟空前辈。

长老会罢免了我妖界之主的职位，但也批准了我的请求。在我出发前，长老会开始组织志愿者队伍以救悟空前辈，听说取名叫“飞蛾行动”。

我驾着云雾赶上了悟空前辈取经一行，悍然迎上了那无敌的棒法。我遗憾地发现差距竟是如此之大，我瞳孔中印出劈头而下的闪电一棒。我定定地看着我一直以来崇拜的传奇，如果他的眼神坚定，那么我就用自己的鲜血将他柔软；如果他的心地坚硬，那么我就用冷静来将他震撼；如果无法让他改变，即使是我的毁灭，那么我仍然无怨无悔愿意去做促使他改变的量的积累。

如果我可以选择死亡的方式，那就是拥抱死亡。此刻，我张开双臂，笑迎那曾经笑傲九天的雷霆一击……

她被预言将会成为王子的新娘

■ 怡容

一

妖精每天都很快乐，她本来就是一只爱笑的妖精。瞧啊，天空蓝得像块琥珀一样晶莹透明，春风温柔得像丝绸一样轻盈多情，花儿美丽得像彩霞一样绚烂多姿。这些可都是她最爱的东西，她一见着它们，就会咯咯咯地开心地笑起来。在妖精生长的国度里，有一群单纯善良的子民。其中有两个是妖精最好的朋友，一个就是飘在天上，每天爱变换各种形态的白云，另一个则是长在地上，喜欢对着溪水摆弄自己美丽面孔的玫瑰花。她经常去找他们玩，和他们聊天，交换各自的信息。

有一天晚上，这只妖精从玫瑰花那儿回来以后做了一个很不可思议的梦。能预知各种妖精命运而且博学多才的女巫向城堡预言，这只妖精将会成为王子的新娘。妖精快乐得像只小鸟一样到处飞翔，因为所有的居民都向这位未来的王妃微笑问好。可当清晨刺眼的阳光照着她的眼睛时，她就没有笑了，原来那个预言只是一场梦而已。妖精本来应该难过的，可是她那么爱笑，很快便恢复了那种快乐的神情。

可是第二天晚上，她又做了这个同样的梦。这次她没有很快地快乐起来，而是一副闷闷不乐、无精打采的样子。她去找玫瑰花，玫瑰花惊异地大声叫喊起来：

“瞧啊，我们的妖精怎么了？为什么看起来那么不开心呢？”

于是妖精把自己的梦告诉了玫瑰花。

玫瑰花听了呵呵地笑起来。

“这么说，妖精爱上王子了？你瞧，这都是我这张嘴惹的祸。要不是我告诉你有这么一位王子，我想你也不会受这种苦了。”

“这可不好办了。”玫瑰花低头沉思起来，“要想成为王子的新娘可不是一件简单的事情。不过说实话，这位王子也的确是够迷人的。如果上天照顾我的话，我也想呢。可是我只是一只平凡的妖精，他又怎么会看上我呢。”

妖精听了没有再说什么。可是从此以后她的性格就变了。有时候她会很开心地和老朋友们一起玩耍，有时候她又不得不去面对难以忍受的相思之苦而显出一副多愁善感的神情。白云和玫瑰花都说："这只妖精变了，再也不是以前那只可爱的妖精了。"

那么，这个王子究竟是怎么样的一位厉害的人物呢？从玫瑰花那儿得知，王子是一位本领非凡的人。他是这个国度里最受人爱戴并且崇敬的人。他高贵，优雅，英俊，他是这个国度里战无不胜的英雄。他是男士们的楷模，是女士们的梦中情人。可是他在最后一场战役里受了伤，这使得他再也无法提起心爱的宝剑了，也就是说，他已经失去了他非凡的本领。不过这并不妨碍他那骄人的身世。因为这个国家如今正是安乐太平的时候呢，用不着他去打仗了。

可怜的妖精真是不幸，竟然爱上了一位这么迷人的王子。

二

这个世界永远都是那么动荡不安。正当妖精所在的国度安享太平日子的时候，不知道从哪儿飘过来的一阵邪风动摇了它。有另外一个更加强大的国家要来攻打他们。

这个国度里的居民们这下可慌张了，他们到处寻找可以防御的方法。这个时候，他们想起了他们敬爱的王子。可是王子已经失去了战斗的能力。又有人说，住在这个国家一个角落的女巫知道怎么才能让王子好起来。于是很多人都去找她了，这个女巫的房子差一点被他们给挤破了。但当他们听到解救王子的方法时，几乎是同一时间，全都沉默下来，接着一个一个从女巫的房子里消失了。女巫的房子重新安静下来了。

那只性格变得多愁善感的妖精也来找这个女巫了。

女巫告诉妖精说：

"回去吧，我的孩子。你听到了会吓一跳的！"

"不，我要知道答案，我要救王子！"妖精坚定地说。

"每个人都这么说，可是没有人敢做！"女巫长长地叹了一口气。不过她还是好心地告诉了妖精。

"王子之所以不能打仗，是因为他失去了自己的心，除非给他一颗完整的心，他就可以好起来。一颗心是由九百九十九瓣组成的，只要有九百九十九个人愿意从他们的心上摘下一瓣送给王子，那么他就可以得救了。"

“可是摘下自己的心，我们不会死吗？”

“不，不，不会的，顶多痛一两天而已。可是他们都不相信我，他们说我想害死他们，还说我是敌人派来的奸细，想要愚弄他们呢！”说到这里，这个女巫伤心地掉下了几滴眼泪。

“我相信你！”妖精开心地笑了起来。

三

这个国度再次陷入了一阵恐慌。因为单纯的小妖精到处去游说人们拯救他们的王子。

“哦，不！”他们坚决地摇摇头，“那样我们会死的！”说完躲得远远的，再也不肯理她了。

妖精找了很多人，可是每个人都是一样的反应。她觉得很伤心，于是想去找她的好朋友——白云和玫瑰花诉苦。

白云和玫瑰花早知道了妖精的事情。当妖精过来找他们的时候，白云说道：“你不要说了。从前我们是最好的朋友，但是从现在开始，我们再也不要见面了。你会害死我的，你还是赶快走吧！”

“我这么做只是想帮你们而已。如果被敌人打败了，我们以后就没有好日子过了。”

“那样我还活得久一点。如果现在把心摘下来给你，我立马得见阎王去了。你快走吧，你去做你的大英雄，我做我的平民百姓，从此咱们两个再无瓜葛。”说完像风一样消失得无影无踪。

妖精很伤心，但是她想到了她的另外一个好朋友，于是去找她了。

“不，你不要太愚蠢了！如果我摘下自己的心，就算不会死，也会让我鲜艳的衣服掉色，那样我多难看啊！”说完关起自己的花房，不和妖精说了。

妖精这个时候已经完全没有办法了，她觉得自己很没用，竟然救不了自己心爱的王子。于是她倒在河边，伤心地哭起来。

这时候，从她的身后传来一阵动听的歌声。妖精听到这个歌声，马上停止了哭泣，好像重新获得了勇气和力量一样，她快乐地笑了起来。

妖精看到了那个唱歌的人，啊，她是一个多么美丽的花妖啊。她有着最迷人的外表和最动听的歌声。最重要的是，她竟然对这只妖精发出了友善的微笑，使得妖精再也没有难过。

四

单纯的妖精亲自去找王子了。这回她总算见到他了，她开心地笑着。不过她只是远远地看了王子一眼，因为她知道，她还有更重要的事情必须得完成。她找到了女巫，告诉女巫要把自己整个的心都给王子时，女巫吃惊地说："这样你真的会死的！"

"我不怕！"妖精再次露出了开心的笑容。

这个女巫没办法，只好这么做了，不然整个国家就得灭亡了。

"可怜的妖精！"她又落下了几滴伤心的眼泪。

获得了心的王子的确又像以前一样厉害了，应该是比以前更加厉害才对。因为他很快消灭了敌人，并且让那颗心完好无缺地保存了下来。

这个国家再度热闹起来，因为他们敬爱的王子即将和一位美丽的花妖，也就是那位唱起歌来很好听的，要结婚了。多么令人兴奋的消息啊！

那时我还只是条小黑蛇

■ 宋小铭

人生中最幸运的两件事，一件是时间终于将我对你的爱消耗殆尽；一件是很久很久以前有一天，我遇见了你。

——絮儿

絮儿说，人生有三样东西是无法挽留的：生命、时间和爱。

絮儿说，人生有三样东西是不该挥霍的：身体、金钱和爱。

絮儿说，人生中最幸运的两件事，一件是时间终于将我对你的爱消耗殆尽；一件是很久很久以前有一天，我遇见了你。

絮儿还说过些什么，我都不大记得了。只有这三句话，我倒是时时念起，有时候翻出来想一想，还是不大明白。

那时候，我还是一条小黑蛇。

那时候，我喜欢潜游在絮儿家的后花园里。在她家的后花园里，有一棵上千年的香樟树。香樟树枝繁叶茂，底蕴很深，听说在香樟树上修行，最是补气行气，有事半功倍之效。我常常爬上香樟树顶上，掩藏在树叶之间。

第一次见到絮儿的时候，她还是个四五岁的小姑娘，跟着几个小伙伴在香樟树下捉迷藏。我藏在叶间，看着他们嬉笑着在香樟树周围打转，很是快乐。有一个男孩子，竟然爬到了香樟树上，逼近我练功的枝叶，我无处藏身，只得偷偷地从树枝的另一端溜下来。

而絮儿刚好躲在树干背后，她看见了我，竟然一点儿也不害怕，更没有大喊大叫，而是调皮的冲我扮了个鬼脸。我迟疑了一下，钻进了树根下的草丛。

后来，絮儿让人在香樟树下摆上了一张石桌，几只石凳子。春天的午后，夏天的傍晚，秋日的黄昏，冬天的早晨，她喜欢在这里看书、写字或作画。

有时候，她会带来一把胡琴，对着香樟树弹奏起来。对于琴声，我虽然听得不太懂，但声音很悦耳，舒服得似乎浑身的毛孔都舒张开来，很惬意，很想睡觉。有几次，我在她的琴声中睡着了，竟然忘记练功。

在蛇族中，我是最懒的一个，一提到练功就头疼。别的蛇一年都能修成的口诀，我要练上个三年五年，而且还常常出错。爹从来都不喜欢我，他总是带着失望的口气对我说，小斩子，你现在不用功，将来你一定会后悔的。

可那个时候，我从来都不知道后悔两个字是怎么写的。直到将来的某一天，我真的意识到后悔时，一切都来不及了。

我成天盘在香樟树顶的枝丫间，看着絮儿在下面石桌上写写画画，偶尔还神神叨叨几句，看人类的生活，成了我最大的乐趣。至于练功，早已被我抛到九霄云外去了，那时候我的理想，是做一条自由自在的蛇，而且还有一个小秘密，那就是能够天天看到絮儿。

这种有一茬没一茬的修炼，我的功夫自然是差到了极点。爹娘都很生气，有时候罚我不准出洞，但是这些都难不住我，我总是有办法逃出来。

我喜欢躲在香樟树上，睡个懒觉或者什么都不做，只是待在上面，看着絮儿就好。可是后来，絮儿来后花园的次数渐渐地少了，直到有一天，她再也没有出现过。

我开始偷偷地溜到前院各处，以为可以看到絮儿，可是絮儿也不在前院，她去了哪里，我终不得知。那段时间，是我一生中最为灰淡最为无趣的日子。香樟树也懒得去了，成天待在洞里，睡大觉。

某日，族里年龄最长的长老对我说，只要我勤于练功，再蜕去一百层蛇皮，就可以幻化成人形了。蜕皮对于我们蛇族来说，等于是重生。有多少条青春好蛇郎，都葬送在蜕皮的这条道路上。可是，我不怕。如果蜕去一百张蛇皮，可以幻化成人形，那么即使前面是刀山火海，我也是愿意的！

可是，絮儿，她能等我那么久吗？

絮儿已经很久没出现在后花园了，香樟树下的石桌石凳上，早已尘埃弥漫，蛛丝网结。我常常在石桌石凳间滑行，希望可以嗅出点什么，可是什么都嗅不出，反而被尘埃呛得晕头转向。

日子开始变得沉腐，如同树上的落叶，一片片地飘下，然后一寸寸的化为尘土。

每年的三月初三，是我们蛇类聚会的日子。而今年的这个日子，较之往常，更为特别。这一年，刚好是新一轮蛇王和法王争夺赛的日子。在我们蛇类，每十年都要举办一次蛇王和法王的擂台赛。所有的蛇族都在这一天里，都有资格参加峨眉山顶的新蛇王争霸赛和四大护法的擂台赛。在蛇界，除了蛇王，护法是蛇类中地位最高的，每个护法分管一方，拥有一万八千平方公里的封地。

我的家族在蛇类中是一个大家族。每次都有很多青年才俊，参加十年一度的蛇王和护法大赛，可是无一例外的是——落败。听说成绩最好的，是上一届的乌青和云黑，两条修行超过一千三百年的大黑蛇，同时进入前一百二十名。可到最后，还是惨遭淘汰。

蛇类中有个不成文的规定，一条蛇，一生只能参加一次比赛。这种比赛很是残酷，包括很多不成文的规定，包括生死自负，伤残不管。

在我幼年的时候，曾随家族观看过一场蛇王擂台赛，那个场面，现在回想起来，仍然是历历在目，胆战心惊。失败的那条蛇，当场从峨眉山顶跳下，粉身碎骨。而有幸赢得比赛的那条蛇王，早已身负重伤，来不及参加新蛇王的庆典，便一命呜呼。尽管这样，每次参加蛇王争霸赛和法王争夺赛的选手仍然是前仆后继，数不胜数。

而我，只是一条修行了三百年的小黑蛇，这在我们蛇族中来说，还是个少年。我一直觉得，我只是个贪玩的少年，毫无大志，什么蛇王法王的争夺赛，似乎跟我无关。可是，现在，我却是非常非常地想去参加比赛。

今年的法王赛公文上明文规定：获得法王封号的四条蛇，每个法王除了拥有一万八千平方公里的封地，而且还可得到蛇族中视为圣灵的降仙珠。对于那个封地，我是不在乎的，我在乎的是那颗降仙珠。

降仙珠是一种植物的果实，传说它五百年开一次花，若五百年结一次果，然后经过一千年漫长时光洗礼，才得以成熟。吃上一粒降仙珠，再普通的蛇都可以增进百年功力，而且还有着返老还童、起死回生之效。如果我能夺得法王之位，有了一颗降仙珠，那么我就可提前百年变幻成人形。

这种被称做圣灵的降仙珠草，生长在灵湖深处，那是一处濒近南海之北的沼泽之地。蛇王安排了四百八十一种毒蛇，三千六百九十九条蛇守护在那里。而今年的三月，刚好是降仙珠成熟的季节。

离三月初三还有半个月，一般这个时候我们都躲在洞里冬眠。我牵挂着比赛的事情，正月刚过完，我就迫不及待地从洞里游了出来，我要先去看看絮儿。

南方的春天来得比较早，但空气中还是有些寒气逼人。我只能选择在正午的时候出行，那时候阳光最暖，也是一天阳气最盛的时刻。我溜进絮儿家

后花园的时候，迎春花早已枝叶繁茂，深绿的枝叶间，偶尔点缀着几朵金黄的花朵，似乎有点春天的气息。

我爬上香樟树顶的时候，香樟树的叶间刚刚冒出一点点嫩绿。我在上面躺了一会儿，风有点大，于是又溜了下来。刚一落地，就被一只冰凉的手，抓住了。

那手，粗大，厚实，掌心中结着厚厚的老茧。我还没反应过来，他的拇指和食指已经牢牢地掐住我的脖子七寸处，我挣扎着缠住了他的手臂。

可是，无济于事，他的手牢牢地掐在我的七寸，每一次挣扎，都是一次钻心的痛。我听到有粗犷的笑声："这个时节，竟然有黑蛇出没。天气有些异常。"说完，他把我扔进一只黑色的布袋子，笑道："今晚真是有口福，这条黑蛇虽然不大，但炖一锅汤却是极好的。"

我蜷缩在布袋里，将身体盘成一盘，头耷拉在肩头。那个时刻，我脑海里只闪过两个字"玩完"。遗憾的是，我还没有见到絮儿呢。

昏昏沉沉之中，有人打开袋子，复将我抓在手上。我顿时醒了，完了，我要被人类开肠破肚，吃肉喝汤了。如果我能开口，我一定会跟人类说，别吃我们蛇类。我的肉尤其不好吃，都是三百年的老肉，肉中有很多种寄生虫的，对我们蛇类来讲，虽无大害，可是对于人类来说，是有毒的。你们人类中的许多疾病，大都跟你们胡乱捕杀和猎食我们这些动物有关。

明知道挣扎无益，但我还是想挣扎一下，寻找最后一丝机会逃脱。上苍有好生之德，动物跟人类一样，也是害怕死亡的。我看见明晃晃的尖刀向我的脖子逼来，闭上眼睛，我的泪流出来了。（忘了告诉大家，蛇是没有眼泪的，但我的心中，真的很悲伤）

我闻到了一种熟悉的气味，这种气味，淡淡的，若有，若无，混合着香樟树的气味，很是独特。我知道谁来了，我睁开眼睛，在临死之前能够见到絮儿一面，就没有遗憾了。

"放了它吧！"絮儿的声音真的很好听，比百灵鸟的声音还要婉转。

我被放到了地上，但我并不着急走开。有多少天没有看到絮儿，她的样子还是那么的美，只是眉宇之间，有一股淡淡的忧郁，有种说不出的落寞。

走吧，回到你的地方去。絮儿冲我挥挥手，我滑入路旁的草丛。可是我并没有走远，而是钻进一个石头缝里，远远地看着絮儿。

"小姐，您回来了。怎么跑到厨房这般肮脏的地方来了。您需要什么，我给您做好送去。"这是刚才那个大汉的声音，我猜他一定是絮儿家的厨师。

絮儿冲那大汉微微点点头，说：“相公有点不舒服，我来给他做点吃的。”

相公？她的相公？怪不得这么久没有看到絮儿，原来她嫁人了。

望着絮儿窈窕的身子在厨房里忙忙碌碌，我黯然地离开。

距三月初三法王比赛还有十天时间。

我决定独自去峨眉山。反正在那个洞里，我是姥姥不疼，舅舅不爱的，在或者不在，对于他们来讲，都是一样的。

可真的当我做出这个决定的时候，下一秒钟，我就后悔了。我根本就不知道峨眉山在哪儿。不过，当我真的行动起来，这个问题反而不是问题了。因为有很多条蛇忙着去参加蛇王或法王的争夺赛，都拼着命挤上峨眉山，我只要跟在它们后面，不用问路就被带到了峨眉山。

当然，去峨眉山的路上，并不太平。那些自视清高，眼高过顶，来自不同蛇族的蛇们，自然容不得别的家族里有蛇比自己强，明算暗斗，各种厮杀，甚至是热闹。幸好我是孤身一蛇，没有亲友团相随，而且道行又浅，没有一条蛇瞧得上我。

一路还算顺利。只是临近九江的时候，发生一点小状况，有一条小菜花蛇犯了花痴，竟然说爱上了我，一路纠缠着我不放，这个，着实在我的计划之外，顿时手足无措。

菜花蛇很是妖娆，扭动着比柳条还细的腰肢，追着我问：“黑蛇哥哥，你叫什么名字？好帅啊，我好喜欢你啊。我们结伴而行，好不好？总比你一个人孤单寂寞要好。”

我宁愿孤单寂寞。

面对着菜花蛇的热情进攻，我只得落荒而逃。做蛇也有蛇的原则，不可以随便谈恋爱的，更何况我还有大事未了。从九江到十堰，这条叫做菜花的蛇，就一直尾随着我，纠缠着我，着实让我费神费力。幸好在武当山下来了一条叫铁头的红花蛇，跟菜花一拍即合，从此郎情妾意，走上了幸福的康庄大道。

可当我在峨眉山顶，再次看到菜花的时候，陪在她身边的不再是铁头，而是三眼蛇。我招呼也懒得上前去打，这种烂蛇，一点恪守都没有，向来是我不耻的。

比赛分两个区域进行，分别设为蛇王争霸赛和法王争夺赛。法王报名程序很简单，登记一下就成了。然后分区，列队，进行一对一对决，胜者再参加下一轮比赛。如此循环，直到场面上只剩下十六条蛇的时候，进入决赛。

决赛分两部分进行，第一部分考验智力，由主持人提出各种问题抢答，得分最高者进入下一轮，此轮淘汰八名选手。第二部考验体力和毅力，八名参赛选手，徒步爬行三千公里，并在这三千公里的途中，设置各种障碍和陷阱，谁能安全到达终点，然后安全返回，排名前四位的选手赢得比赛。这其间，不得使用法力，一旦违规，等同于放弃比赛。

比赛足足进行了一周，才得以落下帷幕。而我却没能坚持到最后，未能进入决赛，就惨遭淘汰。当我从比赛场上退下来，着实让我难过了好一阵子。不过没多久，我就释然了。虽然没有取得比赛的最后胜利，但我毕竟努力过，也坚持过，也算是没有白来一趟吧。

再次回到絮儿家后院的时候，那里已是荒草连天，似乎好久都没有人居住，成了一座荒园。现在是四月天气，正是乍暖还寒的时候。仅仅只有一个月的时间，怎么会发生如此大的变故？

后来我才知道，絮儿的相公是当朝宰相家的公子。在迎娶了絮儿之后，她的父亲被连升了三级，进京做官去了，于是举家迁居到京城。

我盘坐在香樟树的顶上，看着园子里的各种花草，没有人打理，虽是胡乱的生长，但是一片勃然。我想起小时候的絮儿在院子里追逐打闹的情景，还有少女的絮儿，安安静静地在院里看书写字的情景，心中不免黯然。

絮儿，你在哪里？

我想你了，你却不知道。

白天我在香樟树上打坐，晚上回洞里练功。

日子就这样一天天地过去了。

蓦然间，我已经蜕去了三十层蛇皮。而这院子一天比一天衰落。除了这株香樟树，院子长满了野花杂草，而那些絮儿当年亲自种植的花花草草，多半凋零消亡，侥幸存下来的，也是营养不良，枯枝败叶。

院子里成了田鼠、野猫、野兔、飞鸟和各种小蛇的乐园，它们在院子里肆意妄为，成天嬉戏闹腾，庭院早已被糟蹋得不成样子，破落不堪，室内更是蛛网深结，尘埃漫天飞扬。

我日日在香樟树上打坐，不再念起这些俗事，絮儿就像一个梦一样，存在我年少的心里。在每条年轻的蛇心里，都有着无可遏止的喜欢和爱，这种爱，因为盲目而执着，变得更加的美好。

而絮儿，就是我心中的那片美好。

就在我几乎要淡忘了絮儿的时候，絮儿又回到这里。

她请了许多工匠，将园子里仔细修缮，叮叮当当的忙碌了一些日子。她带着两个仆人住了进来。

而此时的絮儿，不再是当初那个青春忧郁的少女，而是一个美丽温柔的妇人。

絮儿在靠近香樟树的地方，修建了一间小小的佛堂。她除了一日三餐，大都在佛堂里度过。我从香樟树上溜下来，悄悄地爬上佛堂屋顶，看着她端坐在佛像前，低眉善目，右手攥着一串沉香木制成的佛珠。

以后，只要她待在佛堂，我就会潜上屋顶，听她诵经，也成了我每日的必修之课。

絮儿在这里深居简出，除了那两个年老的仆人，很少看到有人进来。虽然没有人进来，但这里离闹市较远，周围都是山川野地，各类猛禽野兽，倒是时有侵犯。

但是有我在，守护着她，任何猛禽野兽都不可能伤害她，倒也相安无事。

两年之后，絮儿家来了一群不速之客。领头的是位衣着华丽的中年男子，他的身后，是一群带刀的侍卫。

他站在絮儿面前，长发如墨散落在那纤尘不染的白衣上，只稍微用一条紫带把前面的头发束在脑后，全身散发着跟他的剑一样冰冷的气质！如利刀雕刻而成的立体五官散发着冰冷的气息，薄薄的嘴唇好看的抿着，深邃的看不到底的眼睛正怒视着的絮儿。

你果然在这里。

你还是来了。

两人的对话很是简单。

絮儿低头转动着手中的佛珠，不再说话，白衣男子站了一会儿，低声问道："你当真不跟我回去？"

絮儿沉默着，只是转动着手中的佛珠，仍是不语。

男子拔出长剑，剑锋指前絮儿，愠怒道："你以为我真的不敢杀了你吗？"

絮儿闭上双目，脖子向前一挺，剑尖刺入半寸。顿时，丝丝鲜血从剑锋上冒了出来。

我虽然懒惰，却不愚昧。大抵也看出了絮儿跟这男子之间的关系，不明

白的是，这男子为何要杀絮儿？他们之间，一定有许许多多的过节或者误会，不然絮儿也不会孤身回到这里。我从屋顶上跃下，冲开指向絮儿的剑。但同时，我感觉背后一紧，有隐隐的痛传来。

白衣男子大惊失色，仅仅是片刻之后，他就挥动着剑逼上来。我紧护着絮儿，不让他靠近。紧接着，他身后的侍卫都围了上来。

退无退路。

我只好放手一搏。

絮儿见状，冲了上来，护在我前面，凄然道："泽羽，你放过它吧，我跟你回去。"

泽羽手一挥，侍卫们都退了下去。

絮儿将我带进佛堂，仔细的擦去我伤口上的血迹，一边包扎，一边低声道："人生有三样东西是不该挥霍的：身体、金钱和爱。你这条笨蛇，这种场合你竟然也敢出现，当真是不要命么。"说完，她望了望窗外的那个白衣男子，长叹了一口气，低声说道："人生还有三样东西是无法挽留的：生命、时间和爱。"

走吧，去你该去的地方。

包扎好伤口，絮儿望着我，轻叹了一口气，道："走吧，这个地方，最好永远都不要来了。"

絮儿跟着白衣男子走了，这里又恢复了往日的沉寂。

第二年的夏初，我终于蜕掉了第一百层蛇皮。

我按照族里长老教我的口诀，念动着咒语，许久之后，我还是没有变幻成人形，望着仍然修长的蛇尾，难道我记错了口诀？

回到山洞里，那长老早在十年前遇害身亡。关于那个蜕皮百层，换化成人的故事，似乎变成了传说。家族已没有先前的枝繁叶茂，娘对我说，由于人类的大肆砍伐，森林面积大幅度的减少，直接影响到我们蛇族以后的生存。

娘说，有很多的蛇族和其他的动物，都不得不迁到更远的山林中。这个地方已不是很安全了，估计过不了多久，我们也得搬离。

我说，我们祖祖辈辈都生活在这儿，熟悉这里的山山水水，搬去别处，一切都得从头开始啊。

娘叹了叹气，说，这也是没办法的事情。家族里的成员正在日益减少，如果按照这个趋势，再过百年，我们都快灭绝了。

娘，你不会是在吓唬我吧。

我还没有成亲呢。

娘笑了笑，抚摸着我的头，道："孩子，没想到这么快你就长大了。娘这就出去转转，看看哪家有合适的，给你寻一门亲事。"

我赶紧告饶，向娘撒娇道："这个就不劳娘操心了，孩儿心中自有合适的。"

娘追问是谁家的。

我自然是不会说的，谁都知道，蛇是不能爱上一个凡人的，即使成了精，做了妖，换成人形，也是不能爱上凡人的。

这个道理，我懂，当我还是一条小黑蛇的时候，娘就对我说过。可是这世间上的许多事，是我们自己可以说得清的吗？

当我蜕下第三百张蛇皮的时候，我还是不能变幻成人形。对于幻化成人，我已经不抱任何希望了。可是希望，就像星星之火，只要有风吹过，足以燎原。

某日，和族中一个小兄弟聊天，他跟我说，冥山里住着一个巫师，用法术可以变幻成人形。一想到变幻成人形，我又想到絮儿，这么多年来，她过得怎样？那个看似她相公的白衣男子，有没有为难她？

冥山靠近北海，属于极寒之地。这对于我们蛇类来说，不是个好去处，蛇类是畏寒的。我咬咬牙，一路坚持着走到了冥山，找到了那个所谓的巫师的时候，我都快冻僵了。

在我的理论中，巫师应是个古怪的老头，或者是邪魅的老太。而站在我眼前的却分明是一个俊美少年。淡紫色丝质长衫，眉目如画，唇色如樱，肌肤胜雪，精致的五官，额前几缕长发随风逸动，淡紫色的眼眸里清冽如水。

我一惊，从没有见过如此美丽的少年。

一紧张，舌头就打哆嗦，问："我……找……巫……师……"

少年淡淡一笑，我就是。

你是？

少年点点头，从头到尾，反反复复地看了我几次，说："按你目前的修为，顶多再过个三百年，你就可以自由的变幻成人，没必要走这个捷径的。"

我一脸的坚毅。

我恨不得立刻此时就能变幻成人。

少年望着我，盯着我看了好长一段时间，问："你想变成人类？"

我点点头。

任何一个妖精，最终的梦想，不是成仙，就是成人。

想变成人不难。要剥下你身上的九百九十九片鳞片，和着你自己的鲜血，加上我独门配置的灵药，七七四十九天之后，你就可以自由地变成人类了。不过，你初为人类，不能长时间待在人群中，跟人类相处的时候，每次都不能超过三个时辰，每超过一个时辰，会减少你一年的道行。当你的道行低于一百年时，你就是一条普通的黑蛇了。

这个你得想清楚啊，一旦开始就没有退路了。

我几乎是毫不犹豫地就答应了。

我从来都没有给自己留过后路。如果能做上一天的人类，哪怕让我此刻就死去，我也是情愿的。

少年默默地点了点头，转身，指着庭前一张竹床，淡然道："你躺上去吧。"恍然中，我似乎听到他的一声叹息。

七七四十九天之后，我几乎不用口诀，只要一个意念，立即就化成人形了。

对于这个结果，我相当的满意，当巫师少年说可以离开的时候，我几乎是迫不及待的就走了，竟然忘记了跟他说声"谢谢"。

临走的时候，少年追出来，对我说，他叫章沐原，并嘱咐我每次跟人类相处的时间不能超过三个时辰……

章沐原，去你的三个时辰吧。

我笑了笑，能够做一次人类，跟喜欢的人在一起，即使让我永远都只能是一条黑蛇，我也愿意的。

终于，我可以以人的姿势出现了。我化成翩翩公子，走在大街上，大街上处处都充满了春天的气息，和煦的阳光，温暖的春风，令我沉醉。

然后我去了京城。

可是，京城里没有絮儿。

我在大街上问过许多人，也去宰相府里打听过，可是所有人都说不知道。

那天，白衣男子究竟带她去了哪里？难道没有回到京城？

这时，我猛然想起，章沐原曾对我说过，在冥山上一天，人间一年。这样算来，我在冥山呆了四十九天，人间就是四十九年。算上当初絮儿被她相公带走的时间，时间已过百年。

原来的絮儿，已不是絮儿了。

想通了这一点，我没有再去寻找，而是去了地府。

有钱能使鬼推磨，这话真是不假。我只是花费了一丁点金银珠宝，就买通了负责人道轮回的判官。

判官说，絮儿已再世为人，是江南某地富豪之千金，小名唤作秋儿。依据判官的指点，我很快就找到了秋儿。

秋儿年方十六，正值妙龄。

我找到她的时候，她已是病入膏肓。她的父亲，四处张贴着悬赏告示，赏千金救治，更有万贯家财相赠。

我几乎是不费周折就走近了秋儿。

我揭了城墙上的告示。

秋儿平躺在床上，形容枯瘦，气若游丝。我望着她，泪水就流了下来。秋儿，不，絮儿，前世里，你救了我两次，这一世，让我来报恩吧。

秋儿病得很严重，江南各地的名医都束手无策。我仔细查看了她的病症，原来是误食某种食物引起的中毒，而被一些江湖郎医使用各种偏方之后，更是积累了各种毒素，导致病情加重。

判官说，絮儿在那一世里，她的儿子和丈夫起兵谋反，导致天下大乱，民不聊生，死伤遍野。所以这一世里，她虽然身在富贵人家，却一直多灾多难。她的病，只有上百年的蛇胆可以救治。

蛇无胆不活。

我望着她，一动不动地躺在床上，终于流下泪了。

或许我是可以救她的。

回到房间，我沐浴香熏，终于可以回报恩人了。我刚拿起尖刀，手腕被一只手抓住了，抬头，原来是章沐原。

怎么是你?

章沐原默默的夺下我手中的刀，说，你要取胆?

我点点头。

章沐原摇摇头，轻叹了一口气，道："当你不辞一切来到冥山，求我施法变成人形，我就知道会有这样一天的。可是，小斩，你跟她终是无缘的。"

"说什么有缘无缘，我只要她好好活着，其他什么都无所谓。"

"她真的值得你这样做，连性命都不顾?"

我郑重地点点头。

章沐原不再说什么，握着我的手，递给我一块似墨非墨的东西，道："你也不必取胆自杀了，你将这个化成水，一日两次，七日之后，她就没事了。"

说完，他就走了。

我追了出去，早已不见人影。

秋儿的病，一天比一天好起来了。

秋儿的父亲果然很高兴，赏给我大批的金银珠宝，都被我婉言谢绝了。只要絮儿，不，秋儿好好的，我什么都不要。

什么千金富贵，在我眼里，连粪土都不如。

秋儿的父亲见我翩翩年少，气宇轩昂，一副视金钱如粪土的气概震住了他，以为我有什么非凡的家世，当即将秋儿许配于我。

我自是求之不得。

章沐原，还说我跟她之间无缘，不是很有缘吗？

春风得意。

婚礼定在下个月初七。

可就在婚礼当晚，我被一些来历不明的黑衣人重伤，有一刀离我七寸只有半寸，险些要了我的命。流了太多的血，我差点在现场露出原形，幸好在这个时候，章沐原及时赶到，出手救了我。

章沐原说："秋儿在出生之前，就被许于他人。那些杀手，都是她父亲找来的。你成不了他的乘龙快婿的。"

我不信。秋儿的父亲一脸忠厚，对我礼义周到，他为什么要这样做？

"人间的事情，你终是不明白。"章沐原从怀里掏出一张黄色娟纸，上面写着几个龙飞凤舞的大字，一斩天下。

一斩天下。

我终于笑了，胸口的血大朵大朵地喷了出来。

章沐原背着我回到当初修行的那棵香樟树下。

香樟树的枝叶早没有先前茂盛，头顶的枝干已经枯黄。

才几年不见，这香樟树何以这样憔悴？

章沐原不再说话，将我平放在香樟树的根部，伸手从香樟树的根部掏出一块似墨非墨的东西，一半嚼烂敷在我的伤口，一半和水喂我服下。

顷刻之后，我感觉心口有一团火在燃烧，片刻伤口自然愈合，一点疤痕都没有。

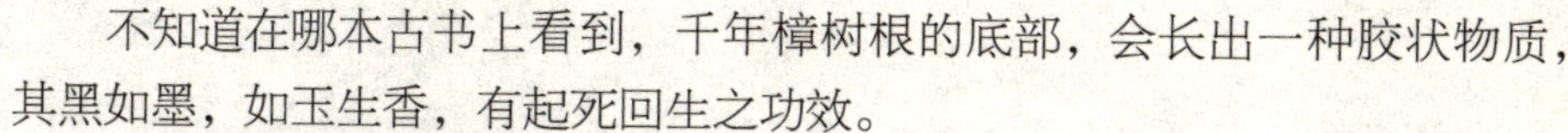

不知道在哪本古书上看到，千年樟树根的底部，会长出一种胶状物质，其黑如墨，如玉生香，有起死回生之功效。

“你记得这棵香樟树吗？”

“记得。”我点点头。

章沐原笑了，说：“我就是它。”说着，他摘下头上的帽子，一头飘逸的长发飘动了起来。

你不是个男的吗？怎么会是女子？

章沐原嫣然一笑。

“你若是男子，我就是为你倚门守候的女子。”

“你若是女子，我就是为你顶天立地的男子。”

说着这些，她在我的眼里开始迷离，慢慢地跟香樟树成为一体。而此时，我的脑海里渐渐地想起很久以前絮儿曾经说过的一句话：人生中最幸运的两件事，一件是时间终于将我对你的爱消耗殆尽；一件是很久很久以前有一天，我遇见了你。

人怎么懂虫的悲伤

■ 小白水

1. 死神之子

作为精锐部队队员，阿诺在队里可算是尽忠职守，表现得相当出色的一个。每次军团需要连群结队出发到人间界寻找食物，他总是一马当先，并且不顾后果地，扑向那食物的源头，拿着生命跟食物搏斗。

面对如山般巨大，危险性极高的食物源头，阿诺表现得毫无惧色，他一味与时间竞赛，务求在最短时间内获得最多的粮食。就看他勤劳而不知危险是何物的模样，将自己置于危险境地而不顾。

“难道你就这么不顾家？我们脆弱的身体一旦被打倒，轻则五脏六腑俱裂，重则四肢百骸就这样捏成一团了啊?”妹妹这话也不知说了多少遍。

可阿诺却是依然故我，忽略家人的忠告，只顾大口大口地吮吸那赤红汁液。

然而巨大的利益也总伴着极高的风险，阿诺已徘徊过生死边缘好几次，他好不容易躲过如飓风般凶猛的掌击，忍着呼吸冲出密不透风的毒雾围困。当众人看着他于极度恶劣的环境中存活过来时，无不为他的幸运而啧啧称奇。

“你是靠什么冲出重重困难的?”不少传媒记者在访问他的时候，都离不开这个问题。

而他只是淡而简短地回答说：“忘我与运气!”

正因为阿诺这种打不死的精神，以及每次都能侥幸从死神利爪中逃脱出来的特殊技能，在军队里甚至有人戏谑他为传说中的“死神之子”!

可即使这称号他并不喜欢，却做着与这称号完全相符的事来。这又怎么说？皆因他已有不少这样的前科：与他参与执行任务的队友，有的战后不是离奇失踪，就是当场被敌人拍成肉酱。即使有幸跟阿诺回来的战士，不是肢体残缺，就是体内积存了过多毒雾而武功尽废，最后迫于无奈要弃甲归隐……

那些相信阿诺是死神儿子的战友们，本以为死神之子就该受到死神的庇佑，自己也能得到最好的庇荫的，又怎么料到死神只保佑儿子一个，而自己却是将士一去不复返呢？他们在人间界里死得透彻，死得淋漓，他们仿佛一朵朵血色的小花，在猎物的身上绽放，最后还被无情的白纸巾覆盖了生命。

可说来也奇怪，那些将士们与瘦骨嶙峋的阿诺相比，阿诺若执行任务，就只有送羊入虎口的份，哪里想到这常理会被打破？在云云将士之中，唯独他一人能存活下来。

“阿诺你是会克死同伴的，你才是真正的死神！”当这谣言在族内传开，不少倾慕阿诺那幸运能力的队友便迅速改变初衷，又向他投以鄙夷目光，并逐渐疏远他、排斥他。

这一切阿诺都没有介意，试问看着队友在面前一个个死去，没经历过这些的人又怎会明白他的苦？即使解释再多也是枉然，再说他亦不善言辩，只能默默地背负这莫须有罪名，而等待一个替自己洗脱罪名的机会。

最终他等到了，一个得来不易的特派任务。

阿诺被特地召到军方位于水渠底部的会议室，只见那发霉的烂纸盒里坐着十来名大将，为首的是维纳斯，五星上将，他看见阿诺来了，脸就笑得开了花，且是相当邪恶的。

“阿诺你来了，那实在太好了！”维纳斯接着说，“你在战场上的表现，我们一致认同；你无比坚毅与努力让我们同意委派你参与这难得的特派任务！”

突然的惊喜叫阿诺立刻呆立在那里，嘴巴张得很大，好久反应不过来，内心的激动难以言喻。谁知他一直渴求的实力证明来得如此之快？

维纳斯见他好久不说话，还怕他不答应，又说：“等任务完成后，你跟我们一样，都是大将军了！”

惊喜一次又一次震撼他弱小的心灵，他没说话，只是紧张地抬起那只瘦弱漆黑的小手往嘴巴里擦了擦，这代表了他向上司特殊而隆重的敬礼。

“但那是什么任务呢？”阿诺未被惊喜冲昏头脑，相当冷静地问。

“你的任务相当重大，就是独自潜入人类的灭虫部，毁灭敌人的杀虫剂制造工厂……”说着，维纳斯掏出一叠战略数据，又喃喃地说着一些任务的大概纲要。

而阿诺此刻心里涌起了为国家担忧的情感，心想蚊子种族为何仍未能到地面世界立足，只能卑微地生存在黑暗的污水渠里？很大原因是敌人开发的生化杀虫剂的毒效威力过分强大，至今不少消息显示，蚊子战士还未接触到敌人，便被生生闷死在战场上；即使侥幸归来的战士，因身体染上杀虫剂的残留物，回来也没有完善隔离措施，而那些残余物就像传染病一样，在群体里互相感染。历史就有过数次灾难性的传染病，每次都有成千上万的百姓因中毒而死去。由此，捣破人类制毒工厂已成为蚊子军团的战略议程里，一个远大而艰巨的目标！

于是，披上战袍，拿上背包的阿诺，从积满污水脏物的地下水渠基地出发，向着充满光明的人间界飞去。这次是他首次单独执行任务，心情难免有点落寞，他频频扭头察看，心里渴望有同伴为他送行，可惜事与愿违，他根本没看到任何同伴，而剩下两只呆若木鸡的守卫站在洞口两侧，也只是冷冷地瞪着远方。阿诺仍是礼貌地跟他们挥了挥手，便冲出这个湿漉漉的黑暗地域。

阿诺又怎会知道这特派任务的背后的黑幕？刚好这任务要求单独执行，且不说不用顾虑战友安危，这也是很好的锻炼与展示实力的机会。阿诺很渴望证明自己是出色优秀的，能独当一面的大将。

阿诺熟练地从背包掏出一副护目镜，毕竟常年生存在黑暗之处，而突然暴露在光明之中，对眼睛的损害可是巨大的。待到那双复眼适应光亮环境后，他才飞到车来攘往的马路旁的一棵小草上，静静地潜伏着。

也许大家认为他是不可能完成任务的，才委派阿诺这死神之子去吧？在阿诺眼中，这固然是他们托付给自己的重任；可在族人眼中，这仅为剔除死神祸害而设的小把戏。

2. 特派任务

“根据前辈们的资料，杀虫剂工厂应该位于……”

正当阿诺埋头苦读前辈们用鲜血换来的数据的时候，一个巨型玻璃烧瓶在迅雷不及掩耳之际，笼住了毫无戒备的阿诺，待他本能地从瓶口处飞逃时，一个大木塞已将烧瓶紧紧封住。这玻璃瓶密不透风，却能清楚看到外界事物。

阿诺的计划赶不上突来的变化，惶急地在瓶内胡飞乱撞已是他唯一能做的反抗，却很无效。他就此成了笼中鸟、瓶中囚。他用恐惧的目光望着眼前的巨人，却叫不出任何呼救声。

“嗯！总算逮到一只样本了！”那穿着白色袍子的巨人，披着一束长发，那双水汪汪的黑白水潭里反射出神采与斑斓。她纤细白嫩的手指捏着一个手掌般大小的烧瓶，又得意地朝玻璃壁轻轻弹了一下。

“叮当！”一声响亮而彻耳的声音回荡，震得瓶内的阿诺不由自主地上下左右弹跳，却无可奈何地摔在瓶底。

“哼哼！”阿诺嗤之以鼻，又愤愤地大喊道：“这种玩敌心态我最讨厌了，你要么把我拍死，要么把瓶子打开放我离开！”可怜的蚊子声音小得谁也听不见，再说巨人也听不懂他说什么！

她温柔笑道：“这小东西真顽强，幸好姐姐我只抓你回去研究，实验完毕后你将会得到完全改变。”

澄子，这个科龙大学出身的医科毕业生，早前因发表一篇关于改变雄性蚊子基因，并利用此技术整治蚊害的论文，年仅二十岁的她便成为科学界炙手可热的耀目新星，她很快被政府招揽，并成为灭虫对策部的主力成员。

她的研究范畴单一，就是主张用最清洁、最环保的基因改造法来整治蚊害，而逐渐废除对人体呼吸道有害，并会破坏臭氧层的杀虫剂。也因为她的研究成果屡有进展，部门很快便给她配置了独立实验室，里面除了有世界一流的研究设备外，还有她独立研发的生物基因转化器。至于这机器的效用目前仍未明朗，皆因这是她首次使用。

阿诺很快被澄子送到实验室，本就有些研究狂特质的她，迫不及待地便将需用仪器的开关一口气打开，那些黄的红的绿的眼睛突然闪现出耀目的光芒。机器的运转声，电磁波唧哩唧哩的打击声，混合而成一支让澄子翩翩起舞的交响乐。可在这嘈杂声中，阿诺身体瑟瑟发抖，对未来是光明还是黑暗犹豫万分的他，早已失去当初接受任务时的威风凛然。

“看来死神之子之名也只不过是一场玩笑罢了。”他绝望地笑了，他不敢闭眼逃避，因为才刚闭上眼，他便看到一张赤红镰刀往颈项掠过来了。

那边阿诺还没有心理准备，这边澄子已准备就绪。

“来吧！实验开始！”却见她将烧瓶浸在那青绿色液体的实验缸里，缸内气泡喷涌而出，上升而后胀破。这一幕在童话故事里也很常见，就是巫婆在缸内搅拌着邪恶骇人的沸腾毒液的一幕。

澄子并不觉得恶心，只待烧瓶内的蚊子没入青绿液体后，才抽出那沾满黏糊绿液的手，往洗手盆走去。

“哎！怎么回事?”疼痛感牵动着澄子的神经，她下意识看看右手指头，一道不深的划口正在渗血，再看看烧瓶，瓶口边缘有着个缺口。

“真大意啊！该是太用力弄坏烧瓶而割伤的吧?”她叹了口气，很快又恢复了雀跃表情。她用消毒液彻底清洁伤口，又用胶布封住，也不去看可怜的“白老鼠”阿诺，便慢条斯理地去吃桌上的三明治。

被液体包裹着的阿诺有些叫苦不迭，这里没有空气，没有食物，身体黏在浓液体里也不能动弹。他就像等待烤刑的囚犯，随着时间一分一秒过去，煎熬感却是一点一滴地增加。

3. 进攻人间界

阿诺目前生死未明，蚊子军团如今大可放心按照原定计划，大举进攻人间界。毕竟死神之子已去，士兵们再不用愁会离奇死亡。那个曾跟阿诺同为战友，又互为竞争对手的菲力，如今率领着数十名战士的小队朝人间界进发。

“我们的时代来了，可怜的人儿，哀号吧！号哭吧！就让你们瞧瞧我族的威力!”菲力振臂一呼，十来名战士也是士气大振，不时用沾着黑屑的脚抹了抹脸上的黑枪，他们野心勃勃，眼神充满占有欲，仿佛眼前就有不可估量的食物在朝他们招手。

于是趁着寂静的夏夜，菲力一行人如入无人之境般来到政府官邸。那夜战士们可说是吃饱了肚子，撑圆了肚皮，又叫那班政府官员们一夜狠痒，无心睡眠。就在第二天清晨，政府办立即发布紧急状态令，命令灭虫部于全市进行灭蚊大行动。于是乎，一场人类与蚊子的战争便拉开了帷幕。

蚊子这次大举进攻，并不是贸然行动的，却是有备而来。他们先让菲力为首的先头部队作佯攻，目的是挑起敌方最高领导层的愤怒。背地里又隐藏实力，到一些无人涉足的池塘山涧秘密产卵，储备军力。除此外还与声名狼藉的蟑螂军团和蚂蚁军团签订联合作战协议。由蚂蚁军到各个掩人耳目的狭缝角落处打洞造穴；又用蟑螂军特有的臭味与骇人的行动挑起深居简出的敌人发自内心的恐惧。

蚊子、蟑螂、蚂蚁三巨头常年被人类蹂躏，这次正是他们向全人类反击的最佳时机。

只是人类的灭虫法子也是层出不穷，不容忽视。杀虫剂作为主要的战斗力量自然必不可少。那些各自为战的巨人们也是不落下风，就拿单纯的手掌拍击为例，不少战士被轰得头破血流，肝肠寸断。他们甚至出动带电光的拍子、散发紫色亮光的机器，将昆虫军团电成焦炭。即使看似毫无杀伤力的蚊香，那独特的迷魂香味亦令不少战士堕入迷魂阵而懵然不知，让他们在迷糊中死去……

表面看来，人类似乎占尽上风，但仍有不少巨人与昆虫大军战斗后，身体感到不适而需送院治疗。被攻击的巨人身上不仅长着一颗颗堡垒般的红疮，还感染了蚊子军团的秘制传染病毒——疟疾、脑炎……不少巨人因施救无效而丢了性命。

联合军以虫海战术反抗人类的高科技武器，虫军死伤不计其数，但他们虽败犹荣，已给人类社会带来沉重打击。再加上虫子的来源未被杜绝，故新兵源源不绝，而不至于后浪不继。

长期的作战使人类与昆虫联军的战力消耗飞快。在人类显得有些技穷的同时，昆虫军团也不得不停下来休养生息。可出乎意料地，昆虫一方竟首先向人类投降，并要求签订停战协议。

菲力连同数十万军集结在半空之中，黑压压地围成一段议和宣言：“虫子军团战败投降，要求与人类代表签订停战协议！”

战况突然改变叫人类大为费解。要知当初昆虫军团是气焰嚣张，不可一世的，怎么跑来投降了？莫非他们酝酿新计谋吗？然而人类又想到昆虫军团求和亦未必坏事，至少可让传染疫情稍微减缓，好让灭蚊部门有充足时间研究根绝蚊害的精策良方。

在平衡各方利弊后，人类代表很快与昆虫联合军代表菲力签署停战协议。议和条件是昆虫联军必须答应从此不踏足人间界，以及不能将传染病毒带来，祸害人类。然而人类也须答应昆虫联军，承诺不得对昆虫使用生物武器，并且不能破坏昆虫界领土。

人类表面上满口答应，内心却想着即将面世的新研发武器，将如何有效把昆虫联军的巢穴连根拔起。

4. 养育成人

话说在实验缸数月之久的阿诺，那条小命该早被死神召到地狱了吧？原本安稳地坐在实验桌上的基因转化器早已裂成两半，黏糊糊的液体淌满桌上，地面，乃至附近的仪器。

澄子的实验室，四周是倒塌的电子仪器、实验用具，场面凌乱形如废墟。何以整个实验室也寻不着澄子踪影？倒是地面一双双绿色脚印很令人怀疑。按照脚形大小估算，那似乎是成年人的脚印。

到底这数月以来，实验室里发生了什么怪事？就且让我们吃下回忆胶囊，细看过去的几个月里，这儿发生过的事……

“踏入实验第五周，实验缸依然毫无动静。根据计算机分析，蚊子基因库并未产生变化，还好蚊子的身体与液体有机融合，没有排斥迹象。”澄子端坐计算机前，荧光幕反射的白光照在她略显憔悴的脸，两个浅浅的黑圈将眼眶包围。她打了个呵欠，便盖上计算机结束当日的日志记录。

“何时才会成功啊？有点反应也好……”睡着的澄子口里仍不断呓语，毕竟对于这年轻女孩来说，连续五周待在实验室里，足不出户地观察毫无变化的实验装置，实在是受不了。

阿诺看着这伴他五周的女孩，看她的眼神也不带任何恐惧了，倒是相当同情她每况愈下的精神面貌。他不清楚澄子的实验目的，也想不通她不放自己走的原因。而他之所以能存活至今，也全靠这绿色液体维持生命，那液体内的营养物渗透了阿诺的躯体，那些营养交换、气体交换等全交由液体替代进行。

而有些改变也是只有阿诺才发现，就如他的躯体正产生着微妙变化，他的身体比刚来时胀大了好几倍。如果说以前阿诺是一粒米，那现在他就是一颗未剥壳的花生。很奇怪这点并没被澄子发现。

不知从何时起，阿诺已对澄子产生出一种禁忌情感。

“我尚有任务在身。如今敌人就在眼前，我绝……绝不能泄露我的情

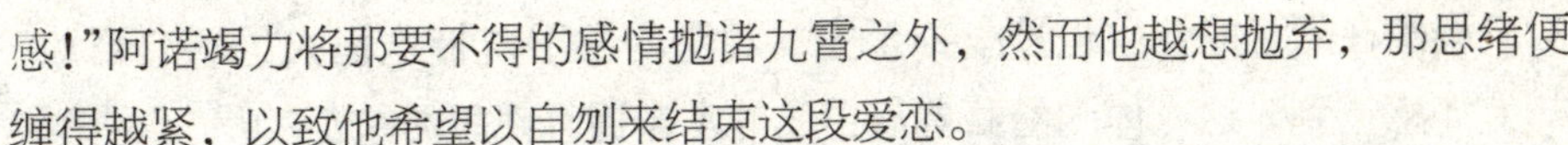

感！”阿诺竭力将那要不得的感情抛诸九霄之外，然而他越想抛弃，那思绪便缠得越紧，以致他希望以自刎来结束这段爱恋。

好不容易过了第七周，阿诺已长成马铃薯般大小。而这次，澄子才从缸里依稀发现，那藏着蚊子的地方藏着一个更大的黑影。她不知那是什么，甚至不了解实验结果何以与预想不符。但她没有放弃研究，只是将蚊子养着。

澄子按着键盘打着日志：“那藏着黑影的地方每天都在膨胀，速度急剧增加，我不清楚那是蚊子，还是其他衍生物，但未到最后一刻我绝不放弃！”

澄子一直坚持到第二十八周，此刻反倒是实验缸受不住内壁的压力。

“实在膨胀得太厉害了，缸的容量有限，这篮球大小的黑团竟疯狂生长！”看着那四周往外溢的液体。澄子还是根据计算机分析：“蚊子的基因库丝毫没改变，但这疯狂膨胀物又是什么？”

有时过分依赖仪器而摒弃双眼与感觉的科学家，没有成就可言。澄子这次依赖仪器而失去正常判断，也就是说感觉对于科学研究来说也是必需的。而现在终止实验已不可能，她眼睁睁看着实验缸的裂痕不断扩大，直至事态发展到一发不可收拾的地步……

5. 蚊子 or 人

玻璃缸爆发出巨大碎裂声，澄子被当场震晕了，她就卧地睡去，漠视着一切发展经过。待澄子醒转过来，竟发现自己被一双沾满绿色黏液的手紧紧抱在怀里，她定眼细看那抱紧自己的人，只见他全身覆盖着绿色黏液，面部只露出闪亮的眼睛，瞳孔与众不同，那双眼里竟反射出数十个自己。

她未反应过来，那双奇异眼睛就是昆虫的复眼。有谁会知，这绿色人形怪物，就是澄子培养的蚊子阿诺呢？阿诺的确有了极大改变。可是他的身体变为人形，但本质仍是蚊子，这特性是烙印在骨子里，磨灭不掉的。

失去培养液滋养的阿诺非常饥渴，他需要动物的鲜血去补充能量。也许他也不清楚，为何会将澄子托在手中，自己逃亡不就行了？却偏偏带着敌人逃亡？

就这样，两人一直往研究院外的海滨长廊奔去，幸好这研究院平日不是游览胜地，再说能在这里进行研究的科学家，早早将自己关闭在实验室里了，谁有闲情到海滨欣赏海风？

澄子在阿诺的怀中也是全身无力，明明内心很抗拒这怪人的恶心形象，却偏能感觉到，这人体内潜藏着与自己非常亲近且熟悉的东西。

“你是谁?”澄子禁不住内心的困惑，发抖地问了一句。

阿诺看着怀中的澄子，听见她的话却不明其意，再说他发不出令人明白的声音，故对澄子的提问只能默不做声。

一问不得已，再问一句，澄子却后悔了。阿诺已禁不住饥饿，匆匆往澄子的唇上偷吻一口，就在他们唇与唇接触期间，澄子整个身体酥软了，她的眼神渗满柔情，本来净白的脸也抹了一层绯红，她已完全陶醉在那突然而来的吻里。

一吻过后，澄子却感到一阵阵头晕感丛生，全身竟有虚脱的感觉。相比之下，阿诺却是精神焕发，他心满意足地将澄子放在附近的木椅上。他看着澄子，暧昧的眼里充满激动。他已深深地陷入了爱情的泥泞之中，什么敌我关系，什么特派任务，也早已抛到了脑后，内心只剩下数月以来囤积而成的炽热火焰。

“你为何偷吻我?”澄子好不容易缓过气来，便质问他的非礼之举。

“对不起！我……”阿诺很惊讶自己能发出声来，一只蚊子竟能说人类的话，殊不知最初澄子手指的一滴鲜血，成就了这副新躯体，现在吸了她的血却让他学懂了人类的语言。

“你终于肯说话了！你是谁？为何要这样做?”澄子看阿诺的眼神不同了，不再是惊讶，而是恐惧，因为他说话不用口的！

“我肚子饿，需要吸血！”阿诺怯懦地说了这句，吓得澄子脑海一片混乱。在记忆中，电影里脸庞苍白，英俊潇洒，嘴边露出两颗尖锐獠牙的才是吸血鬼，而这绿色怪人却连口也没有，却自称需要吸血维生，这不叫她常识被颠覆才怪。

“我叫阿诺，你是澄子……”阿诺伸出那只没有手指的手，摸着澄子胸前篆刻着文字的名牌。

“你怎么在我的实验室里出现啊？你到底是什么人?”澄子迅速用手推开阿诺，竟连声音也在颤抖。

“我是你抓回来培养的蚊子啊！”阿诺有些生气了，但他也怪不了她。谁会料到此等荒谬的事情发生？一只蚊子突变成人形，会说人类的话语，还会吸血……这是哪来的天方夜谭啊？

心灵再次被震撼，澄子不敢相信自己的研究结果变成这样，她原希望将雄性蚊子基因改造，让他飞回蚊穴，待与其他雌性蚊子交合后，产生一些不育的蚊子后代，借此令蚊子种群自然萎缩，谁料这是弄巧成拙。要是让上级知道我的研究出现严重失误，科学研究员的身份怕就此被褫夺。更何况他在这世上，也会招惹其他人的流言蜚语。

可向好的方面想，这研究可是科学领域上的重大突破，阿诺可是极度珍贵的研究成果，不是有科学家也从失误中取得成功么？想到这儿，澄子内心兴奋不已，而就在这微涩的海风吹拂下，两个不同种族的人相依着，竟混混沌沌地睡着了。

6. 人形兵器

经过一段时间的交流，阿诺与澄子的感情可算是进入了另一个层次，由最初的敌对关系，逐渐成为朋友关系，继而发展成亲密的情侣关系。可惜他们的恋情是不能在世人面前开花结果的，这是道德不允许的、践踏伦常的不伦关系。

即便面前有多少困难，他们都暂且将之舍弃，得过且过地生活在一起。每天澄子吃过饭，总会惯例与阿诺作唇上交流，也算是让阿诺饱饱吃上一顿。面对没有嘴脸的阿诺，澄子已不再抗拒，她还相当享受那令自己虚脱的热吻。

可惜，这一切都被一只隐蔽的眼睛收录在记忆里。一名对澄子抱有嫉妒与偏见的科学家——神田，在很早以前他便偷偷将这高解像摄像头安在这实验室里。他原本想窥探澄子的研究秘诀，谁知后来发生的有趣研究都被他发现了。至于他为何不将秘密公之于世，是因他觉得收集的证据仍不够。再说，他也不相信一只蚊子竟能变化成人类这一事实。

如今他自觉时机成熟了，是时候将这惊天秘密告诸世人。他自以为这件事曝光后，澄子一切的名利都会化为乌有，而自己举报有功，凭着个人能力是绝对有资格取代她的位置。

“就请你看看这录像带吧！我发现了澄子的秘密！”神田对着灭虫战略部主任——石臣的眼神是十分哀怨的。

当画面播放着一个绿色怪人从破碎的实验缸里走出时，石臣的表情相当雀跃，口中不停称赞澄子这重大的研究成果。他立刻要求对策部作出严密部署，说要将这人形蚊子兵器列入战略议程当中。

“拥有蚊子能力的人形兵器，便能反映昆虫的动向，就连那些害虫的所在处也能了如指掌，那么距离根绝虫害之日可谓指日可待!”再加上无比欣慰，石臣这老官员竟鼻子一酸，哇的一声哭了出来。

“唉！我又自打嘴巴了!”神田不禁哀鸣了一声，那个光辉的前途突然被黑暗笼罩在虚无之中，也许连他自己也在黑暗中迷失了。

于是在消息通报到上层的第二天，澄子便收到通告，说是要将研究成果送往灭蚊工作的最前线，并告诉他们研究成果的所有数据，以便日后灭蚊工作的进行。

接到通知后，澄子一语不发，她万万想不到这研究成果尚未公布，上层便知晓一切。面对上司的压力，她不知如何是好；面对恋人阿诺，她更不知如何是好。是接受命令将阿诺送往前线？还是抗拒命令说阿诺只是失败品？前者她自然是一万个不愿意，可后者还不是将自己的研究生涯断送了？

看着惆怅万分的澄子，阿诺只是轻吻了她，说：“我始终是微不足道的蚊子。为了你，我可以背叛一切，即使是我的族人!”

“你甘心？甘心成为恶名远播的背叛者吗?”澄子拭着泪水问道。

“我的族人，或许早已抛弃了我，他们完全不知我变成这样子，也没有派队员前来确认我的死讯，即便是将我的尸首搬回去也好啊？可他们没这样做，我在他们心中已是死去多时的魂魄了，根本不值得留恋。”阿诺说完，拳头就狠狠地砸在桌上，然而黏液黏住了桌面，好不容易才挣得开。

“可我不想你冒险，也不想你沾上背叛的罪名……”澄子说着，身子就挨在阿诺的胸膛。

“恭喜啊！澄子，你果然惊为天人，这份礼物我就收下了。”谁知就在他们俩互相依偎着的时候，石臣已站在门外。

“石主任，抱歉我还不知道该如何使用他，他还不过是普通的蚊子……”

“他不普通了，至少在我面前，他便是蚊子人形兵器。你就在这儿安心等待奖赏吧!”石臣明知软功是分开不了陷入爱情泥沼的恋人，便使了眼色，在旁的手下突然从背后拿出一瓶迷魂药喷雾，往阿诺与澄子的脸上喷去。

澄子是普通人，对于迷魂药缺乏抵抗力，她倒地晕倒，但阿诺并不是人类，这药对他来说是免疫的，他很快抱起澄子，冲开三人，打算夺门而逃。

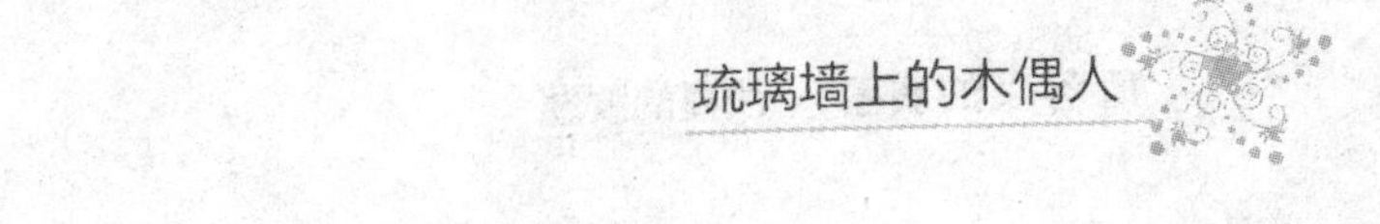

可才走了两三步，一个声音便停住了他的脚步。

“你若是爱澄子，如今唯一能做的，便是协助我们消灭昆虫兵团，这才可证明澄子的研究是成功的!”说话的是神田，他冷冷地看着绿色蚊子人，心里恨不得将他们的恩爱撕成碎片，他的嫉妒之火已烧焦了他的心。

“我愿意献出自己让澄子成功!”阿诺很轻易便被神田的话征服，他放下澄子。随着一批穿着严密保护装备，背着一罐罐超级灭虫喷雾的灭蚊者，浩浩荡荡地往市内各个地区出发。

7. 背叛者

若说阿诺不悲伤也是骗人的。在为期一周的昆虫剿灭战中，阿诺眼睁睁看着无数蚊子、蟑螂、蚂蚁的巢穴被捣毁，被连根拔起。靠着他那特殊感应能力，无论多隐秘的洞穴巢穴，人类还是很容易找出来，然后逐一击破。人类所到之处，昆虫们都被吓得四处逃窜，偶有零星的烈士顽强抵抗，也还是惨死在毒雾之下。

阿诺很想就此一死了之，原本仅为辅助澄子而作的举动，如今却令他后悔不已，看着无数同伴被毒雾扼杀了生命，看见同伴的家园被毁于一旦，看着残骸断肢飘满山冈，他完全明白心痛的感觉是怎样的，尤其听着无数同伴惊惶失措般呼喊着“死神来了，死神归来了!”的频率，他更是撕心裂肺的痛。内心的折磨对于他来说，已非三分钟热度的事，而是随着哀号遍野而呈几何级数般增加。

“人类的信用已完全破产了！竟用如此卑鄙的手段残害我们昆虫的性命！他们毁了和平约定，我们也不能坐以待毙，要顽强反抗到底，哪怕是剩下一兵一卒，也要战!”维纳斯将军连同十来名蚊子大将军激昂的战斗号令，率领着军队面对人类蹂躏般的袭击，整个昆虫兵团正拼死抵抗。

可惜，他们始料不及那些人类竟往他们的居住地灌入火水，一股带有浓烈刺鼻气味的液体涌进蚊子一族的家园，随后那根带火星的木条，那熊熊烈火顺势冒起，一场涂炭生灵的大火烧尽了一切，正如人类的野心就像连绵不断的火焰，将其嚣张的气焰燃烧至最高点。

“放开我！快点放开我！住手哇!”这伤心欲绝的背叛者，早被灭虫队员紧紧拦住，任其如何挣扎依然无济于事。

待到火焰逐渐熄灭，有人将水管塞进洞穴的出口，水流立即喷出，竟淌出了一大团黑漆漆的物体，那竟是成千上万只蚂蚁、蟑螂与蚊子被灼烧而成的昆虫尸骸，那残骸数量之多，残酷得令人侧目。

阿诺猛地挣脱了人们的封锁，跌跪在那团昆虫尸骸面前，双手抱着他的同伴、亲人、战友，他的眼睛溢出来的都是饱含着悲痛的绿色的泪。

“对不起，澄子，我已不能残留在世上，我只是一名孤独的死神，一名被世人唾骂的背叛者，一个以吸血为名去亲你的爱情骗子，我将会永远地离开你，而代表我的族人，去鄙视这人世间的罪恶!”说罢，他竟夺过灭蚊者的杀虫药水，疯狂地往身上泼洒……

看着阿诺的绿色人形躯体正在剧烈地崩溃、瓦解，大量绿色液体，就此淌满了大地。在半空中，一个黑色的身影徐徐飘落，落在那滩绿色脓液中央，而伴随着那一切为人为蚊的感情的落幕。苍凉的液面上，正躺着一个永远孤独的死神。

启　事

本书编选时参阅了部分报刊和著作，我们未能与部分作品的作者取得联系，在此深表歉意。请各位作者见到本书后及时与我们联系，并提供相关作品著作权证明以及本人身份证复印件，以便按国家相关规定支付稿酬及赠送样书。

地址：湖南省长沙市天心区芙蓉南路和庄 A 栋 3118 室

邮箱：bjljwh@ 126. com